中短篇小说集

夕阳红处

度如真 著

华龄出版社
HUALING PRESS

图书在版编目（CIP）数据

夕阳红处 / 度如真著. -- 北京 : 华龄出版社，
2023.6

ISBN 978-7-5169-2555-3

Ⅰ. ①夕… Ⅱ. ①度… Ⅲ. ①中篇小说-小说集-中国-当代②短篇小说-小说集-中国-当代 Ⅳ. ①I247.7

中国国家版本馆 CIP 数据核字(2023)第106147号

责任编辑	陈　馨　彭　博	**责任印制**	李未圻
责任校对	张春燕		

书　　名	夕阳红处	**作　　者**	度如真
出　　版 **发　　行**	华龄出版社 HUALING PRESS		
社　　址	北京市东城区安定门外大街甲 57 号	**邮　　编**	100011
发　　行	(010)58122255	**传　　真**	(010)84049572
承　　印	成都兴怡包装装潢有限公司		
版　　次	2023 年 8 月第 1 版	**印　　次**	2023 年 8 月第 1 次印刷
规　　格	880mm×1230mm	**开　　本**	1/32
印　　张	8.25	**字　　数**	178 千字
书　　号	ISBN 978-7-5169-2555-3		
定　　价	58.00 元		

前 言

作者用自己的眼睛观察生活，并以自己的认知去构筑故事。作者深入思考当今中老年人的现实生活，以热爱生活的积极态度和真实反映的自信姿态，把源于生活中的若干个事件连缀起来，采用散点透视法，走进不同社会层面的人群的内心世界，审视人性的深度，大胆地揭露各种复杂社会关系的本质。在与时俱进中，以新旧观念的激烈碰撞，传统思想与多元化思潮的矛盾冲突，代际价值观的巨大差异，揭示价值观畸变的根本原因。

其内容远远超过了复杂社会生活的本身，以叙事、描写及内心独白等方法，使人在认识现实中，反观人生及人性的艰难的心理历程。启迪人们重新思考一个重大的课题：如何在中华民族优秀传统文化的传承中成长，及在成长中如何传承？从而实现从传统文化中继承精华与新时期创新的对接。

《夕阳红处》现实性题材，采用现实主义创作方法，让现实性的题材与现实主义创作方法桴鼓相应，构成本篇小说创作的主旋律。围绕现实生活中夫妻、婆媳、翁媳、雇主与保姆等社会关系的矛盾纠葛，直面当下，充满真、善、美与假、丑、恶冲突的社会现实。描摹真实世相，以文化自信，写中国故事，以特有的方式，抵达人们的精神世界，使小说情节丰富而有层次，既有普通人的心灵世界的透视，又深刻细致地展现了年轻的中产阶层知识分子的人文境况及生活状貌，并从脚下的生活，延伸至远方的思考。

通过描写大量真实的生活内容，反映在社会大变革中，传统观念与现存的各种观念的激烈碰撞，以独特的观察视角与独到的艺术思考，弘扬真、善、美，鞭挞假、丑、恶，折射出社会正在发生着的翻天覆地的变化，以及这些变化所带来的人们内心深处的纠结、思考及改变。中国梦的内涵是：实现国家富强、民族振兴、人民幸福！在追梦的路上，每一个人都有梦想，也从没停止过逐梦的脚步。这脚步汇成洪流，合着时代的脉搏，坚定地、铿锵有力地，一路向前！

2020 年春于羊城

自 序

时光真如列车呼啸而过，老年是从什么时候开始的？我已无从追忆。窃想：这时期大约始于离开这个世界已不是遥遥无期的沮丧与恐惧，抑或是寻觅青春时光已随天边流云远去不见踪影的那些日子。老年是什么状态？先行者都是如何度过的？我该怎么办？许多的问题横亘于心。我无法在矛盾纠结中下定论。对生活作出老年阶段的思考与选择，千头万绪剪不断，理还乱。

往事洞若烛照，生活原本充满了柴米油盐酱醋茶的繁复与琐碎，更有那举不胜举的各种复杂社会关系的相处与纠葛。回望曾经逝去的从中年到老年的 20 多个寒暑易节，身边发生的诸如主人翁张茜欣这类老一代知识分子的际遇、命运，他们从无私忘我地为子女及他们的下一代呕心沥血度日；到思想上断、舍、离的艰难心理历程；与年轻的中产阶级知识分子价值观、生活方式、教育理念等方面的代际冲突；保姆再嫁富裕雇主的事件；揭示贫富两极分化等价值观的畸变……在广阔社会的多层级之中积少成多，积沙成塔，积累了许多人生悲欢离合的真实故事。

尘烟往事，使我情郁于中，如骨鲠在喉，思一吐为快，溯源及以期有术之中，萌生了要将所见所闻、所思所想述诸笔端之念；将它们淬炼成文：弘扬真、善、美，鞭挞假、丑、恶的冲动与契机。我自知不能深文周纳，包罗万象，然希冀通过我的努力，它能成为吉光片羽。尽绵薄之力，给社会以关注；给年轻一代以影响；给人们以思考与启迪，使中华民族优良传统的根：本固枝荣！根深叶茂！以文化的自信，讲述中国的故事。

2022 年 1 月 8 日于羊城

目录 Contents

夕阳红处

罗曼·罗兰：世上只有一种英雄主义，就是在认清世界真相之后，仍然热爱它。

一、太阳快要落山了

西边的太阳快要落山了。西边的太阳快要落山了……王薇一遍又一遍地唱着这一句，这是20世纪50年代电影《铁道游击队》的主题曲，她妈妈传给她的。王薇的双手叉在腰间，挺着那有些隆起的腹部，那里并没有孕育新的生命，只是被脂肪占据了空间。她从客厅的一头悠然地踱着八方步，模仿着京剧演员在舞台上踱步的样子，走到客厅外的阳台那端，足足有十几米的距离，然后又走了回来，悠闲自得。她穿着一条紫红色格子的超短裙，上身着一件白色的T恤衫，蓝色的塑料拖鞋因为大了些，发出咣唧咣唧的响声，在那高档的进口实木地板上，两种材质碰撞得那么不合节拍。各敲各的锣，各击各的鼓，那么的分明可鉴。正如即将交火的格格不入的婆媳。

王薇那原本白皙的脸显得比平日更加的没有血色，惨白惨白的。由于长年当夜猫子，各种高档化妆品也无法渗入熊猫眼，浓重的黑眼圈倔强地在与化妆品抗衡中钻了出来示人，以显示自己极强的“生命力”，让那两只经常努力圆睁的杏仁形状的眼睛，没了年轻的生机与活力。而立之年的好光景，全被游弋在健康与疾病间的身体统领着、缠绕着、消磨着。没精打采，有气无力的。青春的光彩早已飞逝得无影无踪。她故意慢腾腾地给这首《铁道游击队》主题曲加了许多装饰音、下滑音，而且有意地将唱腔无限制地延展。她的音色还算甜美，属于玉女杨钰莹的那类，遗憾的是：玉女杨钰莹是公众人物，蜚声乐坛，为“60后”到“90后”，半个多世纪的人熟识。而王薇呢？只能算是大学期间的校园歌手，平日里自娱自乐而已。

因为“西边的太阳”本属男生所唱，她怎么也唱不出音域宽广雄浑的效果。于是，王薇索性借此表情达意，随心随意地唱了起来。只要能充分表达此刻的心境，又能激怒婆婆，一决高下，享受胜利的喜悦就好了。反正老公又不在场。那个憨包是“眼见为实派”。到时候，如果婆婆告状，她已经想好了“枕边风”怎么吹的多部旋律。更重要的是：哪个男人敌得过那耳鬓厮磨的温柔？被抚摸着的时候，心都被融在春宵般的晕乎中。哪有不相信所听到的是事实？尽管那个女人曾经给予他生命，呕心沥血地抚育过他。但那早已成为过去，成为依稀朦胧的记忆，或者如灰飞烟灭般不存在了。而真切感受的这铭心刻骨般的，不断重复着的一切，正在进行着，延续着后天的优势，具有吞没一切的力量，如果要将白的说成黑的，岂不是反掌之易？

王薇受过高等教育，又是文科的博士学位，这资本足以证明她的学识。她哪里不知道“用西边的太阳”作借代（汉语中的一种修辞格），指代对面的婆婆，是再合适不过的了。不是吗？都60多岁的人了，还能有什么不得了？还不是长江后浪推前浪的，前浪躺在沙滩上，成为过去式？还不是像秋后的蚂蚱，能蹦跶几天呢？还不是要为自己的独子、媳妇、孙子买汰烧吗？没见那“妈”字就是女与马的组合吗？或者说是老妈子一个。

婆婆张茜欣提着裤子的裤腰，憋着满肚子的气，急匆匆地走了出来。她当然知道王薇的用心，是冲着自己来的。走过了宽敞的客厅，她觉得脚下拖鞋晃动了一下，拖着身子向前踉跄了几步，拖鞋落在了身后，脚却在鞋的不远处。她稳住神，站立。大声喊：“唱什么不好？偏唱这一句，什么意思啊？”“什么意思？不明白吗？”“西边的太阳就要落山了，很清楚啊！还什么意思？明知故问。你去看看西边，是不是太阳就要落山了？”对面的王薇冷不丁地甩出这么几句。

她巧妙地用正在落山的太阳指代了婆婆，一语双关：“别看你今天闹得欢，小心日后拉清单。”张茜欣只觉得喉咙被堵了团棉花，思吐不能，不吐又噎得难受；又像哑巴吃黄连，有苦说不出。皱着眉头，张嘴不得。张茜欣想到自己的儿子，那个她倾注过全部心血爱着的宝贝疙瘩、那个高大伟岸的帅小伙；那个终日辛劳，率领几百号人每月要完成十几项团队工作目标的自己的骨肉；那个回到家，就爬上床想睡觉疲惫不堪的基层骨干。她噎住了，又一次咽下了就要冲出口还击的语言炮弹。她败下阵来。她不能告诉儿子，她心疼于他的压力、他的劳累、他的辛苦，可她分明知道，王薇多次在丈夫不在场时挑衅，背后装可怜、极度委屈的模样，赢得的尚方宝剑、紫金锤：“我妈跟你之间发生什么事，你第一时间告诉我，我来摆平她！”

西边红日将坠落，从赤红、丹红至暗红，随着落日光束的变化，烟云披上了美丽的霞光。但也平添了几分日落的苍凉与悲壮。张茜欣情不自禁地想起“大漠孤烟直，长河落日圆”的诗句，体味着人生如落日般的苍凉之情。日落和晚霞虽也十分壮观炫目，然这日落西沉的隐痛嵌在她的心头，久久不能离去。她站在仅一人宽的观景阳台上，朝天边望去。浮云飘在天际，天空早已退却湛蓝湛蓝的光晕，灰白相间地弥漫着不成形的意识流般画面的云层。西边的太阳已没了朝阳的蓬勃生机，没了万道霞光洒向大地时的明丽与清朗；也没了悬在中天时那般热烈所燃起的万丈光焰。太阳的光晕正在由深红变成粉红，再变成混沌一片，散开的、残存的、浅浅的、淡淡的、模糊不清的霞光满天。太阳真的要下山了，边际早已不再分明，沉降着、沉降着，就要下山了。太阳下山了，明天还会再升起。可人生的日落西山确实不会逆转了。眼望着流云，张茜欣长叹了一口气：“哎！她心中的太阳啊！永远不会再回来了。无须想起，时刻也不会忘记的，他的先夫——李威！”

二、静谧沉寂的殡仪馆

殡仪馆的悼念厅，庄严肃穆，静谧沉寂。入口正面高悬着丈夫的遗照。像三十年代的知识分子那样围着一条围巾，一端搭在右边的胸前，另一端甩在肩后。因为是黑白照片，看不出围巾的颜色，中式对襟的棉袄，显示出照片年代的久远。张茜欣清楚地记得，那是丈夫李威 30 岁左右所拍。照片上的李威：年轻、英俊，五官端正得极具雕塑感。线条流畅，洗练简洁。满脸洋溢着青春的气息，满面笑容。周正而温和；敦厚而知性。照片的下方便是一副玻璃棺材，李威平躺在里面，面色宁静安详。他永远地闭上了那双闪烁着智慧光芒的不大的眼睛。永远地睡着了。棺木的两边分列着出席追悼会的单位里的领导、同事，生前好友，双方的亲属，约莫好几十号人。领导在致悼词，追思李威工作期间的业绩。独子李小刚随后致答谢词，声音低沉浑厚，充满了悲怆之情，哽咽着、颤抖着。一路上，张茜欣双脚发软，没法行走。膝盖拖在地上，胳膊两边被人架起，搀扶着扑向那透明的玻璃棺材。她的嗓子早已哭哑了。

李威的身体从温热到冰冷仅一小时的时间里，一个 140 多斤重的躯体，就这样心脏跳动与呼吸都停止了。医生所有的急救措施都没能挽回他的生命。血液开始凝固，体温从 37°C 迅速降低。生命竟然如此的脆弱。夺眶而出的泪水如泉涌，张茜欣什么也看不见了，耳边响着社区医生的指挥声："快！快拿剪刀！把内衣剪开，从背后脱掉！快换衣服！待会儿身体凉了就穿不上了。"张茜欣一边抹着那止不住的眼泪，一边努力地睁大那本来不小的眼睛。却仍然视线模糊，看不清。迷蒙中，颤巍巍的手，握着把剪刀只听医生大喊：快给我！给我！剪刀被夺走，她的手仍在不停地抖，浑身像筛糠似的，不能控制自己。

看着这个与自己相濡以沫了 34 年的男人。一幕幕像电影胶片一样展开在她的眼前。记忆的仓库像开了闸的水，一泻千里。过往涌上心头，堵得她近乎窒息。她失常嚎叫的声音艰难地从胸膛发出，带着生疼，在这不大的悼念厅回荡。"你不能走哇！""你别撇下我呀！"接着又大骂老天："你为什么要好人走啊！这世上有那么多的坏人，为什么不要他们走啊！"张茜欣那撕心裂肺的悲痛似有排山倒海般的力量，谁也无法劝阻。悲痛汇成悲戚的海洋，在场的人无不为伤心欲绝的张茜欣动容，无不沉浸在对这位高级工程师的追忆和缅怀之中。

深深的悲痛终有结束的时候。人们纷纷回到各自的安乐窝，享受着各自不同的幸福。送走了上海、武汉、南京来的亲人，张茜欣独自回到了那原本属于他们俩的，承载着努力拼搏、幸福而温馨的家。如今，家还在，人没了。一阵孤独袭来，她的心如同铅块沉入万丈深渊，拔凉拔凉的。夜幕徐徐拉开，月光浮动，月影若隐若现，像在跟地上的人们躲猫猫。张茜欣突然觉得，往日塞满家具、物品，不大的房间忽然空落落的。破碎的回旋着三十余载的生活场景，像倒影般一一呈现。李威说过的每一句话都清晰得像收音机里的检波器，一句句地从记忆的仓库里跳了出来，回响在她的耳际，挥之不去。张茜欣伫立在阳台上，望着三月的夜空，苍穹幽渺，稀稀朗朗的几点星星闪烁。夜色凝重。被这些朦胧意象所激起的迷蒙的感觉，又让孤独与寂寥笼罩在她那素面朝天的心灵深处。她觉得自己的心已经不在胸口，随着李威飘啊飘啊，不知飘向何方？像断了线的风筝，没了依托，没了方向。只听见李威低沉的声音在前面，永远看不见的地方，尽管她睁大了眼睛，极目远眺。“我们虽然没能同年同月同日生，但愿同年同月同日死！”“这人生啊！就是 123、321 的一个轮回”“我先去了，去给你找好位置。”“下辈子我还娶你！……”

蓦地，声音断了。时光让张茜欣又回到现实的黑洞里，乌黑乌黑的、深沉寂寥的漫漫长夜，她两眼直直地盯着暗夜里李威的遗像，整个身体像被掏空了一般，只剩下了躯壳在那二房一厅的空间里。他走了，真的走了。彻底摧毁了她身上作为“女强人”

的烙印，颠覆了她自认为挺行的认知。她彻底地崩溃了。她的天塌了，地陷了！这曾经的幸福岁月如弹指一挥间的短暂。自此之后，这漫长而又孤寂的岁月，她该如何走下去呢？她不敢再往下想。张茜欣坐在沙发上，把头深深地埋下去、埋下去。记忆的大海汹涌翻腾，关于李威的所有记忆都注定无法在脑海平息。她忘不了月光向大地流淌的那个夜晚，乘着月色，二人漫步在小区的环湖径上。李威说："老婆啊！以后我们年纪大了，怎么办？现在能自己料理自己，到那时，动不了的时候，怎么办呢？儿子又离得那么远。你没见肖明筌他们夫妻俩，都80多岁了，还两个人互相搀扶着，亦步亦趋地去买菜……看着挺让人伤感的。一双儿女都在国外，发展得不错。老两口引以为荣，逢人便夸耀：自己的孩子如何优秀。不知道心里后悔不后悔？古人云：父母在，不远游！现在的年轻人，哪管这些啊！不说，马上就不能自理了；就是将来死了，做子女的都不能及时赶回来。特别是先走了一个，剩下的那个如何得了？我看他们俩在这世上的时日不多了，老太婆走路颤颤巍巍的，老头子走起路来一双手抖得厉害。""我听说是帕金森病，一种神经系统的毛病。吃饭时，勺子拿在手上，哆嗦好长时间，那一口饭也进不了多少粒到嘴里，反倒洒落得满天满地。"听了李威的话，张茜欣安慰着李威："我们还早呢！儿子离我们还不算远，总在国内吧！愁什么呢？不是有车到山前必有路，船到江心自会直之说？"

随后，她也陷入了沉思。实际上这未来的问题，她也是无解的。宽慰丈夫的同时，她也陷入同样的十分无奈、无助的思考中。她忆起自己的父母，人生谢幕之际，双双在医院的病榻前，除自己在外地，五个弟弟妹妹来来去去地轮班照顾，直至二老仙逝。这只有一个的还不在近旁，将来……将来……张茜欣深深长长地叹了一口气。如今，李威居然先去了。为什么死的不是自己？人说：有福死在夫前头！自己竟然无福，要受这遥遥无期的无伴之苦了。老而仳离、中年丧偶与年少失恋并无本质的不同。只是前者只余下被夷为平地的废墟，死灰一堆；而后者尚能重建幸福家园，盛大开启灿烂人生。

三、咱们俩是一条心

此时的王薇，正悠闲自得地躺在那张时尚前卫的白色双人床上。床头柜上高耸着一盏米黄色蕾丝镂空台灯，发出柔和迷人的光晕。她将双手枕在脑后，手机里放着周璇的经典乐曲："郎呀！咱们俩是一条心！哎呀！哎呀……"架起的二郎腿，踏在床上的那只随着音乐打着节拍，翘起的那只脚五个脚趾头也和着节奏抖动着。那双藕白色的脚，大脚趾忒长，其余四指依次渐短，成一自然斜线。大脚趾具有的优势使其理所当然地成为其余四指的总指挥。一遍一遍地排练着、继续着：郎呀！咱们俩是一条心……

张茜欣早已习惯了这种挖却心肝的痛，她的情商和认知早已告诉她：对方是有意的伤害，因为对方太清楚张茜欣对儿子的那种天网式的、无微不至的、神性的母爱了。她要明白无误地告诉张茜欣，你儿子的爱是百分百的属于我的。她很清楚：在张茜欣那空落落的精神世界里，她的作为无异于刺匕首、扔导弹的杀伤性威力。她被自己的智慧陶醉着、沉浸着……尽管夫妻之爱与母子之爱是那样的不能等同。可高校的教育多了自然知识的教授，却少了做人处事的训导。让王薇到底还是没弄明白，在感情分配的死胡同里徘徊。知识只能使受教育者增加智慧，却无法填补道德的缺失。

张茜欣过来取孙子的脏衣服进行清洗，看了她一眼，被眼前的景象所激怒，从心底迸出“少教养”三个字。她张嘴不得。强按捺住不断向上窜出的“呼哧、呼哧”的喘气声，传递到脚下的蹬、蹬、蹬的脚步声又送她回到了自己的房间。兀自叹气。她从没感觉到自己竟然如此无能。面对侵犯，不能还击。她不能对儿子说，因为他们如果吵起架来，夹枪带棒、指桑骂槐的，这当妈的日子更难过。她也不能对外人说，家丑不可外扬！旁人知道了，众说纷纭，加上一些猜测与评点，臭的还是一家人。

这会儿，她要赶紧做晚饭，儿子周末要回来，一想到那两个小时的车程，经常被堵在高速公路上的宝贝儿子，她又心疼不已，委屈、气愤顿时烟消云散了。挂在王薇嘴边的口头禅：“真不想上班，天上能掉钞票就好了。”她经常在家里的，会有各种借口出来“办公事”。张茜欣也从来不会去问她。只知道：单位里评先进，自然是轮不上她的。张茜欣匆匆忙忙地走进厨房，菜场里买的一大堆菜还在灶台上，小阳台上还有一大堆衣物，在那里探头探脑，跟她时不时地打声招呼：您怎么还不来理我们啊？蓦地一首小诗涌上心头：高天与原野，悠悠人生路，行行向远方，转眼即长暮。道尽的是，人生如寄，转眼即逝的惶恐，在逝者不可追，来者犹未卜的两者蹉跎间，日子总得继续。张茜欣觉得自己老之已至，看着眼前这杂乱如麻的家务，已无法下手。当年丈夫夸她干起事来雷厉风行的那股劲已不知去向，动作也不知从何时开始迟缓起来。不跟那丫头一般见识，我是长辈。张茜欣此刻想的就是赶快做出一桌好菜，款待她那辛苦了一周的儿子，她的心、肝、肺。她把自己对儿子的爱都融汇在这一菜一饭之中了。

这是一个坐北朝南的四房四厅的大户型。从大门进入，两边稍错位对开，中间有一小廊将两边隔开。除有独立的各自两房两厅的空间外，又有随时可以彼此往来的自由。关起门来，外面是听不到里面的声音的。张茜欣在偌大的厨房里，锅碗瓢盆交响曲正高亢激昂地奏鸣着。和着油烟机的声响，她紧张地忙碌着：油爆酱虾仁、豆腐红烧肉、清蒸牛腱肉片、清炒蒜蓉油麦菜、凉拌黄瓜、洋葱丝炒鸡蛋、炒三丁……一道道色泽艳丽的菜肴散发出诱人的香味，整齐地排列在厨房的操作台上，等着她一盘盘地往外端呢！客厅里那张四平八稳地站立着的、比别人家大两倍的长方形餐桌，能摆满三分之二的面积。其实张茜欣很清楚：那些菜绝对是吃不完的。可她念的是自己的宝贝儿子辛苦了一个星期，让他多些选择，每样吃点，营养不是均衡些吗？不同的物质含有不同的营养素啊！尽管她感到有些力不从心，勉强为之，但看到桌上吃得乐呵呵的儿子，什么累啊！苦啊！全都烟消云散，不见踪迹。她觉得一切都值了。

四、赚富人的钱

此刻，那两个娘家派驻的“钦差大臣”带着张茜欣唯一的小孙子李晔，推着小车在会所前的大块空地上溜达呢！这片被命名为“晒儿场”的风水宝地，足有上千平方米，南北走向。那里是孩子们的乐园，追逐、嬉笑、打闹……常常是一片欢乐的海洋。坐在童车里的幼儿新奇的目光四处张望，手舞足蹈的，淌着口水，咧开嘴大笑着，看着这奇妙的世界，对他们而言，新鲜、新奇极了，怎不令他们开怀？大点的孩童有的穿梭于会所与空地之间躲猫猫。

装帧得豪华气派、富丽堂皇的会所有三层楼，乒乓室、棋牌室、练功房、琴房……几乎应有尽有，专供近3000多户业主休闲娱乐。东西走向，毗邻空地的是儿童游戏场。滑梯、攀爬的吊绳、各种动物头像的小木马，一应俱全。不少儿童也在这里伸展拳脚，施展他们的运动才能。迈过一条小区内的小路，矗立着高大巍峨的罗马建筑风格的中心花园群落。白色的圆形廊柱，环花园一周，阶梯也随之环绕廊柱，可拾级而上，俯瞰全景。廊柱上的吊灯别致而新颖，到了华灯初上的傍晚，吊灯闪烁着迷幻的光芒，颇有异域风情。地面上是阴阳两极的图案，意为“天地生两极，两极生四象”的中华卦象。这一洋为中用，中西巧妙合璧的、独具匠心的设计，标志着所居住人群的社会层面及居住者所具有的经济实力。沿东西走向设有三条大路，暗合了生生不息的岭南文化底蕴。沿外围墙的那条幽静的长径，是小区居民夜间散步、聊天、谈情说爱的佳处。等距离相间的橘红色木棉花造型的路灯散发着朦胧柔和的光，好一派灯朦胧、人朦胧的迷幻意境，给生活增添了几分诗情画意。

下午四五点钟的太阳已经开始西斜，秋日凉风习习，那快意的凉爽让人们不愿离开。保姆们都集中在这里，一天中只有这段时间她们才可以较长时间随心所欲地互相聊天。同类项合并在晒儿场上，也在晒着她们的颜值、年龄与穿着。她们有近三小时堂而皇之的“带孩子玩”的理由。来自不同地域，操着不同的方言，习俗各异，出处有别的人汇集在一起，为着同一个目标——

赚富人的钱，走到一起来了。没有任何的规范，也没经过任何的培训，这支保姆大军，八仙过海、各显神通。凭着各自的“看家本领”打天下。工资在几年间，从每月千余元，迅速地膨胀，涨至4500~5000元。甚至有的比刚出校门的大学生还高。大学生的工资还需要支付多项开支：房租、水电费、公交、通信等。而这些住家保姆，过着中产阶级的日子，吃住全包，收入净得。这等差别，怎不让人窒息？这世界到底怎么啦！脑体竟如此倒挂？问天不应、问地也不答。

“你们俩也太舒服了，两个人带一个孩子，还总见人家奶奶带孩子玩。还把人家孩子带得那么瘦。那孩子被养得青筋暴起，都有不少黄头发……”一个胖乎乎、矮墩墩，体型极像胖冬瓜的红唇张翕着。人们不知她的姓名，背地称她为“马蜂”，也是最敢说的。李晔的两个保姆中，长得矮小瘦削的那位先开口还击了。“我们是亲戚，不是保姆！我是来报恩的。我就是不干活，他们那点钱也得给我！”瘦高点的那个，私下里也说是沾亲带故的。但公开场合，她不敢出声，躲得远点，抱着李晔，在城楼上看风景。只有她懂，那矮小瘦削的说的“报恩”是什么意思。她的儿子进了雇主娘家的公司工作，她就来帮她们带下一代的下一代，做的是一笔“换工的交易”。“还亲戚呢！你亲戚就比我们保姆高一等了？帮人家带孩子的就是保姆！你不带人家的孩子，她请你来住吗？”另一个帮腔“马蜂”，也气不打一处地甩上来那么几句。矮小的肚子里那点可怜的认知，让她觉得自尊心受了伤害，出于本能地要去维护。脸涨成猪肝色，拉开了大吵一架的架势。

“都是保姆，还硬撑着要比别人高一等似的！哼！这号人少见!”一看气氛紧张起来，那瘦高的拉着矮小的，推着小车，急匆匆离开。那矮小的不服输地不断地回头，虚张声势，高喊着：“就是亲戚，不是保姆。气死你！气死你!”那两个冲了上来，马上要开打了，被其他保姆拉住。“何必呢？都是打工的……”背后响起“谁家这么有钱？这么傻！两个伺候一个，清闲死了”的议论声。靠空地西边的带弧形的七八级台阶的石梯上，与保姆自然分庭的一边是爷爷、奶奶与外公、外婆们的庞大阵营。所有人都知道一个不争的现实：在这支隔代抚养的队伍中，占百分之九十几的比例都是外婆、外公，爷爷、奶奶们是少数派。

“唉！累死我了，累死了！比上班还累。宁愿上班也不愿带孩子。还是你们好！你们带的都是跟你们家姓的。我们呢？痴外婆，疼外甥，疼来疼去，还是人家的人，外婆都是二百五。”外婆们发起宣战了。奶奶阵营里，一看下了战书，就立马应战了。“你们要是二百五啊！我们做奶奶的，那就是二百五的 N 次方了。你们替的是自己的宝贝女儿，可我们替的却是别人家的女儿。懂点事的，知道你辛苦，说上一两句暖心的话，就算你烧高香了。不懂事的，你活该。除了照顾小的，你还得伺候少奶奶，一不高兴，你儿子面前挑事拨非，枕边风一吹，有你倒霉的了。你除了挨累，还得受气。没听人说：嫁了女儿，带回来的是仆人；娶了媳妇的，带回来的是敌人啦！女儿，你们可以说；媳妇你敢说吗？气都不敢吭的。政令不畅通啊！看在儿孙的份上，还不是打落牙齿往肚里咽啊！这心可比黄连还要苦啊!”

一阵沉默之后，各自吆喝起自己的外孙、孙子、孙女来。圆圆，慢点跑，来！到外婆这里来，喝点水！有的拿毛巾、手帕正在跟跑着、追逐着、打闹着的孩子擦汗；浩浩，别跑了！来！吃块饼干！来，猕猴桃，再吃点……劝导声阵阵。

一阵忙碌之后，重新席石梯坐下的外婆、奶奶，唰的一下目光集中于一处了。

“下来了！下来了！你们看啦!”“哪里？在哪里？”只见其中的一人努努嘴，没出声。人们的目光迅速集中在一个蹒跚踱步的老者身上。老头身板还算硬朗。一边走着，一边不停地咳嗽。高大的身躯，背已经有些驼了。看模样，该是耄耋之年了。离他七八米远处，有一约莫知命之年的女人，两只手左右打横方向摆动着。大约因为左右半脑的协调性有点什么问题，一双大脚丫走得却像舞台上走场的小碎步，跟不上略微前倾的偌大的晃动着的“两座山峰”。看样子，也并不急着赶上前。那一身打扮挺惹眼。上面一件大红色花纹的短衫，下身是一条浅绿色的大喇叭裤，脚上还蹬了双米黄色的凉鞋。那半眯着的肉眼看不见眼珠，却一脸的轻松、惬意、悠闲地尾随老者，不远不近、不快不慢。

她早已习惯了人们斜视、审视，甚至鄙视的目光。她用余光扫视两旁，面无表情。她把那些眼睛看成是狐狸吃不着葡萄反说葡萄酸的嫉妒；看成是自己从此告别保姆群所招致的保姆们的艳羡。想想自己多幸运，多有福气，怎能不让她梦里笑醒？老头退休金 18000 元，交一半给她打理生活。伺候老头子归天后，这套三房二厅就归她了。多好的事！要是还当保姆，哪辈子才能赚够这些？她觉得真是件太划算的事情。人们交头接耳、窃窃私语，评论着、嘲笑着、讥讽着、谩骂着。

“呸，真是不要脸！当保姆当到人家床上去了!”“哎呀！现在那些做儿女的，还不是甩包袱啊？什么年龄了？还能活几年？有个人替他们照顾爹，不好吗？免他们挨累啊!”“唉！听说还拿了结婚证呢!”“是啊!二傻啊?有了那玩意儿,不就名正言顺了?房子不就归她了?眼看着过不了几年,老头儿腿一蹬,房子到手。还不得再加码嫁人?唉!现在的婚姻啊!有什么爱不爱的?全拿自己身体投资做买卖了。这笔生意,不是一本万利?哪像我们那代人哪!受的教育就是:嫌贫爱富最要不得;有钱的人良心都黑。反倒觉得嫁个穷鬼,更是靠得住!结果呢?苦了这辈子。多傻啊!要多苕就有多苕!现在的人……哼!”

不知谁,嗓子眼哽咽着,说不下去了,想起那些年上山下乡,工厂破产下岗,退休了,那点工资,鼻头一酸……她还算比山里出来的强点,转念间,止住了将涌出来的泪珠。保姆堆里七嘴八舌,争先恐后诉说着极尽骂娘之能事。借着这根导火索,尽情地宣泄着各种各样的情绪,夹杂着人性的恶。

“这婆娘,比我们强多了。人家现在不用带娃,跟着老头儿享清福!听说老头每月交她七八千元,安排生活呢!怎么用也用不完呐?”“扯那些玩意儿做什么?说我们自己的事!”一个尖嘴猴腮的保姆阿芳不满地喊道,制止着。这是个保姆资历最老的,“自己的事”提醒了大家。像这个行当里的暗语黑话,触动的是所有保姆的神经与灵魂。

只见,以先后亲疏自然划界,交头接耳、叽叽喳喳的一片。“哎!你一天弄那家多少菜钱啊?咱俩这么要好,我不会说的。”“弄什么弄啊?那女的天天要我报账。我买了两三样菜,就记不得菜价了。”“那你怎么报?脑子这么臭?”“我还不是瞎凑个一分不差的。反正菜价每天都不一样,她要问也问不着,你要她每月加你个两百、三百的,就像要她的命。你每天菜钱拿她几个二十、三十的,根本看不出,她也不知道。我就这么干的。”“你算算多少?”

“哟!都千把元了。”那个听说的伸了伸舌头,眼珠瞪了老大。“也是这个理,下回我就这么干!大不了发现了走人,我们这个年龄的正受欢迎呢!不像那些年轻的待不住。还愁没人要?饿不死人!”

五、良心值多少钱

在这群人中,主人的隐私、家底都是透明的,谁家里男的跟女的关系怎么样?家长里短,传播着、交流着,唯独她们的雇主们对此一无所知。雇主与保姆两大阵营的对垒,经济利益的抗衡,贫富悬殊的云泥之别,每天都在上演着“意识决定形态”的人间悲喜剧。待得久些的保姆,互相传授着经验,好的、善的,在金钱的诱惑面前也不再好、不再善了。“我总在他们面前说:东西又涨价啦,什么什么又比昨天贵了。”那老的若有所思的慢条斯理地说着:“赚富人的钱,容易!他们钱多,买我们的辛苦劳力。知道吗?傻子。他们只管生,不管养的。如果说你这没做好,那没做好,你就说你家里有什么事要走。主人家一般都怕我们走,你知道吧?一走她就怕她孩子没人带,怕别人说她对保姆不好,都换了好几个了。传出去她怕名声不好。我们啥也不怕,她家有奶奶,我们的地位比奶奶高,也不怕。女主人喜欢我们都超过奶奶的。我们听使唤,听吆喝啊!有一双手,到哪都有饭吃的。她要是表扬你呢!你就说谁家保姆工资多少多少,又加了多少。她就明白了。我们这里所有的保姆都这样的。要不!我们的钱怎么会越来越多了?傻子!我就是这样的。不到半年,就给我涨了两次，每回 200 元。”说完，露出得意的神情，咧开嘴，露出满口的四环素牙，开心地笑着。“好！太好了！你们怎么都这么聪明？脑子好使。”“你没听人说啊，姜还是老的辣啊！以后跟我学着点，互相之间多通通气，慢慢地你就会懂了。”

在共同的利益面前，保姆们结成了牢不可破的广泛的统一战线。他们虽然不懂劳动价值的计算，资本在流通中的增值与转换。但感知这一原始的积累，使他们明白了一个道理：赚有钱人的钱多么容易！这在乡下一天要捋一千根麻，手都捋得裂大口子冒血，不成样了，也才不过 20 元。这不是天上地下的事儿？再说了，她们这四五十岁的保姆，在年轻的夫妇面前，不是经验足够丰富？而且比起那些二三十岁的年轻保姆，女主人不是也多了许多安全感？

那年轻点的保姆，似乎有问不完的问题。“我们那家的老的，很能干，我们做什么？做得怎么样？她都懂。但是很刁，成天监督我们，一会儿说这没做好，一会儿又说那没做好。咱们不自由，挺烦她的。那两个小主，我们不怕。成天不在家，即使回来了，一人一台电脑，夫妻俩不是看电视、电脑，就是把孩子当玩具，玩一会儿就又交给我们了。那个老的就很烦人，一会儿说：‘你们出门时，所有电插头都应拔掉，防止短路、漏电的事件，发生火灾。哎！你们怎么把插头的另一端随便放在灶台上啊！另一端还插在插座上。这要是孩子的手摸着可怎么得了？那可是带电的东西啊！真吓人！嗯！看到没？那孩子一到吃饭就要喝水，这样会冲淡胃液，伤脾胃，影响他食欲的。知道吗？你们带他下楼玩，为什么不喂水啊？’‘喂了！’‘喂了？一到吃饭就拼命要喝水？灌了一肚子水，还怎么吃？怎么长？你们看他的十个手指头里，黑黑的，洗洗嘛！怪不得孩子老是上吐下泻的。一吃什么，多一点就往外吐呢！这孩子的头怎么长得像玉米头？上头小，下头大的？两边扁扁的。这不是你们侧身拍成这样的？以后睡觉放平了，不要两边侧身睡。你们看那前额，《易经》里称为天庭的地方有多狭窄，睡得多丑了？没见哪个伟人不是天庭处宽阔、饱满？’”

“我们表面上不说什么，心里可恨死她了。不过还好，她们婆媳不合，在她媳妇面前，我们就不断地告她的状，说她的坏话。恨不得赶走她。她成天这也管、那也管，管天管地的，我们还怎么带孩子啊？一人一种带法，要么她自己来！我们走！我们就知道：她媳妇就最怕我们走，差点急红了眼。她媳妇枕边风一吹，一哭、二闹、三上吊；老公面前，十八般武艺一使，横着抱的，哪有竖着抱的厉害呀！她儿子立马就去收拾她了。有一次我们说她媳妇做沙发套，她想趁机拿回扣，那小子不问青红皂白，竟抄起一口平锅，差点把他妈拍死！我们在旁边看笑话。拍死她才好！她儿子去坐牢关我们屁事。看她下回还敢不敢管我们？那老太婆挺厉害，第二天就冲我们大喊：‘扇阴风、点鬼火，借刀杀人，我誓死当我孙子的保护神！’我们三人统一口径，她那儿子哪知道是我们瞎说啊！他也不想想，他妈怎么会看上那一点点回扣？像个老母鸡似的，成天护着子孙。都不知道顾下自己的人。那个傻子，连自己的妈都不相信。我们一上枪他就扣扳机，对着他妈就一梭子！差点要了她老命。”

“我是因为女儿在上大学，想弄点钱，那你呢？想搞几万元钱就走，给儿子弄点做小买卖的本钱再说。”“我们家那老的是外公外婆，带的是他们的外甥女，好办多了。平时听外公外婆的，他女婿基本不管，家就是他的饭堂和宿舍，尽管有时候女儿跟外婆意见也会不一致，那我们就等他们统一了再说，要不我们听谁的？不过，还好！娘俩之间，猫一会，狗一会的。不像婆媳，那是水火难容啊！”“是啊！”“我们做保姆的，最不喜欢家里有老人。没有他们，我们就是自由自在的，只要在小夫妻面前做做样子，表现表现，他们的家不就是我们自己的了！那老的还抢着带她孙子呢，生怕我们委屈了他似的！让她累好啦。反正替的是我们，我们不说，那一对，是不知道的。反正又不少我们一分钱。不过说真的，像她那样带孩子，捧在手里，怕摔了；含在嘴里，怕化了，我们不早就累死了？周六周日那两个小的在，我们早早就带孩子出门溜了。要是平时啊！在屋里聊够了，看看报纸，打打电话，做好了午饭，十点多才出门，多自在！时间长了，发现他们之间互相什么也不说的。因为奇怪，我们踮起脚，屏住气，在她儿子睡的房，毛玻璃下偷听了好多回，想知道她娘俩间有什么秘密，好跟她亲家报告，结果什么也没听到。娘俩间本来就不说什么的，也没什么话可说。反正我们也不怕，那做奶奶的，不是气得干瞪眼？管它过去是什么老总，现在是我们说了算！”

“现官都不如现管的，更别说她还是过气了的。哼！谁怕她？那傻子才是我们最好的保护伞。”这是那位矮小玲珑的至亲保姆王玫在说话。上帝在造她时一不小心使她的鼻中隔不均等，偏得十分厉害。俗称两鼻孔不一般大。说起话来，那声音里，总有嗡嗡的杂音。头晕、脑涨，便成了她的生活常态。以至于让见到她的人都觉得她活的很难受。而所谓的报恩，却是另一个两腋狐臭熏天的保姆李执告诉张茜欣的。王玫的小儿子去张茜欣亲家儿子那里打工，每月 2000 元的收入，王玫嫌少，在李执面前发牢骚：她外侄也太不够意思。自己挣那么多，在城里已经买了八套房，听说在美国还有房，还计划着买别墅呢！可对亲戚却是如此的小气。据说还捞了不少钱，要移民美国呢！怎么说，我还是他的长辈呢！人说：不看僧面看佛面哪！他那父母亲在我们面前只管装聋卖傻的："儿大不由娘啊，儿子的事，我们不管。也管不了。"人说矮子肚里疙瘩多，一点不假。她经常有意无意地说上几句，说给张茜欣听。"我是来报恩的呀！我是代表你亲家来的，娘家舅为大呀！……"每听至此，张茜欣气不打一处来，她像被打了鸡血的公鸡，亢奋起来，便冲她说："你代表谁？我不知道。亲家没对我说；你若是报恩，就把我孙子带好，别让他那么瘦，长得那么慢。我是不管白猫、黑猫的，能抓住老鼠的就是好猫。管你什么亲戚，带好孩子，我便认可你；带不好就对不起，两个山字一叠，请出！"

这些被称为农民工的群体，在农村，一年辛苦下来，见不着多少人民币。来到这里，吃、住全包，日常生活用品像牙膏、牙刷、床单、被套等都不用自己掏钱买。一个月净落几千元。一年下来，能攒好几万元呢！比起乡下，岂不是云泥之别？雇主家吃得又好，哪顿没鱼虾？个个都要减肥了。过年回乡，那些没出来的笑话她们：越发地富态了，不像乡下人了。她们除了工资，另外在菜金里每天拿点，小金库里慢慢地积少成多，想想都开心。

这是个自由的天地，她们的主人，早出晚归管不着；孩子们什么也听不懂。至于良心，良心卖多少钱？她们的价值观里，没有良心二字。满心满脑的只有二字："赚钱"！她们从来不交流带孩子的经验；不交流有关孩子的许多话题。那些原本纯朴的山里姑娘、村里农妇，穷乡僻壤的乡下女人，来到这万花筒般的花花世界，安贫乐道的认知被彻底颠覆。她们恍然大悟，茅塞顿开，动着各种脑筋，赚取外快。主人家的废旧报纸、书籍、废纸皮，以打扫卫生为由卖了不上交，带孩子玩时看见什么就顺手牵羊捡回来卖。你若问她，嘿嘿一笑说：那点钱你们还看得上？自私、贪婪、如毒蛇，吞噬着人们的心灵，也像瘟疫一般蔓延、传播开来，传得飞快。为了共同的利益，绝不会有人告密。那些雇请她们的所谓“有钱人”永远也无法得知，他们因此损失了多少孩子的“无形资产”与不可估算的经济价值。

在这个有着3000户居民的庞大的社区里，没有千万资产的积累，是住不进来的。新型的中产阶层成了社区的主体。在那些保姆眼里，统被称为有钱人，时间久了，她们彼此间熟悉了起来，谁是谁家的保姆？是哪号房里的，都像小葱拌豆腐——一清二白的。而主妇们看她们却像看穿着统一服装的士兵，清一色的面孔辨不清楚。历史上从未出现过的现象，现在出现了。过去视金钱如粪土的那一代人；如今，金钱也视她们如粪土了。钱财将人自然地划分了等级。在主人面前，小人物们唯唯诺诺、低眉顺眼，极尽听话之能事。可回到她们的圈子里，则自然是另一番的畅快！“狗娘养的！凭什么要伺候她？30多岁，就要我50多的伺候！垃圾桶就在手边，也要喊我替她丢？下辈子让她当保姆，伺候我！”“她们不就是有钱吗？可她们的钱大，我们的人大啊！”

主人们享受着指使别人的自由与作为主子的高贵与尊严；奴仆们享受着，赚了钱还痛骂得淋漓酣畅。各有所得，各取所需，永远的背对背，直到各奔东西。“唯独她们俩是只带一个孩子的！”当保姆们的目光像聚光灯般聚焦在王玫和李执身上时，她们的日子就不那么好过了。自从上次的“不是保姆是亲戚的舌战群雄之后。”圈子里的嫉妒声鹊起。话里夹枪带棒的。“你们俩真够舒服的了，两个只带一个。还总见人家奶奶带孩子玩。这家人富到什么程度呀？挺富的不？”

六、李晔到底去哪儿了

“从来没见过李晔的爸爸妈妈，长什么样？我们带孩子、洗衣、做饭、买菜，什么不是我们？你们俩，一个抱孩子，另一个甩手玩。我们上个厕所都没人替手，真是的，怎么比啊？人比人，真的会气死人！”那些保姆，愤愤不平地议论着、叫骂着、纠结着，没完没了，永无休止！怨气洒向王玫和李执。她们俩像是隔离在主子与保姆的夹层里的契诃夫笔下的“套中人”别里科夫。两头搭不上，融不进，又经常感觉背后有无数双眼睛盯着她们，非常的不自在。于是，她们推着小车，带着李晔常常出没在无人的天台花园，及还没开卖的毗邻的新楼栋。去哪里聊天，没人知道。放心地开聊至天昏地暗，也无人知晓。她们庆幸彼此可以做伴闲扯，否则，岂不要闷死她们？日子怎么打发？王玫哭丧着脸，向李执吐苦水：“我来这儿都两年了，就春节回去了那么几天，千里迢迢的。那死鬼不老实，在老家弄起弟媳妇来了。你说我窝心不窝心？去年刚给他买辆摩托车，说是卖点药材，赚点钱方便。这下可方便他了，抠女人方便了。天津人说：要想死得快，就买一脚踹。哪天他一脚踹下去，两腿一蹬就好了。省了我的心。”她沉浸在自己的苦难中，沉默着，喉头开始有呼噜声，她赶紧用右手握住那巴掌大的小脸，唯恐自己要号啕大哭一场。李执被她撩拨起同样的心事，也如诉如泣地道了开来：“这不，他们父女俩已经三个星期不给我个讯，也全当没我这个人似的。我偏不找他们，赌了这口气，看他们父女俩什么时候才想起我这个人来。”说着说着，止不住的眼泪往下滚落。

童车里的李晔感觉气氛不对头，有些害怕起来，直吵着要抱。这场聊剧才就此打住，连续剧却在各自心中继续酝酿着、发酵着、编撰着。家家都有一本难念的经。张茜欣经常找不到自己的孙子李晔，心中好生纳闷：怎么晒儿场就没有他们呢？这会在哪儿呢？更令她奇怪的是：只要张茜欣一露面，那二人便迅速地尾随其后。以至于张茜欣始终不知道她们是从何处地缝中，像《聊斋志异》中的女妖似的突然冒出来的。她满眼的狐疑，却找不到答案。但当过老总的张茜欣知道答案必须在保姆中去找。她在那群人中扎了两天，保姆们不明就里，好奇、猜测、回避的目光都有。张茜欣瞄准了一个由内及外单纯些的，见她抱孩子离开人群上厕所的当儿，抓住机会，塞给她一张百元大钞，问了个究竟。有道是：有钱能使鬼推磨。如今变为有钱能使磨推鬼了。张茜欣蓦然地想起儿子小刚的口头禅：钱能解决的问题就不是问题。她虽然心里觉得这话怎么就那么别扭，但残存的：“钱不是万能的”的认知，却被现实浇了个透心凉。当她“蹬蹬蹬”地去到天台花园的时候，差点气晕过去。宽敞空旷的天台上，只有他们三人。小李晔在地上爬着。她们俩聊得正欢。当王玫发现张茜欣时，二人顿时慌作一团，手足无措。“奶奶！”只见她拍了一下李晔。“奶奶！”李晔见了奶奶，呼喊着，兴奋得手舞足蹈。咧着嘴笑得合不拢。“宝贝！宝贝！奶奶的骨头啊！心肝儿！”张茜欣抱着李晔心疼不已，一边用毛巾蘸水洗净他的脏手，一边数落那两个：“小孩子是要跟小孩子在一起玩的。你们带到这里，他不是脱群了吗？光听你们聊大人的事，聊大人的话题，受什么教育影响呢？这里这么大的风，八面来风的，你们在山野里吹惯了，这小孩怎么受得了？怪不得我家李晔发烧就是高烧不退，就不能到小朋友都在的晒儿场那边啊？”那两个虽然不语，跟着张茜欣、李晔后面往下走，交换着目光，会心地笑了。心知肚明的是：有一个人能治他妈！一物降一物嘛！那就是她儿子——李小刚。只要她们一告状，准行！这小子就是个二愣子，只要给他装药，他就放炮的！对他妈啊！老实说：我们乡下人的儿子都不敢那样的。真没见过，真没见过他这号的。管它的，向着我们，信任我们就行呗！要不是他这样的，我们还待得了吗？两人在肚里做着同样的文章。

南国的秋天，有着千里清秋的大气。一副水随天去秋无际的洒脱景象。天空显得那么高远，那么深邃，仿佛让人看不到尽头，看不到边际，天地相接，天的尽头还是一片天。望着天空，人的眼界与胸怀顿时变得开阔与空旷起来，张茜欣尤其喜欢这南国的秋天。秋天的美，美在那份清澈。生活在秋天的日子里，她感觉自己的心犹如那澄澈的蓝天一样，单纯、轻盈。秋天的明净、绚烂，是埋藏在岁月风骨里的温润与美丽，如一轴明朗、热烈、苍凉、徐徐展开的画卷。

当张茜欣想怀着一颗平静的心去欣赏，去寻找一份秋的清灵时，才发现人生一场就像落叶匆匆，所有的过往变成了浮华一梦。她仍然清楚地记得，收到儿子被名牌大学录取通知书的那一天，她和李威是如何的欣喜若狂，拥抱着，在那不足 70 平方米的房间里，旋转了一圈又一圈；在栅栏边，两人伏在那里，遥望着凌空的那架飞机，坐着他们的宝贝儿子的，即将远去的，变成一个小黑点的飞机。当他们收回目光时，两个人的眼眶里都是泪水。四目相视无言。此时无声胜有声。在经历了几十年的相濡以沫的两人心中，语言是那么多余。两人对儿子的疼爱、付出一样的深、一样的重。彼此的爱早就变成了一个“懂”字。这历久弥新的感觉，就像在昨天，可李威撇下她已经十几个寒暑易节了。现实生活中的张茜欣，那颗孤独的心，真的不是一朵闲云。既不承雨，又不为风所追。游来荡去的，经常在漫散中任由枝蔓自由生发。她早已没了几十载工作时的有律、有序，被日常家务事驱使得劳累不堪，如牛负重；被一日三餐驱赶得无奈与无助，她连嘟囔几声的时间都没有。这是在李晔四岁之后，她主动请缨，给儿子立下了军令状之后。

此刻的张茜欣正朝着豪华大气的紫辉花园大门外走去，她要去毗邻的文具店买圆珠笔。随着改革开放以来房地产产业的蓬勃兴起，紫辉花园在这座国际性大都市里，都算得上是独树一帜、首屈一指的了。巍巍然吞吐紫气，熠熠然照映金辉。便是紫辉花园命名的寓意了。

张茜欣突然发现，就在她要走近大门时，临门一侧的空地上，租了场地的商贩，摆满一地的床上用品，五颜六色，琳琅满目。不少人在围观、挑选。吆喝声、议论声、讨价还价声，连成一片。喧闹声不断。但看的人多，买的人少，人们顾不上拥挤的灼热与烦躁，精心筛选。那些床套、床单、枕套被翻了个底朝天，乱七八糟的。卖主蹲在一旁，急得直叫喊：“别翻了！别翻了！买不买？不买的就走开，别耽误要买的人挑……”旁边有几把藤制的小靠背椅。王玫把李晔放在一把椅子上，左手张开的五指抵在他的胸部，李晔坐不稳，头朝前耷拉着，不大的眼睛，四处张望。一切在他眼里都是新鲜、新奇的。他看着熙熙攘攘的人群，即使很不舒服，也忘了去哭。王玫蹲在地上，右手不停地翻动着横七竖八的物品，心里盘算着：要不要这次买点什么回乡下？一边又嫌太贵了，正犹豫不决时，突然发现张茜欣，打远处朝这个方向走来，顿时像耗子见了猫似的，本能的抱起李晔飞快地跑了起来。

张茜欣早就看见了这一幕。那血融于水的亲情如海水般，顿时在胸中汹涌澎湃起来。愤怒之情填满了她的胸膛，心疼自己的孙子。她高声喊了起来："别跑！别摔着孩子！"那王玫体弱，一米四几的身材，抱着孩子跑，已经是气喘吁吁的了，她索性停了下来，也不说话，把李晔往她怀里一塞，对李晔说了声，奶奶抱！便淹没在保姆群里，不见了踪影。

又是一年春草绿，祖孙俩去了附近的人工湖公园，在阳光的照耀下，湖水波光粼粼，湖边垂柳盈岸，木棉花开得正艳，偶尔能听到几声鸟鸣，一切是那样的恬淡、温馨、舒适。走走，抱抱、跑跑，李晔都出汗了。张茜欣忙轻轻用毛巾擦拭，一边趁机喂水。见到不远处的鱼池，李晔更加兴奋起来。"奶奶，我要喂鱼！""好的！咱们去喂金鱼！来！奶奶给你钱，你去找姐姐买两袋鱼食，一袋三元钱，两袋六元，奶奶给你十元钱，找回四元。"聪明、活泼、可爱的李晔，拿着钱，走进售货亭，张茜欣在他身后。李晔上身穿着湖蓝色的长袖T恤，下身白色长裤，脚蹬一双橙黄色的皮鞋，活脱脱一个酷酷、帅帅的靓小子。奶奶满心的喜爱，只见李晔隔着柜台递过钱去，清脆的童音响起：姐姐，我要买两袋鱼食，请你帮我剪开口。张茜欣刚刚跟他说的话，他竟一字不落的全盘吸收了。"真乖！好懂礼貌的帅小弟！"听到姐姐的表扬，李晔小脸红扑扑的，满是高兴与开心。“姐姐表扬我啦！”他冲奶奶昂头兴奋不已地说着，张茜欣趁热打铁地说：“做个懂礼貌的孩子多好啊，谁都喜欢！谁都表扬，是不是？”李晔点点头，兴冲冲地奔向偌大的金鱼池塘。严格地说，满池的鱼都不是金鱼，而是供人欣赏的锦鲤。栅栏边喂鱼的人还真不少，老的、少的、大的、小的排满了安全栏，围了个密不透风。

“来啦！鱼群来了！快丢食！引鱼群过来！后面还有。别把鱼食抓成一把，手松开，鱼食撒出去！”叫声、喊声，此起彼伏，不绝于耳，每个人都被欢乐包围着，神情专注地欣赏着鱼群争先恐后地抢食的情景。那些肥硕体壮的张着大嘴，动作远没小个的迅速，但嘴里吃进的鱼食却是它们的多少倍了。弱肉强食的丛林竞争法则并不局限于丛林，同样适用于其他物种。锦鲤身上的色彩在阳光的辉映下显得格外耀眼，色彩斑斓，使得周围的世界也涂上了斑斓的光辉。“小晔！乖乖，手伸进一点，这样就会扔得远点！鱼食掉在脚边，鱼就吃不着啦。”张茜欣一边示范，一边提醒着孙子。“我喂你了，你吃啊！”看着跑开去的鱼，李晔急得直跺脚。嘟囔着：“真笨！跑开去干什么呀？吃不着了吧？”不知待了多久，人们陆陆续续地离去，栏杆空旷了起来。太阳已经西沉，不少鱼儿被喂得饱饱的，看见鱼食也不吃了，追逐打闹起来，翻腾起半尺来高的浪花。“咱们走吧？小晔。”“不！我还要喂！”“你看，卖鱼食的姐姐们都下班了，下次再来好不好？”李晔撅着小嘴，很不情愿地跟着奶奶离开了鱼池，往回家的方向慢悠悠地荡着。“喝点水，宝贝！”李晔真的渴了，刚才跟鱼对话，费了不少精神，他一边咕咚、咕咚地喝着水，一边还沉浸在那些自说自话的无限快乐之中，满脸的依依不舍。张茜欣慈祥地看着李晔，享受着含饴弄孙的天伦之乐，李晔那天真稚气的脸，让张茜欣涌起对童真无邪的慨叹，成人的世界里，太多的自私，贪婪与虚伪……在孩子的一方净土面前，真能得到灵魂的洗涤与对比后的自惭形秽。

七、我是亲戚不是保姆

把李晔塞给奶奶后，王玫在保姆圈里开始了她的滔滔宏论。一想到一小时后，她就可以乘便车回老家歇一阵子了。平常处于一级战备状态的细胞，顿时松垮了下来，人都觉得飘飘然了。足底腾云驾雾一般地不着地地踉跄着，好一会儿才站稳。“他奶奶是老总，我也是老总啊！他奶奶穿裙子，我也穿裙子，我就是什么也不干？他们也得给我这么多钱，一分也不得少，你们知道吗？我是他的长辈。”人至少文化，则无敌！她当然无从知道阶层的概念，也无从知道她那个美容院里的洗头工老总和张茜欣集团公司老总的无可比性。她心底的不服气、不服劲，与不公的命运赌着气，转移到与李晔奶奶的较劲起来，实质上是对张茜欣管束她的较量与抗衡。保姆们听着，一个个不接她的话茬。对王玫素日的“我是亲戚不是保姆!”宣言的鄙夷与不屑仍在每个人的心头像幽灵般不散。那句话深深刺痛了每个保姆的自尊。

她们只顾逗着手中的孩子。哦！嗯！啊！有一声没一声的算是回应。偶尔也有面面相觑，瞥下嘴的，彼此只意会而不言传。演讲还没结束，她被激起的不平，终于找到了一个宣泄口。王玫继续着，每个细胞又亢奋了起来。“我懂中草药的，像这小孩子，我都会搞点什么益母草、四磨汤给他喝的，还用艾草煮水给他洗澡的。”说着说着，口沫开始横飞起来。她觉得自己已是高明的老中医了，哪里还是什么当保姆的料？只听得有人小声嘀咕了一句：“两人把人家孩子带得那么瘦，还在这儿吹什么牛？那家人都瞎了眼，看不见？”声音不大，但所有的人都听得清清楚楚的。沉默接着沉默，只有孩子们滑梯下滑的声音和快乐的笑声。沉默是最具杀伤力的武器！

王玫自觉无趣，自说自话：“早晨起早了，睡一会儿去。”上楼睡她的觉了。

身后又是一片对“是亲戚不是保姆”的谩骂声：切！自己瞧不起保姆，不肯承认自己是保姆，还在我们面前装高贵！呸，老八婆……

“奶奶，救我！”已经三岁多的李晔，蹬蹬蹬地跑了过来，神色慌张。听到这一声，张茜欣从厨房里急速地跑了出来，来到两套房的中间走廊上，去迎接李晔，张开双手：“宝贝！快来！奶奶抱！”小家伙两只小手往奶奶手臂上一搭，像只小猴上树似的，双脚吊起，直扑到奶奶怀里。张茜欣搂着孙子，心疼不已。忙问：“怎么啦？怎么啦？宝贝！告诉奶奶，奶奶是你的保护神！”“阿姨要打我，你不在的时候，她就打过我！”想到被打的滋味，李晔哭了起来。“奶奶去找她！”张茜欣抱着李晔走了过去。“哎！李执，孩子小，你别打他呀！我这孙子挺聪明的。很懂道理的。”“我哪里是打他呀？吓唬吓唬他的。”“把孩子吓唬成‘奶奶救我’，这吓唬不是也太过了？”“以后不要再吓唬他了行不行？”李晔破涕为笑，一脸得意地咯咯咯地笑着，对李执说：“阿姨！你再敢打我，奶奶就会打你！奶奶是我的保护神！”他搂着奶奶的脖子说：“奶奶，我爱你！奶奶，带我下去玩！”

张茜欣心里甜丝丝的，这舐犊之情，比起年轻时，抚养儿子，更多了些滋味，缠绵而醇香，溢满心田。“好！我们下去骑车，把奶奶给你买的车骑上。你要天上的星星，奶奶也上天去给你摘啊！走啰！”李晔跨上他的自行车，扭着小屁股，手把着龙头左右摆动着，一路骑向电梯门，张茜欣一步也不敢落下，那是她的骨头和肉，连着她的心哪！突然，噼里啪啦，距离电梯门不远的自己家里发出了踢、砸东西的声音，夹杂着叫骂、哭喊声：“以为我喜欢待在这儿啊？你们钱大，我们的人大啊！这辈子我伺候你们大的、小的，下辈子叫你们变保姆伺候我哪！有报应的啦！”张茜欣知道她不敢喊伺候老的，因为老的根本不需要她们伺候，还能帮带孩子，做不少家务。李晔转过头，向奶奶频频招手示意：快走！快走！奶奶！

电梯正好开门了，祖孙俩一路下到社区的情侣路上，李晔身手矫健地骑着自行车，一路撒欢。嘴里哼哼唧唧地唱着，快乐写满脸上。张茜欣目驰神追地跟随着李晔的身影。坐在铁制的座椅上，冒出了忿念：因为穷啊！自己儿子李威小时候就没骑过自行车。在那个以穷为光荣的年代。大家都穷，谁也没意见。现在，她都给李晔买过连这部已经四辆自行车。真是时代变了，变得两极分化，贫富不均了。好事呢，还是坏事？她还没想明白，见李晔过来，张茜欣牢记着自己的职责：宝贝！歇会儿！来！奶奶给你擦汗，喝点水，然后吃点水果……李晔累了，坐在奶奶的大腿上，面向奶奶，娇嗔地听凭奶奶擦汗，乖乖的喝水，吃着梨和橘子。手机响了起来，张茜欣对孙子说：“宝贝，阿姨来电话了。叫我们回去吃晚饭了。”小家伙也有些饿了，祖孙俩回到高二十八层的家里。

张茜欣对李晔说："饭前便后要洗手，宝贝！"她拉着李晔到洗手间，李晔洗完手就跑开，玩他的积木了。张茜欣过来时，李执正背着身在餐桌旁，将固定着的李晔座位上的一个盘子，与他妈妈的调换了一下位置。张茜欣纳闷：为何调换呢？趁着李执进厨房的当儿，她用筷子将两个菜盘里的煎鸡蛋调了个面，她顿时便明白了，心里无名火起。原来她把煎煳的一面的鸡蛋换到了李晔这边，欺负他不懂鸡蛋煳了不能吃的！她又唯恐得罪了女主人。有奶便是娘！每月工资是女主人代付的，那是她老公所交纳的"家用"。张茜欣气不打一处出，心里一阵骂：真是穷山恶水出刁民，这乡下婆娘干吗不给自己吃？或者重煎一个，鸡蛋不是有的是？扔了那个不就得了？继而自通，弱智低能，岂有这等逻辑思维？张茜欣知道：自己不能出声，她把李晔的鸡蛋换给了自己。

后来她后悔，没把那个鸡蛋给李执，告诉她：我知道了你干的好事。那是娘家派来的钦差大臣，说了她，就等于说了她的整个家族。他们是一荣俱荣、一损俱损的整体。你触碰了其中一个，就触碰了其他成员极其敏感的神经，会架起18门大炮轰你，谁受得了？再加上你的儿子，屁股坐歪，岂不是飞蛾扑火？张茜欣上过当，清楚地记得：那两口子不在家，她带李晔在晒儿场玩耍，远远瞥见李执拖了个满满的大编织袋，正往另一个小门走，因为沉重，看样子走得很吃力，双手握住提绳，右腿的膝关节处正向顶住编织袋，亦步亦趋，艰难行进。张茜欣多了个心眼，打电话问门岗，保卫回说："她说是主人家不要的衣服，送给她了。"才予以放行的。张茜欣后来批评保安：少了一道程序，应打电话给业主核实所说的是否真实？

她把这件事告诉了儿子小刚，他的回答很奇葩："只要是在允许的范围内！你管她的！"她又试探着告诉王薇，她便借题发挥训斥起来："照你的要求，她就不会是保姆了。你说什么说？要么你来带，你不带，就免开尊口！"她从来都是你来你去，你字下面加心字作底，对长辈，她浑然不知。张茜欣有次听她骂她妈："放屁！"她妈急眼了："放屁！老子放屁，你个婆娘！"那娘俩半斤八两，"棋逢对手，将遇良才"。那是她妈来做客的日子里发生的事。当时的张茜欣吓得一个退步，退回了自己的房间，好久不敢出门，见到她们时，人家娘俩没事儿一般，倒是张茜欣像是做贼似的，心虚不已。"放屁！"二字始终在耳边徘徊，挥之不去！

英国作家乔治·奥威尔说："一个社会离真相越远，它就越痛恨那些讲出真相的人。"一个家庭也是如此。当张茜欣把她看见的、听到的，告诉李小刚时，只见他愤怒地握紧了拳头，高声喊道："我！就是旗手！我就是舵手！谁反对我的策略？谁就是我最大的敌人！"张茜欣被彻底地震惊了，这个自己倾注了全部心血于艰难竭蹶中抚养成人的，自己亲生的骨肉，居然如此对自己的母亲说话。语气中充满了火药味，全然没了母子温情的情感链接。对张茜欣来说，爱惜颜面，就像鸟儿珍爱自己的羽毛。谁会愿意将自己看中的东西，视为比生命还要重的人格、尊严、母亲的地位，扔在地上任人践踏，哪怕是自己的儿子。再好的涵养也抵不过，这种忤逆犯上、大逆不道的行径！张茜欣强压住心头翻涌的怒火，转身走开了。因为她心知肚明：在她之前，恶人先告状了！若此时母子俩交起火来，那就是：城楼观风景，不怕戏台高了。

张茜欣满眼噙着泪水，一溜烟地走下楼，没有什么比儿子偏听偏信，不问青红皂白地朝自己发火更让她绝望的了。想起那小子咆哮如狮吼的神情，张茜欣独坐在小区没人的一角，哭了个痛快。她仍然心疼自己的儿子，基层领导工作辛苦，压力大，回到家里，婆婆妈妈的事情又让他烦心，他不朝自己发脾气，朝谁发脾气呢？张茜欣想把长久积压的愤怒全部发泄出来，捍卫自己的尊严。但有的时候，现实硬是要逼得一个人开始撒泼，她的问题才能得到解决。她无数次地想过：自己究竟遇到了什么问题呢？日子在滞重中流淌，什么“问题”也在张茜欣的心里不断纠结。

她只知道：自己打了败仗。有着残兵败将的沮丧与无望。“婚姻是两个人的散打；是两个家族的群殴。”已经记不起是谁说的了。可这句话却刀砍斧凿般地留在张茜欣的脑海里，印证着她正在经历着的一场更大的磨难。而且，在这场磨难中，白的、黑的？成了问题，甚至被颠倒了位置。人性的迷惘与扭曲的背后，究竟折射出怎样的伦理与道德观呢？

八、永无休止的战争

张茜欣思考起前不久一起轰动整个城市，引起广泛热议的发生在周围的真实事件：从地铁 A 出口出来，又转了两趟汽车，王敏宏走在平坦宽阔的柏油马路上，拖着疲惫不堪的身躯，向不远处的康华小区走去。在这个华灯初上的时候，繁华喧嚣的城市，鳞次栉比的高楼，车水马龙、人声鼎沸，正是下班的高峰时段，朝九晚五的上班族们回“家”的时候。一切都笼罩在橘黄色的灯晕里。王敏宏走着走着，眼前的景物开始晃动。道旁的树，他叫不上名。只觉得，在灯影里，枝叶也开始摇曳，他累，眼睛已经视物不清。不光是身体累，心里更累。他倚在一棵粗大的电杆下，休息了好一会儿闭着眼睛养神。

“你怎么啦？不要紧吧？”有路人关切地询问，王敏宏摆了摆手，没说话，也没睁眼。当他再睁开眼睛的时候，定了定神，觉得好受了不少，继续赶往回家的路。

一想到那每个月还在还贷款的60多平方米的小屋，患上了抑郁症的妻子，不到两岁的儿子，还有那白发苍苍、步履蹒跚的老妈，王敏宏倒吸了口凉气。只觉得这股凉气从头窜到脚，把他整个人都窜得冰凉，除了那颗年轻的滚烫的心。他的肩头像是被什么东西重重地往下压，双肩扛着的那颗脑袋又倔强的向上拼命地顶，就要顶不住了。他真想就此趴在地上，再也不起来。可是他又明明知道自己不能就此趴下。他必须把这上有老、下有小，还有老婆和房贷的重担挑着，一直挑下去。能挑到什么时候？连他自己也不知道。精神上的、经济上的，这两副重担压着他喘不过气来，他觉得窒息感时刻在威胁着自己年轻的生命，自己又不断地努力地喘息着。转念间想到自己还年轻，刚过了而立之年，年轻就是最大的资本，就是资源。未来有的是机会和希望，升职、加薪……都有可能。

一想到梦想，憧憬着玫瑰花瓣铺就的前程，沉重的脚步忽然轻松了起来，他来到一扇倒贴着金色福字的门前，敲了三下，开门的是满脸泪痕的妈妈。王敏宏惊讶地问道：“妈，怎么了？又发生什么事了？”他隔着镜片，还是看到了那张布满核桃皮纹路般的脸，连泪水的流淌都受到了阻碍，阡陌纵横，王敏宏只觉得鼻头一酸，他用手下意识地捏了捏那儿。“没什么！”他妈一边回答，一边用手背擦拭着，止不住下淌的泪水。架不住儿子再三盘问，妈说了句：“秀芝今天发脾气了。”“为什么？”“说小宝拉完屎，我没擦干净，菜又烧咸了。我刚洗完衣服，晚饭已经做好了，你回来了就先吃饭吧！”被叫作秀芝的女人，时髦的卷发堆了满脑袋，宽大的睡衣套装，显得慵懒与肥胖。她抱着孩子，几乎是从里屋冲出来的：“你说你妈，孩子拉屎了，她说擦过了；我重擦了一遍，你看看，这是她擦过的，这纸上还是黄色的。”她把放了一个下午的婆婆的罪状，一把塞到王敏宏手里，塞得他的手生疼。她像放机关枪似的不停歇地放了一通，末了还加一句精彩的总结性评点：“真是恶人先告状！”鼻孔里发出“哼！”的一声，极为清晰。老妈子小心翼翼地解释：“我没告状，是敏宏问我，我才说的。”“哼！还不是告状？那我说菜烧咸了，又是谁主动说的？……”

重磅的语言炸弹持续朝老太婆发射。敏宏的老妈侧立着不语，两只长满老茧的手不安地、不停地搓着。浑身的不自在，恨不得脚下有个洞，立马钻进去。王敏宏烦透了，每天回到家，就是这类事情。不是妈告状，就是媳妇告状。他这个双面胶真的好难当。妈是给予自己生命，又呕心沥血、节衣缩食抚养自己成人，恩重如山、情深似海的最亲的人；媳妇又是与自己风雨同舟，携手同行的伴侣。自己就像风箱里的老鼠，两头受气，不得安生。他没有时间，也没有心情去考虑这类事，去当好家庭的法官。法官判案有法律为据，这家庭日日上演的悲喜剧、闹剧该如何收场？两个毫无血缘关系的人，因为自己走到一起来了。王敏宏多么希望两个同样爱着自己的女人，能够互爱，至少不要互吵、互害。但他的想法是多么的天真与幼稚？这两个与生俱来的天敌，只要一碰面，在一起，便是一场血雨腥风的厮杀，不弄个鱼死网破，不决一高下雌雄，谁也不罢休！于是日复一日的战争永无休止。

有时候，王敏宏也窃想，难道是因为爱具有的强烈排他性所导致？女人只愿自己的男人将百分之百的感情交付给自己，连孝顺母亲，给些儿子的爱也不允？

王敏宏真切感受到母子之爱与夫妻之爱不能等同与替代。母亲的爱是博大深广而无私忘我的，它源于血缘，是与生俱来的，属血缘相承的无可选择关系。而夫妻之爱，则是经选择、培养的社会关系。母亲对子女，无论其伟大、渺小，聪明、愚钝，成功、失败，均无所求，或所求为子女健康平安！妻子对丈夫是有所求的。即选择时便有的，资源是否匹配，财富是否相当，颜值是否合眼缘，性格、志趣是否相投，等等。社会现实残酷地告诉自己：当一方遭遇不测时，另一方转身背道而驰的事例屡见不鲜，而母亲却极少或罕见放弃自己的子女而不顾的。但女人是感性的，她们任由自己的情绪左右，即使鸡毛蒜皮的小事也能引发一场大战。王敏宏成了家庭的消防队员，或是墙头草。无计可施，他更多的是偏袒自己的女人，对母亲施加压力，一则是因为生的亲，自己可以任性，二来潜意识中也觉得即使说重说错了妈妈，妈妈也会宽容自己。甚至是欺负老母，也无成本。

人们早已把孝顺母亲，守着五千年的尊老规矩，看成是愚孝了。再说，自己在单位里已经是够累的了。人们的思维已经固化了，“公务员”，已经被认为是高地位、高稳定、高收入的“三高”人群。其实这个内部分化的群体，差异之大，却不为外人所知了。基层公务员除收入不高，工作辛苦之外，对职业的倦怠和对工作价值的认识都与生存状态分不开。起得最早，睡得最晚，每天写的那些总结，到底产生什么样的效益呢？恐怕连他们自己都不清楚。王敏宏只知道，在跟上级的上级机关汇报工作时被上司换贴了标签。他王敏宏搜肠刮肚、呕心沥血、绞尽脑汁写的所谓总结，都成了领导邀功请赏，宣传政绩的实证。他得了生活高压、工作高压、舆论高压的“三高症”。可他的工作竟然还有许多人羡慕。因为他们是好不容易经过激烈地竞争，千军万马过独木桥，挤进这支队伍的。可他还没来得及品尝这成功的喜悦、胜利后的骄傲，就被那些接听电话，通知会议、传阅文件、复印材料、会议记录……压得喘不过气来，疲于奔命。

他多么希望回到家不吃饭，躺倒床上，睡他个自然醒啊！他不想分辨眼前这两个人的青红皂白，是非曲直。他深感自己的无奈与无能。人说：家不是说理的地方，是讲爱的地方，可这两个毫无血缘关系的人，又如何爱得起来？他们互相指责、挑剔、吵骂，以致动手，几乎成了家常便饭。好在每次吵完了，骂够了，终会停下来。等待那累了一天的王敏宏法官来断案，有个说法。可他该怎么办呢？人说，丈夫要当好“双面胶”，一面胶着妻子；一面胶着妈。偏偏他又不是当双面胶的料。他本是性情中人，就由着自己的性子了，哪一面闹得凶，它就往哪边倒。

妈妈辛苦了一辈子，都奔七的老人了，还不能享福，跟着儿子挨累受气，为了培养他上大学，硬让姐姐初中毕业就去外地务工。他清楚地记得：那年姐姐才 19 岁。他心疼妈妈，又生妈妈的气，你不是来帮我们的吗？可您和秀芝俩每日里干戈不息，吵个不休，这家里怎么安静得下来？您总说心疼儿子，心疼我累。您这不是害我吗？想到每晚的枕边风，吹得他没法招架。不停的聒噪，激起的是他的焦虑与烦乱，秀芝没一句不是针对他妈的。“这家是她的，还是我们的？我自己的家，不能做主，什么都得听她的。我说让孩子右侧睡，别压着心脏，她非要小宝平睡，说是什么“面子”工程，不要睡成玉米棒棒。秀芝有意略去了他妈所说的，有时候也要平睡下的原话。管它的，这事实本身正如团泥巴，想怎么捏就怎么捏。人说，死无对证；我何不来他个活无对证？发生在两个人之间的事，不是随我说了算？

知识可以让人增加智慧，却无法填补道德的缺失。没有任何和解的可能，让秀芝和婆婆的撕咬无处不在。秀芝继续着她后天的优势：横着抱哪有竖着抱的亲哪！“这总是我们的家，我是家庭主妇啊！怎么着也得是我做主，听我的吧？”王敏宏听着听着，不知哪里来的一股气，直窜脑门。他倏地一下爬起身，冲进了母亲的房间。妈妈还没睡，像是在给小宝裁剪衣服。王敏宏没看清，平日里秀芝历数的妈妈所有的不是，一起涌上心头，他突然觉得原来妈妈就是矛盾的核心人物，他终于攒足了劲儿，抡起了拳头，从妈妈身上狠狠地砸了下去，分不清砸的是他妈的什么部位。只听得妈妈“哎呦”几声之后，呜咽着没还手。停在原处纹丝不动。她怕邻居们听见，本能觉得很丢人。她的人格、尊严顿时被这几记拳头激起了愤怒，怒不可遏。可她除了哽咽、躲避，还能怎么样呢？家丑外扬，臭的是一家人。

她做梦也想不到自己含辛茹苦养大的儿子，居然对她施以暴行，面对忤逆犯上的儿子，那是她亲生的，除了宽容，别无他法。过去的日子虽然过得清苦，可没让他受过什么磨难。老两口节衣缩食，省吃俭用，就着咸菜、酱油汤吃饭的日子，至今记忆犹新，如在昨天。儿子是他们的骄傲，她期待的儿子终于大学毕业，有了体面的职业，也成了家，还有了可爱的小孙子。她还奢望什么呢？她揣着满心满脑的幸福，在乡邻的艳羡目光中，踏上了开往城里的列车。从媳妇秀芝怀孕到现在，一晃快两年了。唉！她起早贪黑，想的是：辛苦我一人，幸福全家人。每天从买菜、洗衣、煮饭、打扫卫生……一应全包。只有晚上，躺在床上的时候，她才属于自己。她觉得骨头像散了架，腰又酸又疼。等到第二天爬起来时，身体各部分就像散落一地的零部件，需要重新组装一遍才行。等她一眼瞅见可爱的、胖乎乎的小宝时，又觉得一切又值了。这种隔代亲的舐犊之情，说来也怪。对孙子的爱和对儿子的爱是有些不同。大概是因为当年自己年轻，爱的能力不及现在强；再或者是，岁月的流逝，冲淡了对爱的记忆？

可桂珍无论如何也想不明白，她倾注了全部爱心的儿子，居然会朝她挥起了那坚实有力的拳头。一声声的咚咚咚，敲得她老骨头铮铮作响，也敲得她的心坠入了万丈深渊。树活的是一张皮，人活的是一口气，桂珍的这口气能活出来吗？她收拾起不大的包袱，抹着泪眼轻轻地带上了房门。临出客厅时，座钟的时针正指向子夜。夜深沉，万籁俱寂，只有路灯发出昏暗的朦胧光晕。桂珍还是惦记着小宝，能回老家吗？不能，她想着去女儿那待几天，等心里舒坦一点再回来。秀芝起夜，发现老太太不见了踪影，慌了神，立马推醒王敏宏：“哎！快起来！快起来！你妈不见了。”“什么？你说什么？”王敏宏睡眼惺忪地问。“你妈跑了！”这回轮到他俩吵起来了。“你把我妈气走的！”“谁让你动手的呢？”秀芝赶紧撇清责任。“还不是你挑起的？你不挑事，我会打我妈吗？”王敏宏像只雄狮咆哮怒吼起来，吓得小宝哇哇乱叫。

他这才想起自己是父亲的职责。王敏宏把不知聚集了多久的怨气一并发泄了出来。“每天只在那里数落我妈，什么乡下人习惯啰！什么什么没弄干净啰！屁话一大堆。有本事自己来。”“哼！你还说我呢？你要是能多挣点，找个保姆不就得啦？保姆不是比你妈听话多了？省得大家都不开心。”“保姆多少钱？你知道吗？现在住家保姆的价位都涨到月均4500元了，这还只是保姆的基础工资呢，就占了我工资的一半，剩下的房贷怎么还？咱们仨喝西北风啊！再说了！保姆能有咱妈贴心吗？有妈这样疼小宝吗？真是拎不清！”

这两人吵完之后发愁了。怎么办呢？每天回来热饭热菜，屋里干净整洁不觉得。老妈一走，不大的房间，突然间变得空旷起来，静悄悄的。只有小宝不间歇的哭声，夹杂着含糊不清的“奶奶、奶奶”的叫喊声。小家伙早已习惯了找奶奶，而不是爸爸或妈妈。他们俩听着揪心般地难受，这叫喊声，在空气中回荡，透过门缝，挤了出去，像是要去追赶奶奶的脚步。明天怎么办？怎么办？这问题充斥着这对平常夫妻的心。此时，同样的问题，同样的心情，把他们俩拴在一起了。在肆意挥霍母亲所给予的爱、安定与幸福之后，两个人突然间有了自己还没长大，怎么离得开妈妈的感知。

王敏宏双手架在脑后，望着漆黑的天花板。“怎么办？”三个字又蹦了出来。他想起一种理论，曰混沌理论：一只南美热带雨林中的蝴蝶扇扇翅膀，就有可能引起美国得克萨斯州的一场龙卷风。妈妈的不辞而别，多像这只蝴蝶，顿时让三口之家的生活瘫痪了下来。他们俩都很清楚这一点。他们独立生活的能力是值得怀疑的，连爱小宝的能力也不敢加以肯定。以前的许多年，二人一直是在教室、图书馆里度过的。一日三餐，有学生食堂解决。这成了家的日子怎么过？谁也没认真想过。事到临头，一日三餐的饭谁做？谁洗衣、买菜？打扫卫生？这绝不是两个人在花前月下，卿卿我我，也不是充满浪漫情怀地坐在咖啡厅里，缠绵悱恻的温馨，而是活生生的要面对的现实。平时，看不起家务劳动的两个人被这繁杂琐碎的家务真的难住了。油、盐、柴、米、酱、醋、茶，开门七件事。可这门如何开呢？

九、有了，叫爸爸来！

王敏宏满心满脑都是挥之不去的“怎么办？”秀芝在他身边辗转反侧，不停地长吁短叹。将“怎么办哪？”的问题丢给了王敏宏。她推了推躺在身边的男人。心里想：找丈夫，不就是找个肩膀靠靠吗？不靠你靠谁啊？反正我有病，需要休息，不能多干事的。王敏宏突然眼前一亮，刚才急糊涂了，怎么就没想到呢？“有了，叫爸爸来！”把在外地打工的父亲叫来。就问他：“你是赚钱重要呢？还是你孙子重要？”一锤定音，打定主意，终于尘埃落定。睡意沉沉的年轻一对进入了甜蜜的梦乡。

校园里，一对年轻人挽着手，走在林荫道上，阳光透过树叶的缝隙，泄了下来，斑驳陆离。这方净土是那样的宁静、温馨。初恋的甜蜜，彼此拥有的幸福，伴随着他们轻快的步伐，延绵在校园丛林的深处。“我可是农家子弟哟！”伴随着王敏宏的声音，他的手撩拨着秀芝的披肩长发。“那有什么关系？你优秀就行了呀！”秀芝回应着，送上一个亲吻。那灼热的唇，火辣辣的目光，微风撩起的裙裾，在夜幕中魔幻般的施展着青春的魅力与诱惑。

王敏宏的心被融化着，如醉了般，周身热血奔涌，回应着男性荷尔蒙的澎湃。“哇”的一声接一声的小宝的哭声，惊醒了他的被称为爸爸妈妈的两个人，东方也显出了鱼肚白，晨曦初露，王敏宏空着肚子，准备上班去。想起老妈在时的丰盛早餐：牛奶、鸡蛋、烙饼、南瓜粥、咸水花生米、凉拌黑木耳……他无奈地叹了口气。关照秀芝“各自自理”了！

正要出门，一个干瘪、清瘦，但精神矍铄的老头，穿着一身皱巴巴的衣服来了。额头上沁着不少汗珠。那正是王敏宏的老爸。本来想着到儿子这里来，怕城里人眼皮薄，特意挑了套光鲜的衣裤穿上，没承想火车上熙熙攘攘的人，将座椅挤满了，连过道上都是。他顾不上这么多，更顾不上那套衣服带着大包小裹的，都是儿子小时候爱吃的山楂、红枣、红薯之类，一路挤过来，他已经是气喘吁吁了。再看那些大大小小的布包包，不是咧开了口，就是干脆散了架，在路上洒掉了不少。王诚志叹了口气，心里想：“管他的，又不是去相亲，是去看孙子啊！”他自嘲着咧开嘴乐了。但那干裂的唇限制了他的笑容，生疼生疼的，这才想起一路急赶，好长时间都没喝水了。那张火车匝道似的脸，刻满了艰苦岁月的沧桑，如同树的年轮，一圈一圈地记录着它存在的历史。王诚志终于敲响了那扇门，满怀着见儿孙的喜悦。

“爸，你来了！”王敏宏接过父亲的大包小裹，往客厅桌上一放。“爸！我要去赶地铁上班了，秀芝在家。她会告诉你做些什么，我走了。”王诚志再看一眼儿子时，只见背影甩门而去。秀芝从里屋出来，把小宝往爷爷手里一塞，满心欢喜。心想：这下可好了，自己总算喘口气，怎么办的问题解决了。得来全不费工夫，招之即来的主。家务活肯定是老头子一揽子解决啦！不劳自己费神。“哎呀！爸呀！要是我妈身体好，才不劳你这么大老远辞了工作来带小宝呢？”她一边说着俏皮话，一边看着小宝在爷爷怀里手舞足蹈的可爱模样。全然不顾老爷子旅途劳顿，需要休息。人说言为心声，心里没有，嘴里自然也不会有了。王诚志抱着小宝，哦、哦、哦地逗着孙子玩。小家伙冲着爷爷咯咯咯地笑个不停！爷爷也乐得合不拢嘴。

老一辈的传统观念里有“不孝有三，无后为大”。如今有了“续烟火”的孙子，又如此聪明、健康、伶俐，他真是心里乐开了花。心花怒放的王诚志，忘了一路上的颠簸、疲惫，放下小宝就开始了厨房的营生。番茄炒鸡蛋、芹菜豆腐干、油爆虾仔、炒上海青，还有双丸汤。那些原材料还是王敏宏妈妈走时留下的。等王敏宏回到家时，四菜一汤，早就恭候着了，打开盖还热气腾腾的。“爸！你怎么也不打个电话来？我好去接你啊！”王敏宏放着马后炮。“打什么电话呀？上班不能打私人电话，是单位的规矩吧？再说，也不是找不着，费那个劲儿干啥，你怪忙的。”饭桌上秀芝一边喂孩子，一边往王敏宏碗里夹菜。来！这虾仔好吃，多吃点！这牛肉丸也不错，来！……老头子开始还乐呵呵地吃着，心想：自己烧的菜，还挺受欢迎的啊！不禁很高兴；又想：儿媳挺疼儿子的，也挺好呀！吃完饭后，杯盘狼藉，那两个往电视机前一坐，去逗小宝了。王诚志开始在不大的厨房里洗刷，想到什么，洗碗的手不禁停了下来。

记起晚饭是儿子盛的，先给自己盛，再给老婆盛，然后给小宝盛，最后给他的。这顺序怎么变了呢？自己一直都清楚地知道这一点，盛饭是首先给父母的。哪有先从自己开始的，上次听工友说过：如今年轻人提倡先爱自己，不爱自己的人，如何爱别人呢？这话听起来怎么这么别扭？当时两人还争执了起来。我们那代人，哪个不是爱父母、爱妻子、爱子女，唯独没有自己。如今倒邪乎了。先爱自己！还有一套爱自己的奇谈怪论，王诚志怔了好一会儿，想着儿子那副来者不拒的吃相：张着大嘴，一口将牛肉丸塞进去的馋猫样，接着就是一阵吧嗒吧嗒的咀嚼声、吞咽声，食物沿食道下滑的声音。王诚志一边洗着，又想：自己辛辛苦苦忙了一场，怎么这两个人竟然没有一个人叫我多吃点，给我夹点菜呢？只听得小夫妻在客厅沙发上的欢声笑语，“宝贝！爸爸爱你哟！知道吗？哦！妈妈爱你！宝贝！是不是啊？”秀芝凑上来，对着小宝说。反复说着的始终是那么几句，爸爸爱你！妈妈爱你之类的话。

老头子洗碗的速度越来越慢，他真想就这样一直待在厨房里，不再出去。他感觉自己除了干活外，就只是多余的存在。那两个人的心里，没有他的位置。一种亲情被什么撕裂的痛袭上他的心头，要命的是，他还说不出口，没法说出口的那种隐痛在吞噬着那颗曾经为了家庭、为了子女，忘我施爱的心。想着老伴被打，一股怒火在胸中升腾。这混蛋，敢打他老娘，简直是忤逆之子，他在心里骂着、骂着，觉得自己周身热血奔涌，体温都像升高了几度，浑身燥热起来。就这一天的管中窥豹，他已经感受到老伴所受的许多委屈。但是王诚志还是决定再看几天再说。

接下来的日子里，连天的暴雨下个不停，偶尔还夹杂着电闪雷鸣。屋子里也弥漫着火药味。媳妇秀芝成天像主子吆喝奴仆似的，不断地发号施令，一连串指令弄得王诚志晕头转向，应接不暇。“爸，你垃圾还没倒呢！”“裤子呢？放哪儿了？我要给小宝换了呀，哎呀，怎么动作这么慢啊？你就不能快点吗？”老爷子只觉得自己鼻尖都渗出了汗珠，心急火燎地跑前跑后，好几次都是踉跄了几步才站稳脚跟的。除了张秀芝那一声爸爸的称谓，佐证着王诚志与女主人的翁媳关系外，王诚志觉得自己在帮一个私人老板打工，听任主人摆布，毫无尊严的劳动，大包大揽的家务活折腾得他腰酸背痛，那双脚一到晚上，已不属于他，竟然没了知觉。

仲夏的夜晚，除了蟋蟀的叫声，便是远处的汽车喇叭声，周围树影婆娑，一片寂静。王诚志叫上儿子，走到门外，他语重心长地对儿子说："敏宏啊！你是受过高等教育的人了，父母面朝黄土背朝天的，从地里刨出点钱都供你读书了，你也应当是知书达理的。你对父母亲应当有起码的尊重，你怎么能对为了你辛苦一生的老妈动手？你于心何忍，良心何在？跟我又如何交代？对于这件事你必须向你妈道歉，向我们家族所有人道歉！"王敏宏情绪激动起来，激烈地辩解着："你怎么不去问问她？为什么打她？是她逼着我不得不动手。让她记住，她在这里把自己放错了位置，反客为主。这是我们的家，秀芝是女主人，她说了算。可我妈呢？反倒像主人，什么都得听她的，按她的来。秀芝有病，在家里养着，她就不能谦让点？倚老卖老的，她为什么就不能尊重点我们？成天吵闹，她就是个问题人物，矛盾的制造者。我不道歉！我为什么要道歉？"王敏宏又一次地提高了嗓门。空气仿佛凝固了一般，兀地紧张了起来。

"你不道歉！是吧？"王诚志突然觉得心口像被什么东西堵住了，憋得慌；喉头也像被人用钢丝钳钳住了似的，一阵窒息感袭来。他不明白，这黑白分明、对错了然的事怎么就能如此黑白颠倒了呢？是黑，是白？反倒成了问题呢？他读的书太少了，还没学会利用文化知识进行诡辩的本领，也没学会把黑的说成白的，白的说成黑的。在他们那个年代，黑的就是黑的，白的就是白的，是绝对不会混淆的。那时候的人，都是青红皂白，是非曲直一边倒的清楚明白。像小葱拌豆腐那样一清二白的。打父母不对，就该道歉，下不为例！这是连幼儿园小朋友都明白的常识与道理。可到了他这个读了不少书的公务员这里，就变成了：妈妈有错，该打！她制造了家庭矛盾，不得安宁。打得有理了呢？不道歉！这是什么强盗逻辑？

王诚志愤怒到了极点，只觉得自己的眼睛都在冒火星。这回老头子愤怒的拳头砸向了自己毕生疼爱有加的儿子。他本能地高喊着，拳头如雨点般落在王敏宏身上。“我替你妈教育你这个逆子、畜生！子不教，父之过，老子对你实行继续教育。”王敏宏一边用手阻挡着不断挥过来的硬拳，保护着自己要见人的颜面。但那宽阔的胸脯及后背还是吃了不少记拳头。骨头发出铮铮的回响。这回他也不让了，仗着自己身高力不亏，王敏宏也动起手来，回敬老父亲。他也高喊着：“我这是自卫！”身躯瘦小羸弱的王诚志，向后踉跄了好几步，定了定神，好不容易总算站稳，他本想冲上去再补几拳，可王敏宏早已跑得不见踪影。王诚志越想越气，这股气直冲脑门，他觉得整个头盖骨像要被人掀开似的难受，耳朵里也嗡嗡作响。同时他又发现自己衬衣肩头已被扯破，衣领变了方向，露出黝黑的肩膀。“这还了得！这畜生，连我也打，简直是反了！……”我不待了，立马就走！他回屋拉起来时的拉杆包，摇晃着出了社区的大门。那两个坐在客厅沙发上，看着他离去的背影，谁也没挪地方，没敢出声。“老人家，你走啊？儿子没送您？”保安的问话，甩在王诚志身后，他记得自己含糊的“嗯”了一声。

屋里的大战拉开了序幕。王敏宏吼声如雷：“都是你！弄成这般模样！”“你还怪我啊！我怪谁去?”女人的一哭二闹三上吊，更是具有道高一尺、魔高一丈的威力。王诚志没精打采的继续向前走着，像战场上溃败的逃兵，想到面对的是自己血肉相连的儿子，血浓于水的亲情，让他潜滋暗长着切肤之痛，深感自己被伤害得深不可测而痛苦不堪。他身后的一个年轻人赶了上来，问：“老伯，你去哪儿？怎么看你气冲冲的，不开心啊？能不能跟我说说?”看着眼前一脸友善、诚恳的年轻面孔，王诚志被愤怒冲塞的胸膛终于有了一个宣泄的突破口，满腔的怒火像开了闸的水泄了出来。他们坐在一座拱桥的桥头石级上，王诚志向素昧平生的年轻人叙述了事情的原委。他始终不明白，为什么生活有说不完的酸甜苦辣，还有那么多的是与非，对与错？没曾想，那年轻人安慰道：“老人家您先消消火，过两天看看报纸，这件事会有说法的。”王诚志满腹狐疑地坐上了去女儿家的轻轨，他要与分别已久的老伴，会会面，互诉衷肠。谁说爱情只是年轻人的专利？那相濡以沫、历久弥坚的爱都融在牵挂、思恋，寡淡如白开水的日子里了。王诚志自己去外地打工，已经快有一年时间没见着老太婆了。此刻的他，恨不得时间飞速，立马就到女儿家。

王诚志做梦也没有想到：那位年轻人居然是这座城市某报社的记者。第三天，这件事就上了社会新闻，篇幅还不小，醒目的标题便是：如此孝子！副标题：打父母应该吗？报道引起了社会的强烈反响，大讨论也由此展开。“怎么可以如此对待父母？父母再不对，也不能打啊！这种儿子也太不像话了！天底下没有不对的父母，有问题，可以通过交流、沟通的方式解决的呀！”“这种‘孝子’也真还有呢。算得上奇葩、极品的了。应当有相关法律，将其绳之以法，以儆世人。”“也难怪他，家里这种情况，自己工作压力又大，一时冲动呗！自己儿子，唉！虎毒还不食子呢！也不想想，把儿子搞臭了，自己有什么好处呢？你把他工作搞丢了，岂不是小家庭雪上加霜？你就别在儿子伤口上抹盐了吧！老头！”网友们畅所欲言，理智的声音往往被偏激的情绪所淹没。王诚志彻底后悔了，后悔自己负气离开，后悔把这件事家丑外扬，后悔自己太较真，太多的后悔了。他什么也没法做了，只能在艰难的等待之中打发这难挨的时光。

十、王敏宏负荆请罪

王敏宏这些天太难了。他虽然每天在上班，接听电话、复印资料，召集开会，做会议记录。但他分分秒秒“人在曹营心在汉”地惦记着在家的母子，全没了母亲在时的安心与放心。他的眼睛余光里感觉到人们的窃窃私语，时不时地在评论他。那些目光中不乏审视的、狡黠的、幸灾乐祸的神情，王敏宏后背一阵凉飕飕的风，正起劲的刮着。刮得他透心凉。他不敢正视，低着头，在办公室里来回穿梭，除了必须做的事，必须说的话，几乎就一言不发。他最担心的是他的竞争对手，那个坐在他座位后面的小他三岁的肖劲，会借题发挥，会当小广播，将这件事传达到他的能力所能达到的最大范围及扩散到最远的距离。肖劲长着一副标准的国字脸，眼镜后还有眼睛，目光中充满了深不可测和变幻无穷。见人三分笑，到处栽花不栽刺的单身男人。惹的办公室里姑娘们心痒痒的。就连那些有夫之妇也愿意跟他搭讪，颇有些男女搭配、干活不累的异性相吸的物理效应。除了担心肖劲这个职场竞争对手会阻碍自己前程之外，而今，更让王敏宏心惊肉跳的不只是升不升职的问题。只怕是现在的岗位能不能保住？都成了大问题。每日里战战兢兢的，唯恐会发生什么突如其来的大事件。他像囚犯等待宣判时刻的那般无奈与无助。如果那一天真的到来，还真不知道接下来的日子该如何过下去？从刚出校门的踌躇满志到如今生活的一地鸡毛，迷惘焦虑的王敏宏是选择在这里再拼一把，还是请辞跳槽？男儿不展凌云志，空负天生八尺躯！人生走到了弯道、岔道上，他不明白方向。时光在滞重中被消磨，如达摩克利斯剑一样高悬在王敏宏的头顶。

直到有一天，他被单位的张书记叫到了办公室。年近六旬的书记，宽大光滑的脑门上，顶着稀疏的几根头发。满脸写着慈祥。他语重心长地对王敏宏说：“你打父母这件事，反响多大你是知道的。媒体的报道，你也看到了是吧？我们中华文化是有根的，这重要的根系中，‘百善孝为先’就反映了处理子女与父母的关系的总原则。你怎么可以这样对长辈不恭不敬，不孝不顺，居然还动手呢？矛盾是无处不在的。比如婆媳矛盾，古来有之。你知道《孔雀东南飞》里的男主人公的故事吧，知道《五更寒》小说里的婆媳关系吧，那是历史上解不开的死结。现在我们处理矛盾有很好的方法了。那就是通过沟通、交流，以爱为桥梁，构建理解、宽容、和谐的家庭氛围。你这个双面胶怎么当的呀？一边倒，胶一面，那怎么行？本来我们准备处分你了，但念及你平日工作的敬业，也考虑了你家庭的实际情况，给你一个改正错误的机会，就不处理你了。但你首先要深刻的认识错误，拿出改正错误的诚意，取得你父母的谅解才行啊！”王敏宏的泪水夺眶而出，脑袋像捣蒜似的不停地点着。一种被理解、宽容、解救的感觉涌上心头。他跨步上前，双手紧紧握住张书记的右手。连连说道："谢谢领导，谢谢您！我一定认真检讨，努力改正错误。"王敏宏心中有了温暖的感受，并在这一刻弥漫。

走出书记办公室，那颗悬在半空中多日来忐忑不安的心，总算放进了胸膛。他在思考着如何取得父母的谅解这一难堪的问题。世上没有救赎良知的灵药，该怎么办呢？王敏宏背负着不孝的十字架，心里也觉得委屈。他也有不孝背后的苦衷。"谁言寸草心？报得三春晖！"打小背诵这首唐诗时，他并没有真正地对诗的内涵进行理解。可他每天淌过门前的小河，带着妈妈塞到他书包里的红薯、鸡蛋，翻山越岭到十几里外的乡村小学读书的情景，还历历在目。父母恩重如山、情深似海，他何尝不想回报？可他正在努力拼搏，想把房贷还清，再贷款买一套房，接父母到城里来养老。可这愿望实现起来竟如蜀道之难。他真有些力不从心的感觉，虽然只有 35 岁，可他有时竟觉得自己像是老翁的心态了。对什么都提不起兴趣。妈妈与秀芝的相处，成了他人生的又一大难题。格格不入、针尖对麦芒的，他像风箱里的老鼠，两头受气。何时能找到破局之道，逆风翻盘呢？王敏宏想起歌曲《酒干倘卖无》的词："假如你不曾养育我，给我温暖的生活，假如你不曾保护我，我的命运将会是什么……没有天哪有地；没有你哪有家？"这首歌曲感动了无数人，也深深打动着他。父母对他孩童时的陪伴和照顾，艰辛与艰苦中的忘我付出，让王敏宏深深感受到父母神性般的光辉。他们所付出的无私真情是理所应当得到铭记与感恩的。他在内心自省，扪心自问，叩问自己的灵魂深处。为何自己真心尊敬、孝顺的父母，会享受自己拳头的滋味？挥之不去的懊悔，一直缠绕在王敏宏心头。那些孝道的传统，不就应当融在平常的日子里吗？

孝顺父母，尊重他们，就真的那么难吗？当一个人偏执的时候，他的道德观与正常人就不一样了。他会认为所谓的孝是愚孝，破字当头，立也就在其中了。这些忏悔与心酸疯狂扩散着，使王敏宏陷入了更加追悔莫及的困境之中。他决定先跟妻子秀芝沟通。

“跟父母闹僵了，主要是我的责任，也有你的原因。我准备跟他们道歉了，作深刻检讨。‘孝’字其实很重要的，内涵便是顺从。他们生活经验丰富，怎么打理家庭，如何喂养孩子？总是强过我们许多的。对父母尊重些，顺从点，受益的还不是我们？你看，他们走了，我们这小家庭的天不就塌了？人说：父母就是我们的佛、福田，我们种好了福田，拜好了佛，自己就有福报的了。要么，你可以离开他们，自己独立起来。不过，我可要告诉你，我父母是要归我养老，跟我们在一起的。你可要有足够的心理准备。”秀芝不语，一反常态，不大的杏仁眼圆睁着，瞅了瞅王敏宏，她觉得丈夫今天倒像个男人，有点担当了。不像以往任由两个女人互相使劲对掐。要么含糊其词，要么墙头草，两边倒。秀芝问：“我也要道歉？”“当然！”王敏宏斩钉截铁的声音甩了出来。不容秀芝再说什么。秀芝在想。怎么今天听丈夫说话，比平日顺耳多了呢？尽管一脸的不情愿，想说的话又咽了回去，她还是在乎王敏宏的。一直和婆婆对抗着闹下去，自己也没有好处。怎么说，也是人家的妈。婆媳不合，肯定也会影响夫妻关系的。秀芝想起以前办公室里的闲聊，女同志们午休时叽叽喳喳的。“搞没搞错啊！要知道，人家妈只有一个，是没法换的；老婆是可以换的啦！市场经济把竞争引入到了爱情机制，新陈代谢越来越快了。过去有七条丈夫可以休妻的理由；如今，有一条，咱们就得滚蛋！什么不作为啊！性格不合呀！占哪一条都行。你闹死也没用，他铁了心，跟你分居两年就行了。”随后是一阵哄堂大笑。

王诚志这些天在女儿王娟这里，老伴桂珍每日里做的饭菜可口，日子过得倒也惬意。虽然住在出租屋里，周边环境脏乱嘈杂，满眼尽是拉板车工人、环卫工、建筑工的杂居之地。叫卖声、吆喝声、人力车声、铃铛声，鼎沸的人声，所汇成的噪音声声入耳。王娟懂事孝顺，一边劝慰父母，一边打电话与弟弟沟通。日子久了，老两口也待不住了，在他们的观念里，女儿是不算后代的，嫁出去了，就是别人家的人了。还是要靠儿子的，养儿才能防老的思想根深蒂固，夫妻俩还是放不下王敏宏一家三口，急切地期盼着儿子的回应。

一个周末的清晨，正是暮春时节。花城的花开得热闹非凡。木棉、紫荆、勒杜鹃、黄槐、鸡蛋花，争先恐后地绽放，开得正艳。花城的女人们哪，除了知花、识花、栽花、赏花，还会用花养生呢！花开几日，总有落时。在落英缤纷里，古代红楼里的黛玉姑娘伤春、惜春、手把花锄惜花、葬花；而今花城的女人们啊！会等花。她们等在树下，当木棉哗啦哗啦地从高枝上有声掷地，女人们会异常兴奋地捡花、拾花，一心想着用木棉煲粥、煲汤、煲凉茶。这些花汤，可以清理体内湿热毒邪。花与人体的亲密融合，花不能言但可养生。岭南的“五花茶”可是夏日清热解毒极佳饮品呢！

王敏宏带着秀芝小宝，手里拎着大包小包送给姐姐和父母的礼物。坐轻轨、转地铁、乘公交，一路颠簸，哪有心思赏春色，识花卉？更不会理会“五花茶”。一行人急切地直奔姐姐的住处，负荆请罪去！“爸、妈，我们认错来了，请求二老宽恕！下不为例!”老两口惊喜地看着风尘仆仆的儿子、媳妇，泪水簌簌下落。“算了，算了！一家人啊！家和万事兴哪！过去了，过去了就翻篇!”王娟忙前忙后的招待弟弟、弟媳。刚落座，小宝就张开双臂扑向奶奶，喊道：奶奶抱！欢声笑语在小屋里回荡。不日，社会新闻报大幅登载了：王敏宏双膝跪地，趴在父母脚边认错道歉的报道。慈祥的双亲双手扶起自己的爱子，画面温馨、感人。所见者，无不觉一股暖流在胸膛流淌。社会的主流评判，携着满满的正能量，也给视孝敬父母为愚孝者敲响了一记警钟。这消息在所有知道这件事情的人群中扩散、传播。孝敬老人的道德情感，在人们心中潜滋暗长。

人若没有了对父母的孝心啊！就没了做人的起码资格。建立文明和谐的社会，正是以“孝”字为核心，从对亲人的爱推广开，进入爱的第二个层面，对大众的爱。“孝”的主要要求便是敬重老人。“敬”的标准是高于“养”的。信仰、诚信、爱的缺失，是我们民族在物质极大丰富之后最严重的精神危机。而爱是人类生存的基础需要，也是生命的较高境界。在任何情况下都维护人的尊严，成为人与人和谐关系的纽带与润滑剂。王敏宏放下了思想包袱，只觉得天更蓝、地更阔，金光大道在眼前。他满怀希望，以积极向上的人生态度，焕发出巨大的精神力量。

王敏宏主动请缨，为下次大型接待会议作准备，各种资料信息的收集，调研材料的汇总、汇报，交流材料的收集印刷，一切都在紧锣密鼓地有序进行。看到他的变化，张书记在小组会上都表彰过好几次呢！维系着王敏宏与父母之间的血脉亲情，在社会充满正能量的大环境中复苏了。从亲情的撕裂到回归，王敏宏也经历了艰难的心理历程，才迸发出人性的光辉。在王敏宏这张双面胶的带动下，秀芝也上了一堂生动的人生课。她明白了一个道理：对丈夫以及父母的礼遇，换来的是家庭的和谐；夫妻感情的甜蜜与稳定；对孩子施以良好教育的土壤与温床。家风、家教是中国人最切身的追求，是留给子孙后代最好的遗产。她要好生实践与展示，它关系着小宝的成长与未来。哦！还有丈夫对自己父母的孝道呢！她打定主意，婆婆带孩子有丰富的经验，自己一边学习、讨教；一边传达新的育儿观，有商有量。余暇，自己也积极学习专业知识、多充电，为今后的职场竞争储备能量。幸福在敲门，一家人正满怀信心地去迎接它！

十一、可怜天下父母心

“人生要赢，就赢在跟谁结婚。”这句话是谁说的，已无从考证，但细想，确有道理。这关联三代的人，承上又启下，跟一个花半秒就看透事物本质的人，和花一辈子都看不清的人，注定是截然不同的命运。

张茜欣想起儿子所说的：“妈，我们在做一场交易（指花钱用保姆养李晔）。钱能解决的问题就不是问题。”这不，张茜欣问：“谁对这孩子的健康负责？”“我全权委托我老婆！”她又去问王薇。“我全权委托保姆！”同样的问题，张茜欣又去问李执，得到的回答是：“我只负责给他做吃的，他吃不下，我管不了。”张茜欣这辈子，跟她的同代人一样，对于亲情的渴望与固执，是不以人的意志为转移的，这是这代人独有的民族性格，却让张茜欣付出了沉重的代价，承受着两代人生活习惯的迥乎不同及消费、教育理念差异之大所带来的巨大代沟。由此所产生的撕裂感，让张茜欣的胸膛常常有连气都吐不出来的窒息。那子夜有如日本兵进村的咚咚咚高跟鞋击地的声响，洗衣机咣当咣当的旋转摇晃声，虽不断有人投诉，却无法制止。清晨至午餐前，万籁俱寂。夜猫子们在酣睡，张茜欣彻夜难眠。清晨，东方泛起鱼肚白，曙光初照栋栋楼宇，宁静的小区，还未苏醒。张茜欣骑着前后装有两个筐的自行车，飞快地奔向卖早点的几处做选择，炉子上还熬着小米南瓜粥。只有她的车有两个篓，那是区别于其他自行车的标志。她要买得满满登登的，才够那些人吃。

忽然，一阵压抑的哭声传了过来，她下车循声过去，在空旷的小区过道上，有一个老妪正掩面痛哭，双肩抽搐不止。张茜欣认出是同楼一位大姐。“怎么啦？张姐，发生什么事了，能告诉我吗？”哭声暂停了，那个满头白发、满脸布满皱纹、无一处平展的被称为张姐的女人，慢慢地抬起头，一副畏畏缩缩、风中残烛的老妪形象，一脸的悲伤。她断断续续地告诉张茜欣，孙子小的时候，所有家务都是她全包的。买菜做饭，打扫卫生，一应俱全。今年她孙子考上大学，不用她了，打发她回到乡下。老伴去世多年，老屋已破败不堪，急待修葺，也因为想念儿子、孙子，偶尔回来看看。今天因为儿子不在家，那身为注册会计师的儿媳动手打了她。一边拧起她肩头早已松弛的皮，用力旋转；一边声色俱厉地对她说：“我的家庭，我的丈夫，你来干什么？以后不许来了！”老太太一边说一边撩起肩头给张茜欣看。她看到那瘦削的双肩，就剩皮包着骨头，像两座尖尖的小山头。青紫相间，却连成一片。愤怒塞满了张茜欣的胸膛。这要有多深的仇恨，才下得如此狠手？且这妇人居然还是自己丈夫的妈，自己的婆婆！这僭越人类底线的无良，还有什么能唤起她的良知呢？张茜欣最终还是压低了嗓门，同情地问："你为什么不趁儿子在家时来？你来，儿子知道吗？"

她摇了摇头。张茜欣又问道：这种事发生几次了？"好多次了！她都是掐我的。""那你告诉儿子了没有？""说过。""那他怎么说？""怎么说？谁让你多嘴？你老实点不就行了？你不说话不就没事？"张茜欣告诉她："下次再打你，你就大声喊救命啊！或者报警！"随后便匆匆离去。她实在着急，得赶快买早点回去，孙子等着吃了上学，媳妇要上班呢！

张茜欣眼前浮现晚上散步时常见的那一对。男的矮矮胖胖的，是某外贸公司的经理，患有三高，说是要减肥。女的高挑瘦弱，虽是注册会计师，却因无处聘用，也只得帮那些体外循环的私营公司，做些财务上的闲杂之事。见到张茜欣时，那俩人极尽恩爱之状。女的笑靥如花，丝毫不见张姐所说的恶妇的半点踪影。但那肩头伤痕累累、淤血斑斑，铁证如山，却是无论如何无法抵赖得了的。生活在最底层的诸如张姐之类的老母亲，她们无私地为儿孙付出而不奢求回报，倾尽毕生之力，使儿孙实现了阶层的跨越，跃入中产阶层的队伍，过上了无数人艳羡的幸福生活。如今自己到了迟暮之年，儿子竟不履行赡养义务。如此对待自己的老母亲。法律规定子女：常回家看看！现在倒过来了，父母去看子女，竟以我的家庭不许来为由。对于此类人的行为，又有什么法律条款能规范他呢？连历史上褒贬不一的慈禧太后都是一代孝女。她在母亲生日时赠送的对联中，就有一句大白话：

“可怜天下父母心！”流传至今，写尽了父母对子女的无限深情。可怜的像张姐这样的母亲，不花钱的保姆，被用了十几年，如今，没有了利用价值，就打发她回老家自生自灭。

又有什么样的社会舆论能约束到这号人的行为，不至于如此肆无忌惮地欺负自己的母亲呢？因为欺负她不需要任何成本，可以理所当然地忽视她的存在、她的尊严、她的感受。羔羊跪乳，乌鸦反哺，动物尚且如此，这类人却在物欲横流，拜金大潮中，迷失了方向，发生了异化！

时光过得真快，就像遗失在风中的烟火，消失不见时，都来不及对你说声再见。这位张姐，也像遗失在风中的烟火般，消失在小区人群中。诸如张姐之类的母亲不能够将自己的万般委屈说清楚的人或者无处去说清楚的人，除了牺牲自己的感受去隐忍一切之外，还能怎么样呢？没有人能体味她年轻守寡，给人当保姆，培养自己儿子上大学的艰难与孤独。更没有人能帮她解决如今独自一人在乡下度日的实际困难。她只得东家西家的帮干活，赚口饭吃。今后怎么办？她找不到答案。民间流传的两句话：娶了媳妇忘了娘；横着抱的哪有竖着抱的亲？现今已成为生活的真实写照。

张茜欣一想到张姐，心中便隐隐作痛。她也曾想偷偷地找她儿子说说，但家丑莫外扬，这让张茜欣犹豫不决。一旦被她儿子知道，说不定又要给他妈补上一顿揍呢！再传到自己儿子那里，那个“一根筋”，保不定又发什么癫呢！再加上那巧舌如簧的王薇煽风点火，自己不也惨了。想到这里，张茜欣只好偃旗息鼓，权当没这回事了之。自己都有种为他们打工的感觉，也没比她好到哪儿去？家庭排序中，当年叱咤风云、威震一方的自己，竟排在了保姆之后，成了末位。

“跳楼啦！有人跳楼了。”正值周日午休时，在这声音歇斯底里的叫喊中，人们像炸了锅似的往外跑。人群里三层、外三层地围了个水泄不通。血泊中，一个身材魁梧的年轻男子，倒在水泥地上，呈“大”字形排开，后脑周围满是殷红的血。不远处，一个不到周岁的男婴，早已没了气息。那种惨劲，真是让人惨不忍睹，倒吸冷气。“那是他儿子，那么小，好可怜。这是怎么啦？怎么下来的呢？还是有先后？几楼跳下来的？”“听说，婆媳关系紧张。那老太婆是农村来的，可那媳妇，听说是某地产公司财务部大拿，在家里挺强势的。”“我听说的也是这样，那男的说还是邮电学院毕业的呢！也不差啊！在通信行业上班，可赚得没女的钱多。”人们议论纷纷，七嘴八舌，叽叽喳喳不停。“哎呀，居委会、派出所都上门协调过许多次了，还是不行。”不知谁又补了这么一句，警车很快到达了现场。拉起了红色警戒线，拍照的、录像的、取证的，各自忙乎不停。围观的人群久久不肯散去，从大声嚷嚷变成小声议论，或窃窃私语，或咬着耳朵，打着各种手势，挤眉弄眼的，众生百态。探个究竟的心，没能得到满足，谁也不愿先行离开，直到殡仪馆的车拉走了停在地上的父子俩。清洁工打扫路面，人群才余兴未尽，不情不愿地各自回家。第二天起，那些没班上的，不上班的又凑在一起，兴趣盎然，没完没了地说着昨天的事。照样没根据，没道理，没结果的，发一通议论。谁也用不着负任何责任，也没有任何心理负担与压力。嘴巴快活了的同时，心也快活了不少似的。“哎呀！何苦呢？哪家没有这种事啊？只不过，大家都说假话，或者不说罢了。家丑莫外扬，扬了，到头来臭的是一家人。谁也别想得好。”

张茜欣的思绪被现实的绳索羁绊着，不容她放飞心灵在高天流云之间，她又急急忙忙乘上汽车，又转了一趟车，赶去兴趣班接孙子。如今的兴趣班，多得数不胜数，广告语也特别煽情，特别吸引眼球。想让您的孩子眼睛明亮吗？学习绘画是绝好的选择；想让你的孩子听觉灵敏吗？音乐是最佳培养途径。想让你的孩子口才厉害吗？那就选择当小记者、主持人吧！我的天哪！把五官的需求拆分开来了，使它们不再成为整体，仅是为了满足各专业私营教育机构谋利的需求，而这些教育机构办班的审核、审批，不是上级教育机关，而是工商管理机构。牛头不对马嘴的培训教育内容与国家的教育目标相悖，却是少有人去问津的。

李晔报的班也都不是孩子的兴趣，而是父母认定的需报的兴趣班。父母也是在“不要让孩子输在起跑线上”的如洪荒的潮涌中，被影响、被感召、被裹挟的。英语班、绘画班、书法班、钢琴班、奥数班、溜冰、游泳、打篮球……这些所谓的兴趣班占用的全是孩子的双休日及寒暑假。孩子终日疲于奔命，学习不再是为了快乐，学出个名堂，获奖、考级，才是证明是否学有所成的铁证。张茜欣因为主管过教育多年，加之心疼孙子，曾经提出来过：能不能少点？考虑下孩子的承受能力！王薇立马做出应激反应：“不要因为某些人怕艰苦，耽误了我儿子的学习。”张茜欣清楚：那是针对自己的。张开红口白牙，无异于血口喷人，罪名不小。她只需要做一件事：报名、缴钱。天天往返于各种兴趣班接送李晔，为他做可口的饭菜，洗衣、买菜等，全是张茜欣的事。一个 50 天的暑假，要上 40 天的课，到底是谁怕艰苦？作为直接责任人，不履行自己的职责，倒成了貌似公正的法官，知识没让她知书达理，倒成了颠倒黑白、诡辩是非的武器。我们的高校教育怎么啦？作为知识分子群体，担负着为天地立心，为生命立命，为往圣继绝学，为万世开太平的使命与责任。如果培养出来的个体都是极端的利己主义者，不能够致良心与良知、修身敬业，以一身正气、一身傲骨立于天地间，即使学历再高，也是无益于家庭与社会的。

张茜欣每遇此时，心底潜滋暗长的便是：这世界还有无“理”字可言？

又有谁能讲清这个理？又到哪里去申诉这种道理呢？照说自己的子、媳都是青年中的优秀分子，又是社会的中坚力量，属于“新三高”群体，阶层高、学历高、收入高，可生活的能力、爱的能力、知书达理的能力、甄别是非的标准与能力，她都不敢恭维。只觉得像是天外来人，属于另一个世界，完全不食人间烟火。张茜欣哑然不语，她想到那位挨打的张姐；想到散步时，遇到的浅笑盈盈的王姐，告诉过她她的两个研究生的儿子分居两座不同的城市，将老夫妻拆开带自己的孩子长达十年之久。王姐说起此，泪眼婆娑，哭笑不止。“中国的老人都是这样呐！”“孩子们有困难，你不帮他们，怎么办呢？现在请一个保姆，居家的都要四五千一个月了，再说你哪能放心呢？”话虽这么说，可老人的各种需求又有谁去关注、关心呢？老两口一年忙到头，仅春节的一周，才能见见面，对他们的精神赡养、物资帮助，生活上照顾老年人的权益，做儿女的又有几人想到和履责呢？他们只是一味地挥霍父母的爱；一味地索取。索取他们的劳动力、他们的钱财、他们的剩余价值，健康乃至生命。广为人知的一句“可怜天下父母心”，居然出自慈禧太后给母亲祝寿的一首诗里：“世间爹妈情最真，泪血溶入儿女身。殚竭心力终为子，可怜天下父母心。”慈禧太后这样在历史上褒贬不一的人对自己的父母都是如此的关切，可如今的年轻人呢？

父母对子女的爱与支持都是无条件的，是没有理由的，因为他们不需要任何理由，仅仅因为孩子们是他们的骨肉。当王薇指桑骂槐、话里藏针说“不要因为某些人害怕艰苦，耽误了我儿子的学习”时，张茜欣的感受无异于心上在挨刀子！但她能跟她讲道理吗？虽然她有极好的驾驭语言的能力，可真要吵起来，到了儿子那里，她的枕边风劲刮一阵，那浑球就要来制服她了。“家里争无对错，吵什么吵？小时候你管我；现在我管你！”那夜间的合二为一，贯穿到一切的评判之中。偏听偏信，不问青红皂白，一哭、二闹、三离婚，这样的“妙招”哪个男人不怕？委屈自己的妈无须任何成本，也便一次次地加深着“我妈是矛盾中心！”的印记，至死不改，邻人疑斧的心理闹剧不停地在李小刚的心幕上演，且永不落幕。

在失德、失范行为普遍存在的环境中，对人心和道德的失望，使得焦虑也普遍存在。而辨别、控制及承担后果的责任与能力，在年轻一代中，还极需历练与成长。在二代人中：妈与老婆同时落水，你先救谁？考验着百分百走进婚姻的男人。爱情应当是平等的，也应当是互相成就的。倘若让你押上灵魂、押上自由，押上父母，那还是爱情吗？即使有爱的成分，也是自私的。让你远离你的父母，也是极度不自信，或者说嫉妒母子亲情的不正常的排他心理作祟。更何况法律已明确规定：先救妈！这既是几千年文化的本质体现，也是社会的现实反映，纲举才能目张！在那两个高学历的人心里，关注朝阳永远比关注夕阳重要！更何况张茜欣是个貌似年轻态的老年人，有关心的必要吗？老妈是过去时态；而儿子却是正在进行时。谁家不都是众星拱月一般地关注、呵护、爱不释手？关注过去时，岂不是大傻？愚孝？

张茜欣一直想去“西来初地”看看，她知道其位于广州西关，坐落于广州珠江边西关的秀衣坊，是南北朝梁武帝年间，达摩西来东土初登之口岸，故被称为“西来初地”。如今它已成为中西文化交融的发源地及中国佛教哲学和岭南文化的起源地，也成为根植于岭南文化千年商都——广州的代表性地标。

“文化自信”让张茜欣的心流连于这片土地，咀嚼着广州与广府的前世今生。却又动弹不得，每日里一天三顿饭的操劳，洗衣、采买、收拾屋子、打扫清洁的烦琐，锁住了她的身子。西来初地虽叫她心往神驰，但最终仍然站在原处，像上海人自嘲说的：活脱脱的一个买、汏、烧老妪。那“西来初地”虽然很近，却又很遥远。终究未能如愿！

十二、一代管一代

一辆由西向东驰去的公交车上，稀稀落落的人，散坐在车厢的座位上。显然不是高峰时间，张茜欣要坐好几站，还要转车，去接上美术课的李晔。她耐心地听着离她四五个座位远的两个女人激烈争吵的内容。那靠车门边的一位，看似悠闲，穿着入时的老者正在高谈阔论。黑色的 V 领短衫，配着红色打底小黄碎花裙，脚蹬至少有二厘米高的红色皮鞋，双手平置在一灰色的中高档女士皮包上，架了副墨镜，看不见她的眼睛，但那嘴角扬起的笑容，证明着她的心情极好。“要充分相信自己的子女，完全有能力抚养他们自己的孩子，不要大包大揽。自己辛苦还惹气受，何苦呢？再说啦，你要给孩子成长的空间嘛！要不然，他们什么也不会，你都代劳了，他们什么时候长大呢？隔代抚养对孩子的身体健康有利，但对精神成长不利的呀！”张茜欣完全赞成这种观点。正听得入神，却又蓦地出岔念，在想：隔着那副墨镜，那双眼睛是什么样的呢？应当是清朗、明澈的吧！像她说出的话。但她也清楚，大多上了年纪的人戴墨镜，除了炫酷、追求时尚感之外，更重要的是为了遮挡无情的岁月，带给眼睛周围的皱纹及早已肿起的重重的眼袋。这应该是个知识分子，是自己的同类项。张茜欣在心里判断着，正准备接过她的话头，补充几句，提出“一代管一代”的论点。

突然，一阵带着粗粗的喘息声的那位发言了：“你肯定是奶奶啦！现在带下一代的下一代的，至少百分九十都是外公外婆啦！你看你们做奶奶的有多轻松！打扮得漂漂亮亮的，反正孩子跟你们家姓。我们没有办法啦！不帮怎么办！小两口上班，早出晚归的。晚上不到九点十点都不会着家。”张茜欣循声望去，只见满头蓬乱花白的头发下，是一张疲惫不堪的脸。手扶着常见的不锈钢手拉车，满满的一车菜，土豆、胡萝卜、洋葱，应有尽有。张茜欣知道那是为了省钱，舍近求远地到集贸市场批发处去买的。她那一身打扮，分明标志着其经济地位的低下，上下身的面料，全是针织尼龙的。上面的纹饰如苍蝇般的冗冗点点，充其量不过50元左右。她正愤愤不平地反驳着奶奶。那奶奶不温不火，慢悠悠地补了几句：“你们替的是自己的女儿，当然是没办法的啰！我们替的是别人的女儿，不帮带是道理；帮带是情分啊！不懂事，我们就走人了。你们刷的是存在感、价值感啊！我们不要这些不就得了？”张茜欣忍不住加入了谈话：“你们母女关系好处，即使吵架了，一会儿就好。政令畅通啊!”女儿家就是你们的家，女婿交家用，每月的钱交由你们，他只管吃饭、睡觉、走人。待个十年、八年的，哪个不是攒足了几十万养老金回老家？只会说她女儿孝顺，谁会念女婿的好？婆媳就不同了，政令不畅通。天敌一对，权力之争、情感之争、利益之争是本质，却通过日常许多鸡毛蒜皮的表象问题爆发战争，若是那儿子能当好双面胶，两头瞒、两头哄地搞好平衡，总能过下去。要是碰上那偏听偏信、不明就里的儿子，把亲情与爱情对立起来，那女的硬逼丈夫二选一，你是要妈还是要老婆？哪个男人能不要老婆？那老妈不就惨了，只好逃之夭夭，保命要紧了。如何在亲情与爱情间找到平衡点，确是个两难的悖论。难倒了不少妈妈，也难倒了不少儿子。

哟！不好！坐过站了。张茜欣跳着下车，她忘了自己已是快奔七的年纪了。但膝关节马上提醒她，就在她脚落地的一刹那间，腿一软，关节处像被压缩了的弹簧一般，人也矮了一大截。同时一阵酸疼袭来。她定了定神，望着疾驰而去的公交车，长长地叹了口气，心里盘算着：糟糕！又要上那座天桥过对面马路坐回头车了。看着高高矗立横跨在马路的天桥，她不由得倒吸了一口凉气，望桥兴叹了。她颤颤巍巍地爬高就低，终于来到了学校。美术老师陪着李晔在教室里焦急地等待着。李晔一脸的不高兴，但见到奶奶的那一刻，立马阴转晴天，乐得屁颠屁颠的，不迭声地直喊：奶奶！奶奶！张茜欣连连致谢老师，不停地自责：对不起、对不起。她拉着李晔，大手牵小手，坐上了出租车。返回时，王薇那“朝天椒”性格，自然又是一阵得理不饶人的怨怼。

“去的时候为何不打的？没钱哪？弄得我儿子这么晚回来！老八婆！老糊涂了！坐个车还会坐过站……”张茜欣的人格、尊严被她踩在地上如此蹂躏已经麻木了。连吵架的兴趣也没有。她见李晔两只小手捂着耳朵，惊恐万状，立马拉着他下楼骑自行车了。一次次王薇丢三落四的事例呈现眼帘：将手机、信用卡丢在出租车里；出门拍照相机不充电；单位领发的红头文件放错方向……太多了。年纪轻轻，记性竟然如此之差，到我这把年纪，不得连自己姓甚名谁也会忘记？张茜欣这般地想，心里好受点了。生命仍在继续。生活不易、行动不易，想争取自己的权益更不易。在张茜欣看来，发脾气是人的本能，但不发脾气却需要智慧与修养。一个不能控制自己情绪，任由其发泄的人，是因为不正常的生活方式所造成的不正常的精神现象。他们这一代人大多是昼伏夜醒，夜猫子的生活方式。白天又不得不坚持上班，劳动不是自觉的行为，而是谋生的手段。因为身体常年处于亚健康的状态。一种健康与疾病的边缘地带。稍有不顺心，便会歇斯底里的发作，以宣泄精神上的郁闷及不畅。他们的亲人与关系密切者便成为这种泄郁的承载体。而家不是讲理的地方，成为这种不正常的精神现象最好的托词与理论依据。张茜欣还有何理由讲理？讲什么理？上哪儿去讲？都成了大问题。张茜欣清楚：当一个人掉入了道德的陷阱，如果没有足够的反思能力，是无法被影响、被改变的了。

王薇清晰的四段论如刀砍斧凿般地刻在张茜欣心头。“妈，你的生活习惯真的好科学，‘早睡早起’，每晚十点半就寝，清晨六点半起床，我要好好向你学习。”“你的生活方式，别说我做不到，任何人也都做不到。”“现代人不同了，思想观念多元化，生活方式也多元化，不一定是你的早睡早起最好！”“你的生活方式有什么好？僵化刻板！十点半睡，迟点早点不行；六点半起，迟点早点也不行，不是僵化刻板，又是什么？”还加了编者按语：我们不也是有规律的？

“子夜睡！凌晨睡！都是规律。你改变过谁了？想把我的家变成军营？”“我的家”三个字深深地刺伤了张茜欣的心。又转念：没错！是她的家，不是自己的家。张茜欣和所有的父母一样，是不完美的。她审视自己的内心世界，明知自己分明带有那个时代打下的烙印。因为大家都很贫穷，当时的他们，两个穷学生组成的小家庭，抚养这么一个儿子，两边的父母及弟弟妹妹都需要他们节衣缩食，倾囊相助。他们勤劳、勤奋、节俭……成了那个年代的人的共同特点。而张茜欣又更多了执着、好胜、坚韧的性格禀赋。

奥斯特洛夫斯基所著的《钢铁是怎样炼成的》一书中，主人公保尔·柯察金有一段名言：“一个人的一生应该是这样度过的：当他回首往事的时候，他不会因为虚度年华而悔恨，也不会因为碌碌无为而羞耻；这样，在临死的时候，他就能够说：‘我的整个生命和全部精力，都已经献给世界上最壮丽的事业——为人类的解放而斗争！’”这段话激励着一代人，挂在墙上，写在纸上，刻在心里，是他们那代人的精神支柱，支持着他们火热的青春，燃烧起热爱生活的激情，洞晓生命价值的真谛，克服一切艰难险阻，去迎接胜利的未来。历经时代淬炼的心灵深处至善尽美的永远充沛的奋斗精神，伴随着张茜欣那代人的苦难人生。人生是单行道，悄悄流逝的时光摧毁了一切，纷纷扬扬，飞出了人们的心窗，消失在四合的暮色与晨曦中，浸红了西边的天空，挂在遥远的天边，祭红了一大片。

现今，物欲横流，拜金主义盛行，为谋求一己私利，僭越底线，已屡见不鲜。年轻的一代抒写自己的人生，为事业、学业、爱情，票子、房子、车子努力拼搏，厌倦了解上一代人的过往和那些他们认为不需要的所谓的传统文化与美德，成为既不能承上又不能启下的独立群体。康德说过："世界上唯有两样东西能让我们的内心受到深深的震撼，一是我们头顶浩瀚灿烂的星空，一是我们心中崇高的道德法则。"在张茜欣那代人看来：精神与情感世界的贫乏已至畸变，往往比知识的贫乏和缺失具有更大的危害。守望我们的精神家园，才是人们安身立命之本。而我们的高校教育培养出来的各类人才，也大多重视自然科学知识的学习，忽略了德才兼备的教育。中华五千年的文化是有根的。根深才能叶茂；本固才能枝荣。这根植在炎黄子孙延续的无穷尽中，根植在广袤的九州大地上。道家的"地法天、天法道、道法自然""天人合一"道出了人与自然的关系与规律；儒家的"修身、齐家、治国、平天下""穷则独善其身，达则兼济天下""中庸之道"告诉我们人与社会的关系，及处事的方圆规矩；而佛家的"慈悲为怀""觉悟""普度众生"又以人性的善良、悲悯之心为本而利他人。这些人文、人道、关怀的温暖，具有直击人心的力量。人说四十而不惑，可已近古稀之年的张茜欣却仍然有了许多的不惑，且这些不惑像一团乱麻，横亘于心，无解了。

年轻的一代，一边熬夜一边寻找养生的秘诀。一日三顿不好好吃，吃坐堂医生配制的补膏；中老年人不是过度治疗，便是保健品滥用。色难父母，轻者训斥、吼叫，重则打骂驱赶……屡见不鲜。老年人跌倒了，该不该扶？也成了众说纷纭，没有定论的问题。这在那个黑白分明的二元论年代，都是有主流评判，具有社会共识的。时代变了，多元化的生活方式伴随着思想观念的多元化，以至色彩缤纷之中，是黑是白居然成了问题，是非边界模糊不清。这在张茜欣看来，人们的脑袋不是被橄榄球撞坏了，就是进水了。在前所未有的是非面前，仗义执言说真话的人越来越少。解在何处？如何求解？张茜欣太普通了，普通得如红尘中一粒尘埃，她不能一眼万年，与她的同代人一样，只能纠缠在曾经与现实之间，陷于无奈之中。

一段尘封的记忆，让张茜欣每想起便会升腾一股暖流，支持她度过无数个寒生四壁的孤独夜晚。那是泰坦尼克号船尾撞击冰山的一场灾难。她带着敬意去祭奠已逝者，带着人们彼此的爱，在凉薄的世界里，深情地活着，并努力效仿他们给周围的人施以力所能及的爱。泰坦尼克号邮轮是当时世界上排水量达 4600 吨的最大邮轮，是英国白星航运公司下辖的一艘奥林匹克邮轮。

1911 年 5 月 31 日下水；1912 年 4 月 2 日试船；1912 年 4 月 14 日，一个恐怖的夜晚，邮轮撞击冰山，灾难瞬间发生，船长命令妇女、儿童先上救生船，38 岁的二副查尔斯最后一个被人们从冰冷的水中救出，记录了沉船灾难的细节。那是些动人心扉、感人肺腑的爱的赞歌。在那个恐怖的夜晚，当船尾下沉时，再多再多的海水都不能淹没的爱，永存人世间。一个无名妇女的纪念碑高高矗立在华盛顿。就是她，在救生艇上将生的希望留给了两个孩子的妈妈。她说：孩子不能没有母亲！自己就离开了救生艇，几乎所有人都在呼唤：我爱你！不管是面对生死，还是生活的磨难，相爱的手永远都不会放开！泰坦尼克号邮轮的故事给了人们许多有益的启迪与教诲。

悄悄流失的时光，改变了时代，爱的方式也悄然变化。在物质匮乏的曾经，互相表达爱的方式是物质上的支持与付出；而物质极度丰富的今天，心理需求的重要性则日益突出。心理需求的核心是感受。而亲密关系的重要价值则在于交流并相互理解和接受彼此的感受。张茜欣丰盈的内心世界里常常不着边际地泛起诸如此类的独白。她记得亚里士多德说过的话：人生最终的价值在于觉醒和思考的能力，而不在于生存。而生活的现实却斩钉截铁地告诉她，马斯洛的观点才是言之凿凿、不会被扬灰而尽的。那便是：生存是人的第一层面的需求；其次才是友情、爱情、成功、人生价值的层面需求。张茜欣也没有高远的精神追求，她与所有普通的中老年人一样，经冬越春、历夏入秋、沉潜磨洗、动心忍性，过着寡淡如白开水般的日子，日复一日，年复一年。上一代精神的延续，又成了她们这一代人不断奋进的路标。她们又奋进在替儿女抚养下一代的战场上。

十三、表姐的纵身一跃

清明已过，春和景明，梨花风起，空气中已有暖意，但张茜欣心中的寒意却是越来越深。她沉浸在昨日悲痛的延续之中，那颗心像拧麻花似的，越拧越紧。始终不能松开半点。“姨妈，快开门！快开门！”一阵急促的拍门声响起，“是我！婉珍！”张茜欣一面应声：“来了！”慌忙中穿反了拖鞋出门。见外甥女婉珍，满脸泪痕，蓬乱的披发遮了大半张脸。忙问：“出什么事了？快告诉我。”平日里时尚前卫的婉珍，一反常态。艺术上的撞色装不见了踪影，一身的黑色使本来骨瘦如柴，极具骨感的她，更像一阵风便能吹走了似的。

张茜欣抚摸着婉珍的背，倾听着婉珍如泣如诉："我妈跳楼去世了，在我三哥那里。明天我和我爸要去北京了，今天特来向您告辞。"张茜欣的心先是一惊，接着又是一阵阵地抽搐。她知道表姐的不幸遭遇，被激起的怨怼与悲惜溢满胸膛，又为自己的无可奈何叹息。暮寝而思之，表姐王素清的音容笑貌呈现在眼帘。姐妹俩亲情甚笃的往事记忆犹新。表姐面容端庄，秀丽俊俏的脸上，架着一副金丝眼镜。仪态优雅，投足举手间，充满了知性与智慧。她与姐夫张远乾在大学里相恋，几十年风雨同舟、相濡以沫，算得上是恩爱夫妻了。她们家也让不少人羡慕。三个儿子个个有出息，研究生毕业，都在北上广一线城市安家落户。唯有小女婉珍在她们身边。大儿子张伟，二儿子张强，小儿子张立背后的光亮便是：他们有一个重点中学任教高中语文的知性妈妈；还有一个三甲医院任主任医师的爸爸。幸福家庭的五彩祥云一直笼罩在四个孩子的身上，带领他们走向人生的高光时刻。当原生家庭裂变成五个家庭之后，往事已然如烟。基本国策——计划生育政策"只生一个好"的号角吹响之后，四个孩子一视同仁，每个孩子的头胎分别带齐四年，就已经耗去了素清表姐从55岁到67岁的12年的晚年时光。本当可以安享晚年幸福生活的王素清表姐又牺牲了自己，承担了不该她承担的责任，替下一代抚养了下一代。她万万没有想到：计划生育又出台了新政策，允许第二胎，放开生育，口号成了：为了未来，勇敢地生吧！三个儿子相继又找自己的妈妈：妈，我们是可以请保姆的，但哪里能放得了心啊！是吧？妈妈，再说，您又有文化，还有那么多年的教育经验，孩子就交给您了……理由是堂而皇之的，毋庸置疑、不容推却的。王素清犯难了，难在这颗舐犊的心，实在难以放下。四个孩子的二胎，再来一轮 12 年，她已经近八旬老妪，如何承担得了呢？她不停地在心里思忖与嘀咕，终究没能定夺好，给孩子们一个满意的回答。

就在她进退维谷、左右为难之时，她的那个“春风得意马蹄疾，一日看尽长安花”的自己开诊所的老公，申请了离婚诉讼。寂寞是魔鬼，当一位烹饪能手飞进她们家的时候，留住了张远乾的胃，也留住了他的心。他与素清几十年的爱情画上了句号，化成了纸灰，纷纷扬扬，飞出了张远乾的心。他的心已经被另一个比表姐年轻、漂亮许多的女人占据。王素清心上的伤疤将永远难以消失，即使她重新百分百地投入她的爱情，都无济于事，于事无补。每一个组织成伤印疤痕的细胞，时不时被彰显得无比狰狞。令王素清无比痛苦，这痛苦与日俱增，吞噬着她早已憔悴的心力，无法超脱，更无法快乐。

张茜欣清楚地知道：表姐是无辜的。她除了对表姐的痛惜与对表姐夫的怨怼，就是剩下对人生的慨叹了。她想倾诉却无人可诉。她明媚俏皮的笑靥背后，是那被命运笼罩已久的阴影与雾霾！可以想象得到王素清在那纵身一跃前，从 26 楼的天台上往下看时，所具有的恐惧与恐慌，那不是常人所能承受的心理压力，但最终战胜恐慌与恐惧的一定是她的无助与绝望。是谁谋杀了表姐？像一块巨石将一颗鸡蛋那样压得粉碎。提出这一说法，必须依照法律的“谁主张，谁举证”！可这证又在哪里呢？能举出什么证呢？人们只会责怪王素清的舍不下，看不开；叹息她的高知而低能。真正有害的，远不是对社会真相的透视与认知，而是对社会真相的无视与遮蔽。美好不是从天而降的。它需要相关部门及每个人努力正视社会真实中存在的问题，从而解决它。

王素清的四个孩子，谁都不会想到：在妈妈离世，且以这种悲惨方式结束自己生命的这件事中，自己有无责任？是否愧疚？对于这个曾经给予自己生命，于艰难困苦之中抚育自己成长的恩重如山、情深似海的母亲，有无子欲养、亲不待的永远的遗憾？我们这个原本厚德载物的民族啊！在经济建设突飞猛进的今天，百善孝为先的文化之根，已开始动摇。又欲坠何方？父母在、不远游的训诫早已像肥皂泡似的消失得无影无踪。而法律规定的条文：常回家看看！已成为一纸空文。似微风拨弄丝弦，徘徊悱恻，乱人心神。浮躁与喧嚣、光怪与陆离弥漫，其可谓：彩云易散琉璃脆。素清的四个孩子，走过了失去母亲的至暗时刻，继续享受着自由与阳光，走向高光的明天。张茜欣痛惜表姐的离去，也为她不能断、舍、离，看淡人生而慨叹；联想自己，又有种兔死狐悲，怜人自怜的情绪。人说：少年时需要望远镜，看远人生；青年时需要放大镜，看细人生；中年时需要显微镜，看透人生；到老年呢？需要太阳镜，看淡人生；再往前走至暮年呢？则需要哈哈镜，笑看人生了。

风景如画，又变化万千。浮云朵朵漂浮在湛蓝色的天幕上，追逐戏闹着，一会儿聚集成好似万马奔腾的奇观；一会儿又零落成树枝状的白珊瑚；一会儿又散落得似水中涟漪荡漾开去。万花筒般的美景，装点着这夕阳中的霞光万道。地面纵横交错着的十字路口立交桥的外侧，镶有似花龙、花带一般毗连的小型花圃，花圃里的粉红与深红相映的状如三角花瓣的三角梅开得正热闹，你追我赶地斗艳争妍，迎接行人驻足观赏的目光。桥头高高矗立着的黄桷兰树上盛开着的白色花朵儿透着沁人心脾的香气，这香气弥漫在空气中，使得走至这里的人们不由得深呼吸几口，贪婪地吮吸着不肯离去。张茜欣此刻正走在这座架在连通四面八方的十字形立交桥上，俯身望去，车流如织，眨眼的工夫又过去了好几辆，她不由得想到，这繁忙的景象，不正是托举起中国经济面面观中的一景观吗？

突然，一声“张姨”把她从沉思中唤醒。“哦！小梁，你们这是干什么去？”张茜欣问道。“我妈得了老年痴呆症，约好在这儿等我哥的车，送我妈去医院看病。”“你妈这病是怎么得的呢？”“谁知道呢！”“有几年的时间。家里没人，就她自己一人在。没人跟她说话，她自己也不大愿意与人交往……”邻居小梁是个孝顺的儿子，每晚都能见到他陪妈妈散步，有一次张茜欣问道：“你陪妈妈散步，媳妇没意见吗？”“她能有什么意见？我就对我老婆说：陪我妈能有多少年？陪你的日子长着呢！她陪了我长大，我该陪她到老啊！先让我陪妈妈吧！”此时的小梁一如往常，一手挽着妈妈的胳膊，一手拎着东西，跟随着妈妈的脚步，小心翼翼地走了。他那连自己的儿子都辨认不出的，曾经是老教育工作者的妈妈，木讷、机械地走在儿子身边，亦步亦趋地挪动脚步。张茜欣的心沉甸甸的，欲吐又止。望着他们的背影逐渐远去，不由得忆起小区另外几例痴呆了的老姐妹。沉默是最具杀伤力的武器！在家庭生活中，白天老人留于空屋，除了忙碌之外，无人说话；晚上年轻的回家了，心却都在手机、电脑上，或者在管孩子。有时老人主动说话，马上会招来：少啰唆！少废话！别影响我孩子的学习！你能不能不说话！像只苍蝇、蚊子……于是又是一阵死一般的沉寂。如此训斥数年之后，不痴呆才怪了。

“明天我们就回湖南了，跟您道别！张姐。”“芳芳，怎么说走就走了啊！不多待些时日吗？”看见芳芳手臂上吊着夹板绷带，张茜欣忽然明白了：一定是手摔伤了，不能带孙子洋洋了。她赶忙招呼芳芳坐下，去倒茶，端水果上桌。只见收拾得干净利落的芳芳那略胖的圆乎乎的脸上淌着泪水，哽咽着说：“您说，这现在年轻人怎么就这样？别说人家儿媳妇，咱自己养的儿子，都变得不认识了。”“前几天，我抱洋洋在下面玩，突然他一头往下栽得很快，我怕摔着孩子，去拎，结果右手往地上一撑，就撑得胳膊肘骨折了。我跟儿媳妇说：我这也不能带洋洋了，不要在这儿给你们添麻烦了。打算回湖南去了。儿媳妇马上去问老头子：爸！妈准备走，你打算怎么办？老头子说：你妈走，我还不是跟她一起走啰！儿媳妇不语！后又加了一句：要不是我妈身体不好，我还不要你们带了呢！您看看，这带孙子倒成了多么值得骄傲，值得庆贺的事啊！他们心里一阵堵塞、一阵辛酸，被噎得说不出话来。”

正在沉默中，儿子发话了：“爸！我还想教你学电脑的，这又学不成了吧！”

“学什么电脑啊！一把年纪了。”“你就这么不求上进、不思进取！”儿子老子颠倒了个，已是屡见不鲜的事。“老子就是不求上进、不思进取！老子没把你教育好！现在实行终身教育！先从‘礼貌’二字教起，你跟你老子说话：开口、闭口，你啊你的！谁教你的？你懂不懂你字下面要加‘心’字底？”儿子立马反击：“自己家里人有这个必要吗？不加心字底更亲热，感情更好！”

“放屁！你跟老子放屁！”“你不死我对你讲礼貌！”这一夜，一家人谁也没睡好！尤其是老头子，气得呼哧呼哧的。除了儿媳妇，她在盘算：怎么接自己的父母来替代。她对老头的意见更大，老太太还能做免费的保姆，老头子干不了什么事，还要吃、用她们的，太不上算。小算盘拨了一夜。东方泛着鱼肚白，晨曦初露，芳芳她那患有“三高”的老伴，收拾着简单的行囊，在儿子的陪同下，即将踏上北归的高铁。芳芳望着酣睡中的孙儿洋洋，白里透红的脸蛋，洋溢着健康孩子的稚气与宁静，白胖的身躯自由舒展，胖乎乎的手脚像嫩嫩的莲藕，长满藕结。望着，望着，芳芳不禁潸然泪下，隔代的舐犊之情，难舍难分。这一别，何时再见孙子？可那几乎耗尽奶奶全部心血的洋洋，哪里知道这起早贪黑为他付出，毫无怨言的奶奶会离开自己呢？仍然沉醉在甜蜜的梦乡里。

“张姐，哎呀！怎么好劳您大驾啊！”张茜欣塞给芳芳一大包水果、点心之类，“给你路上吃。我也不能多待，炉子上还烧着早饭呢！”“谢谢了！大姐。”俩人四目相对，互道珍重，匆匆作别。生活就像飞驶的列车，疾驶而去，你想停也没法停下来。只有到了站台，才见匆匆上下的人群。张茜欣与芳芳，所有代养下一代的下一代的老人，正在奔赴各自的站台，匆匆地上与下。而最后的站台，便是人生归宿点——火葬场了。

十四、钦差大臣反仆为主

“奶奶，奶奶，我们家来客人了。”张茜欣刚返回拿钥匙开了门，只见李执神情慌乱。“谁来了？”张茜欣问。“我姨妈、姨爹！”她走过去打招呼：“你们好！”只见偌大的茶几上摆满了应时的水果：水蜜桃、荔枝、西瓜……饭桌上杯盘狼藉，还没来得及收拾。李执家的亲戚，张茜欣差不多都见过。隔三岔五地，什么表哥、表嫂，侄子、侄女，七大姑八大姨的，像走马灯似的川流不息。张茜欣敢怒不敢言。虽然是儿子的家，可那都是儿媳妇娘家的钦差大臣，连这做保姆的，也鸡犬升天。数李执老公来得最勤，只要张茜欣一出门，她前脚走，人家老公后脚便到。那是张茜欣无意中出而复返才发现的秘密。“你怎么今天有空过来?”第一次，她问那个畏畏缩缩的五旬男人，他的背微弯，灰头土脸的，回答的声音低得像蚊虫叫。“今天休息!”可那桌上的饭菜与酒杯却分明告诉了张茜欣一切：爆炸腰花、油爆虾、墨鱼肉丸汤、红烧鱼、油炸花生米、卤猪肝……那可是待若上宾的美味佳肴啊！张茜欣气不打一处来，她想起每晚餐桌上，一星半点的垫盘处底的三菜一汤。那是儿媳妇、孙子、她，连李执在内，四个人的晚餐。她不由得联想到：菜经过李执手的，她有自由安排的权利，反客为主、反仆为主便成了常态，而李小刚与王薇的“疑人不用，用人不疑”也给李执壮了胆。她从命运的泥潭里爬了出来，来到这五彩缤纷的世界，早已眼花缭乱，从每天捋几千根麻才 20 元至每月吃住全包，净落 3000 元。她觉得一步登了天，享受着权力带来的莫大的幸福，全不把张茜欣放在眼里。

婆媳间的鹬蚌相争，又让她这渔人得利。此时的李执显然有些心虚，她没想到张茜欣这时候回来。自从王玫辞职返乡，继续她的牛肉面营生之后，李执便成了王薇家真正的一家之主。她常常在外吹嘘、夸耀：女主人信任我，幼儿园无论交什么钱，都是让我去交的。因为我帮助她们管理了家。带孩子、洗衣、打扫清洁、做饭，没一样不是我啊！待得久了，她从李小刚、王薇多次的交谈中，好不容易地记住了一个词“管理”，便急不可耐地到处兜售，以示自己的至关重要的地位和无人取代的特殊价值。至于张茜欣，无论如何辛劳，一起接送小晔，带他去公园散步、喂金鱼、骑自行车、打篮球、游泳……给孩子做好吃又营养的食物……她是只字不提了。尽管她的夸耀立马招致了围攻：“人家奶奶谁不夸：全能奶奶、超级奶奶？没你能干了？人家奶奶天天那么辛苦地带小晔，替着你谁都看见的，你不感激，反倒自夸，牛皮哄哄的。”周周的妈妈、旭旭的妈妈、洋洋的妈妈都不约而同地数落起李执。可李执仍然不厌其烦地换了地点、环境、人群，继续着她的吹嘘与夸耀：什么都是我啊！那两个年轻的，什么也管不了。男的就只会给孩子买书、买玩具，女的买衣服、打电脑……但只要见了张茜欣，鬼使神差般地心虚胆战：此刻的她正心虚得不知该如何继续往下说。在向张茜欣说了一句：我姨爹、姨妈之后，愣在了那里。

张茜欣惊讶地开口了：“你们不就是报纸上、电视上报道过的那个打父母的公务员王敏宏的父母，王诚志、桂珍吗？”“是啊！是啊！”见他二人连连应声，李执的心才由一级战备状态到完全解除了武装。跟着嘿嘿嘿地傻笑不止，露出两排四环素牙，腋下刺鼻的狐臭气味直往外冒，搅得空气也变了味。

张茜欣与王诚志、桂珍的对话在进行中。“你们儿子、儿媳妇现在懂事多了吧？”“是啊！好了不少！”有一次听儿媳妇秀芝说：“有的保姆给孩子吃安眠药，让孩子白天睡觉、晚上闹。大概相信奶奶不会给孙子吃吧！”最近秀芝妈妈要来带小宝，替换下我们也好，正好老家也有田地需要我们打理。走前，来跟外甥女打个招呼。现在都是爷爷奶奶前脚走，外公外婆后脚就到的。大家不见面，少打交道、少矛盾。桂珍还在絮絮叨叨，张茜欣却没法听完了。交代李执，好好招待你姨父、姨妈啊！又对那两个说了声，你们慢慢聊，我有点事先走了。她明白自己这些话都是不着边际的，说了也白说。她不说，李执也会好生款待。因为那两个小主子横竖都是不知道的，而张茜欣也是张口不得的。她知道那是儿媳妇娘家的关系网，她们是利益的共同体。她若牵动一发会动全身的。即使王薇知道了，也会说："我知道，我叫她招待的。"张茜欣岂不是又成了矛盾的挑起者？缄口不语、佯作不知，她只能选择装聋作哑。她教育出来的儿子，只要结果，不需要知道原因与过程。这种"授权作恶的家庭运作模式"，助纣为虐、瞒天过海，小刚成了傀儡，全然不知事情的真相，真相被保姆与女主人联手如浮云蔽日般屏蔽了。他永远不知道他妈妈的痛。

张茜欣清楚地知道：自己没法阻止岁月的流逝，但她完全可以选择如何去生活，把日子过得分分秒秒都精彩，不浪费美好的时光。读书、交友、跳舞、弹钢琴、学电脑，让老有所学、老有所为、老有所养、老有所乐伴随她快乐的晚年生活。只要灵魂是有趣的，便会拥有不老的容颜。可现今，张茜欣的心已被理想逐出，抛向现实。现实是：她的宝贝儿子工作压力大，那个把女人当男人，把男人当牛的职场，让小刚回到家里，就向那张零乱如麻，放满衣服的床上，不顾一切地躺下去。他太累了，累到只有一个念头：睡一觉！把那些工作指标暂时丢到脑后。张茜欣目睹儿子小刚高大魁梧的身躯向床上无力地爬去的背影，心像被谁用刀狠命地捅了几下，淌着鲜血，痛且喊不出。回忆过去，往事洞若烛照。先夫的遗嘱：你要照顾我们的儿孙，下辈子我还要娶你！即使不是丈夫的夙愿需要她押上自己的晚年生活，她自己对儿孙深厚的舐犊之情也是绝对做不到断、舍、离的。张茜欣这代人对儿女的支持与爱，都是没有理由和无条件的。因为她们不需要任何理由，也没有任何附加条件，仅仅因为你是她们的子或女。张茜欣的痛就痛在：心知肚明却张口不得。这种拿钱让保姆代养孩子的交易方式，远不像购买其他商品，基本利益上还有个相对公平的诚信原则在里面。购买保姆代养的服务，里面的不确定因素、人为的原因就太多太多了。购买方所获得的服务质量与预期目标的落差之大，岂止云泥之别？现实中，无论水平、能力多差的奶奶、爷爷，外公、外婆代养的孙辈都是长得滋润、饱满的，脸上泛着红晕，而保姆代养的孩子似遭霜打的杨柳树，艰难地生长，萎靡不振、小脸青白，头发黄涩。其实，从孩子的头围、胸围、身高及脸色的优劣即可作出大致的生长速度的综合判断。人说：前面十年是婆婆的；后面十年是儿媳妇的。这话有些道理。此时的李小刚与王薇哪里知道这些？李执对他们周到照顾的表象掩盖了小晔喂养不当、生长缓慢的实质。而有着喂养、抚养过小刚，具有丰富育儿经验的张茜欣，却因为那个娘家派来的钦差大臣——李执，两面三刀，极力表现对主子的“忠诚”，使李小刚和王薇一叶障目，二人用人不疑、疑人不用的保姆策略，也反倒让李执反仆为主、反客为主，为所欲为了。

张茜欣的话语权，对保姆的监管权，对小晔的监护权，统统被无端剥夺。她这个奶奶成了被边缘化的虚位，忽视她的尊严、她的存在、她的感受已成为不争的事实。张茜欣没有自我辩解和反驳的机会。她陷入深深的无奈与无力之中，自嘲命运又一次地挑战！为了孙儿小晔，她顾不了那么多。她要以自己的方式当好孙子的保护神！她相信那个偏听偏信的儿子，终有一天会明白！真相会迟到，但绝不会缺席！张茜欣相信，在一个家庭里，既要讲原则，又要讲感情。感情放在至上位置，原则放在底线，才能和谐。对人心和道德的失望与焦虑，让张茜欣时不时地心火上蹿，真的想与谁大吵一下，求得暂时的宣泄。她与李执的开战，在这个排序颠倒的家庭中，隔三岔五地就会有一场。

正是江作青罗带，山如碧玉簪的瑰丽风光中的春日，张茜欣参加一个同学儿子的婚礼，回到家里，用钥匙开不了门，她大声地拍门，喊道："开门哪！开门哪！"李执慢吞吞地来开门，手里拿了把扫帚。"大白天，你把门反锁干什么？跟你说过了，我随时都会回来的呀！"张茜欣清楚，那扫帚是做出她在干活儿样子的道具，毕竟因为文化太少，不知道每次开门都拿把扫帚，是会被识破的。"小晔，怎么啦？宝贝！"听到孙子的哭声，张茜欣几乎是奔跑着过去，屋子面积大，她差点摔倒。只见小晔正在用双手攥紧着拳头，敲打自己的头部，又将头往墙上撞。不知哭了多久，声音已经沙哑，无助、绝望写满了小脸。张茜欣心疼不已，不停地安慰着，紧紧地搂着，轻轻地揉着他的脸和手。"宝贝！不哭了啊！奶奶不好，不知道我的孙儿在受委屈，我回来晚了，下回奶奶早点回来，不让小晔难过。"小晔的情绪逐渐平复下来，破涕为笑，说："奶奶，我不让您走！奶奶，您别走好不好？"张茜欣转而责问李执，"孩子哭成这样，你也不管？""我怎么管？叫他不要哭，他要哭。我有什么办法？你是奶奶，你管啊！你别走！你的孙子你不管，还怪我！"张茜欣语塞。她心疼小晔，又无力24小时承担。小晔的状况，是幼儿在无奈、无助又无力反抗的情况下的自虐行为。她恨死了李执，这个一贯会在主子面前极尽阿谀奉承之能事，出自穷山恶水的刁民。往事点点滴滴，都浮现在张茜欣的心头。

“晔晔宝贝！刷牙水阿姨给你倒好了，你来刷牙啊！宝贝！饭阿姨给你做好了，放在这了，你来吃啊！晔晔，洗澡水阿姨给你倒好了，你来洗澡啊……”李执做的每一件芝麻小事，都是用这种类似说唱的方式传达给那两个浑然不知的年轻父母的。她无时无刻不在表现，传递着：你们看，我有多么重要？没有我，能行吗？你们家，能离开我吗？并且循环往复地进行着。尽管她压根儿就不懂得循环论证的哲学方法，但人性的本能使她达到了循环论证的最佳效果。张茜欣自从见到小晔自虐的那一幕，就下定决心，无论她的子、媳怎么让她蒙受不白之冤，她也要时刻做孙子的保护神。就如同她当年像只老母鸡，护着只小鸡那样地护着她的宝贝儿子，即使她受了天大的委屈。

此时的李小刚与王薇，因他们所处的年龄阶段，导致其根本体验不到这种买卖关系的混乱。不是你支付了金钱，就一定能够换来等量等值的服务。他们不知道这种等量等值的要求，更多的还是指人的良心，是良心和良心之间的换算。如今人的良心是个最大的不确定值。它受环境、人事等诸多因素影响，是个随时可变的量，是最难以被估算和期待的。在利益的面前，人性是经不起考验的，特别是以劳动作为谋生手段的保姆们，在失去监管的面前，人性的丑陋便自然暴露无遗的了。世间最美的风景在多娇的江山，而最丑的风景却是在人心。李小刚、王薇永远看不到，李执背着他们是如何代养他们的心肝宝贝小晔的。张茜欣看得到、看得懂，可她却被剥夺了话语权，对李执的监管权，对小晔的监护权。倒霉的只能是小晔了。而张茜欣与生俱来的对亲情的维护，对孙子的疼爱，及对儿子、儿媳未来的期待倒逼她舍老命护犊。因为时不我待，她必须当机立断，做出及时正确的判断与处置。在李执锁门带小晔去火车站看望在那儿打工，看地下车库的老公时，张茜欣予以坚决阻止。火车站人来人往、川流不息，嘈杂、混乱，又时不时有人贩子拐卖儿童的报道。在李执吓唬小晔吃饭，忘带钥匙反锁了门，小晔在里面恐惧地嚎叫时，张茜欣迅速联系工程部人员砸开房门，救出孙子，不断安抚，避免孩子脆弱的精神世界受到伤害。凡此种种，举不胜举。张茜欣从不在儿子面前说起这种事，是因为他的偏执、他的歪理、他的错觉，也因为自认为爱自己的孙子，不需要任何理由和表白。而那两人却也是绝不会对李小刚提及的，因为他们压根儿也不希望他知道。在他面前只需要自己与王薇统一，报喜不报忧就行。他每月拿“家用”回来，分文不少就可以了。她们的世界里，也没有李小刚的位置。小刚对母亲的错误认知：矛盾的中心人物；挑起者……张茜欣心知肚明，是女主人与保姆共同努力的结果，一次次地告刁状，一次次地装可怜，装为难……李执收获的是借刀杀人，借力打力的快感。王薇收获了丈夫的信任及爱。张茜欣为了保护孙子，竭心尽力地呵护，维护其身心的健康，却收获了“有产阶级专政的铁拳”，差点赔了老命。

十五、赶走张茜欣

王薇要换沙发套了，她对张茜欣说：“你去找个可以换布套的人上门来吧！”张茜欣蹬着自行车，在离住宅三站公交车路程的商业一条街，货比三家，分别洽谈，终于选中一家。当她带着那个个子不高，憨厚、朴实的顺发窗帘布店的王老板向豪华大气的紫辉花园进发时，一路上，为了促成这笔交易顺利成交，她向王老板交代：我儿媳妇是搞财务的，人很聪明，你价格上不能高报，否则做不成，只要有点利润，你就答应下来做。以后，我那边还要找你做事情，也会给你介绍生意，你可以多做几笔，薄利多销。有几分秃顶的王老板应承下来，带着厚厚的几本布样板，去面见王薇。回到紫辉花园，张茜欣惦记着晚饭，要去买菜，她把王顺发介绍给王薇，便急急忙忙地推车疾驰，奔菜场而去。

等她满载而归时，正撞见王顺发出门。她问："谈好了？""谈了！差的钱找你拿！"王顺发答。张茜欣诧异地问道："你怎么说差的钱找我拿呢？我又不差你的钱！"王顺发又说："这是你们家的事了，我不管！"他转身要走，正在这时，只见李小刚怒气冲冲地，拎了口不大不小的平底锅出来，喊了声："你拿回扣是吧！"冲着张茜欣的头部拍下来。李小刚的时空完全错乱，一团乱麻塞满了他的脑袋，没有了思考的空间。人在愤怒的时候，智商是为零的。那口锅凌空高举，重重拍下的严重后果，他没法子去考虑了。愤怒的情绪统领、支配了他整个人，顺着"拍下去"的渠道发泄，满脸铁青，嘴唇发紫。

张茜欣见儿子冲出来的刹那间，先是一愣，整个人都懵了。见那高举过头的锅，锅柄握在李小刚的手中。眼见就要拍在自己的头上，说时迟，那时快，求生的欲望使她本能地往下一缩，就地一滚，救了自己一命。李小刚见母亲倒地，如醉汉被人猛击一拳，又如梦初醒，被唤醒的良知与人性，使他从神经错乱中恢复了理智。举在半空中的锅，停止了继续往下砸。可那口锅的边缘，还是重重地嵌进了厚重结实的标志着身份、地位的用料为缅甸实木的豪华门上。留下来深深凹陷的坑，门上标有房号的厚实金属字母同时也随着张茜欣的倒地而震落，蜷缩在门的角落。

这门上的印记，记录着李小刚这忤逆之子不可饶恕的疯狂。每见它，也成为李小刚心中永远忏悔的，不可原谅自己的终身遗憾。他在心里千百次的后怕与忏悔：好险！我差点成了杀人犯、阶下囚，亲手杀害了自己的亲妈。我所努力奋斗的一切既得利益：房产、车子、老婆、儿子、票子也差点化为乌有。他在心里无数次地咒骂自己：最糟糕、最没人性的东西；猪狗不如的人；二脚兽……穷尽辱没自己的所有咒骂，也丝毫没有减轻那心的一隅永远对为了自己的成长倾注全部爱，于艰难竭蹶之中抚育自己的恩重如山、情深似海的亲娘。李小刚在追悔莫及中，仍然固执地用自己的认知来判断是非对错。“你妈拿回扣”像钉子般钉进了他的心里。

李执与王薇以歪就歪，全面碾压张茜欣，洗脑式的口腹之欲得到了空前绝后的满足。二人义无反顾地实践着一个共同梦想：赶走张茜欣！王薇想的是：我的家，我可以作主。李执想的是：那两个都不在，这家就是我的了。老公可以天天来吃饭，小晔还不懂告状。李小刚原本的执念是：妈妈，我希望我们四个人一起生活的！他明白作为独子的自己有着赡养母亲的责任与义务，更重要的是与母亲千丝万缕的血缘亲情，他已经没有了父亲，不能再没有母亲……但这两个水火不相容的女人，格格不入，实在让他心力交瘁，无计可施。她们各取所需，又各有各理，他实在无力弄清每件事的真相，只能让她们俩互掐，自己不作为了。再后来，他想出的无奈之举，便是小矛盾自行解决，大矛盾就分开的“良策”。平日里他管理企业的许多经验，什么所谓能级管理，责任目标分解，人员的优化组合，不可替代劳动力成本的核算……在这个成员并不复杂的家庭里全成为解手纸了。

时下流行的说法是：家不是讲理的地方，是讲情讲爱的地方。可这两个都爱自己的女人，没有血缘亲情的她们，又怎么能互爱得起来？每日里刀光剑影，惊雷不断，频频厮杀，真的让李小刚终日提心吊胆，痛苦不堪了。他的心太累了，太需要安慰与劝解了。他本能地投向王薇的怀抱，万籁俱寂时的柔情，融化了一切，也消融了他对母亲深深的爱。他与王薇利益一致，排斥了张茜欣在爱孙子的这件重要事情上，与他们俩利益的完全一致性。母子情的被离间，还有三个核心的节点，那便是：你与你妈的生命已无交集；我们俩是要相伴到老的。你爸生病，是妈照顾的，以后你生病，当然是要我照顾你的。法律上我们仨是核心小家庭；你妈自己是一家……

谁说知识不是力量？不是资源？不是资本？它具有足够的力量让王薇从心理上完全解除李小刚的武装补给，其总结的几个核心结点，哪一个男人的心理防线不崩溃？道德堤坝不塌陷？没有文化知识的儿媳妇除了与婆婆的情感不相容，横生出枝节外，是绝对总结不出来震撼男人心灵，攻心有术的核心结点。王薇在李小刚的面前，尽力施展后天的优势。枕边风的强劲，主仆二人一唱一和，狼狈为奸，尤其是用母与子的利益不同的，你们的生命已经没有交集的重磅炸弹，直炸得李小刚晕头转向，迷失了方向。从你是要你妈，还是要老婆的两难抉择中，心理天平的站队上彻底一边倒。李小刚高举的锅背后是被子弹推上膛了的。他只不过是在子弹的惯性推动下举起了它。他只需冷静片刻，想一想：他妈为什么质问王顺发，你为什么还找我拿钱？就会明白事情的真相。倘若是他妈拿回扣，应该是他妈找王老板要钱，王老板给他妈钱。不可能是他妈向王顺发，发出诘问。然而，他连片刻的冷静也没有，被阴风鬼火煽起愤怒与疯狂的李小刚，失去常态、丧失理智地向自己的亲妈下手了。这一出闹剧让他付出了沉重的代价，道德的谴责、良知的拷问一直伴随着他，叫他不得安宁。

那拥有短暂胜利喜悦的主仆两人也开始后怕起来。最害怕的是倘若哪一天李小刚明白了真相，岂不撕了她们俩？这可是个连自己亲妈都敢砍的混男人。第二天，李执便来张茜欣这边打探风声了。“怎么样也不该动手啊！我们也说他了，有话可以慢慢说啊！说清楚呀！”“家和万事兴哪！”应了“来是是非者，必是是非人”的老话。张茜欣一肚子火，这明摆着的事，她不想说破，但看破了，望着李执那永远像睁不开的眼睛，“我连死都不怕，还怕谁呢？”“我活够了，谁不怕死？跟我干！陪到底！”张茜欣说完，丢下那副恶心的嘴脸，转身出门，去找顺发窗帘店里的王老板。昨晚一夜无眠，一直在想着抚养李小刚的艰难的点点滴滴到遭锅砍的今天。从滚倒在地，又爬起来的那一刻，她的第一个念头便是：问清楚他与王薇交谈的过程，了解小刚的情绪脉络。

窗帘店里，不大的空间，挂满了条状样布，五彩缤纷。直抵天花板，又垂落下来。临街摆放的长方形操作台上，零乱地摆放着各色碎布与一把裁剪用的大剪刀，还有一把木制的米尺。店里无人，张茜欣坐在那张桌边，正举棋不定，是继续等待，还是走人？只见王顺发的机动车风风火火地停在店门口。一眼瞅见张茜欣的王顺发，还没等她开口，便嚷嚷起来：“真没见过您这样的儿子，胆子也真够大的了。连自己的亲妈也敢打！问也不问清楚，就动手！”张茜欣问：“你说的那一句，‘你们家的事，我不管’，让我儿子误会了。你为什么找我要钱呢？我到现在都不明白。所以来找你。”王顺发说：“对不起！我听错了。我以为您说的是不管您儿媳妇出多少价，也给她做，差的部分找您拿。后来我才想起来，您说的原话是：‘我儿媳妇是学会计的，很会算账，只要有点利润你就跟她做。以后我会给你介绍生意，而且马上我这边要做四个沙发垫子，可以多给你赚点的。’真的对不起啊！”王顺发再次真诚地道歉。接着又紧跟了几句：“我们乡下没读过什么书的人，都懂得孝顺父母的。怎么您这儿子，连这点都不懂啊？”

张茜欣无语哽咽，欲哭无泪。心里像打翻了五味瓶。她告别了王顺发，几天后，兑现了自己的承诺，请他做了四个硕大的沙发靠垫，多付了加工费。这之后，张茜欣去了医院，做了脑 CT，显示轻微脑震荡。连续几天的头晕、呕吐的感觉有了医学结论。她该想想何去何从了。断、舍、离三个字第一次充塞了脑子。她说不出话，笑不出声，悲不成涕。仰天长啸！这是怎么了？自己付诸全部心血，倾注所有的爱的亲生儿子，竟差点要了自己的老命，谁来拯救我？余生怎么过？张茜欣不断地叩问自己，企盼寻求答案。人说四十不惑，可她已近古稀之年，这越来越多的不惑竟如雨后的春笋，不断地从心底里冒了出来。问题出在哪里呢？迷惘、困惑、不解缠绕着张茜欣，但她很清楚的一点是：必须离开自己的亲生儿子李小刚了。她下定决心让他断奶，给其成长历练的空间，再也不能大包大揽、越俎代庖了。

她放了自己几天假，走出了紫辉花园。正是初夏的清晨，空气中弥漫着迷人的芳香，一切是那么的美好。她来到花地河沙溪河段（佛山水道），巧遇龙舟在此举行，来自四乡八里超过 200 条龙舟在河面游弋。赛场上，群龙竞渡，激浪高歌，呈现出棹影翰波飞万剑，鼓声劈浪鸣千雷的热闹非凡的景象，两岸边万民汇聚，群贤备至，摇旗呐喊助威。水花飞溅、阵阵欢乐声回荡在沙溪河岸上空，到处洋溢着欢乐喜悦的气氛。张茜欣受这壮观场景的感染，努力争渡气势的鼓舞，忘却了所有的内战。心灵的放飞腾挪出不少空间，感觉到心胸、视野都开阔了不少，连日来抑郁窒息的感受也被这夏日的火热扫荡一空。她开始清理自己的思想与情绪，打点好它们，继续人生的旅途。她想：人生就像爬高山，只要努力不懈，没有攀不过的；生活就像淌大河，只要认定前行，也没有淌不过。几十年的职场生涯、家庭生活，不也是这样过来了吗？她早已不再是登高一呼、应者云集的人物了，现在是谨小慎微、宵衣旰食，替自己子孙打工的老马了。

她坐在这亭台楼榭、小桥流水的美景之中，想着自己应有的守土有则的立场，适度妥协的智慧。进一寸有进一寸的欢喜，退一步有退一步的释然。想着想着，心里觉得踏实了不少。她不再期待母子间许多矛盾与误解即刻涣然冰释，没有沟通、交流的前提，一切都是枉然！自己岁月向晚、鬓已飞霜，还是先爱子孙七分，留三分爱自己吧！不能再像以前，全然不留爱自己的份，她要从沉沦于自己所诅咒的无聊、无畏的内战、内耗中走出来，从令她极度沮丧的亲情撕裂之中清醒过来，从被轻易摧毁的自信中精神焕发地站起来。谁也不能解救自己于倒悬之中。既然出力不讨好，不如活好自己，未雨绸缪，做出妥善安排。

张茜欣坐在这幽静的、仿佛与世隔绝的环境中，感觉心中升腾起袅袅佛音，一种被渡的轻快、愉悦潜滋暗长，怒气早已渐趋平息。回想起小刚许多孝顺自己的往事来，“妈妈，您床下棉絮够不够暖和？”说着，那双熊掌般厚实圆润的大手摸向张茜欣的床单下。“妈妈，马上下雨了，出门记得带伞啊!”“老妈，您爱游泳，下雨时不能游的啊！水会变为导体的。”“妈妈，我没有了爸爸，可不能再没有妈妈了啊！您可要好好的啊!”小刚特意请了一天假陪张茜欣体验，花费近八千元。“妈妈，我半夜起来，听到您均匀的鼾声，心里可踏实了。”过往每一件琐事中，都渗透了小刚发自内心的对母亲的敬重与爱。这些值得张茜欣弹冠相庆、拍手叫好的往事，不管她什么时候想起都觉得心里甜丝丝、美滋滋的。

人说娶个媳妇卖了儿，横着抱的哪有竖着抱的亲？实则不然，男女之爱应当是平等的。如今的情爱，是要你排斥远离你的妈，让你押上灵魂、押上自由、押上你的父母的，这样的爱公平吗？道德吗？你是不是也该如此对待她的父母和她呢？张茜欣又想：剑拔弩张的母子关系还是留待岁月去缓和吧！更何况小刚已近五旬，又属精英一族，应该具有自我反省的能力，良知的觉醒只是早晚的事，就不要去不屈不挠地得理不饶儿了。这世界上最难的职业是妈妈了。为什么亲子教育的路上，我们跟孩子总是冲突不断？张茜欣反思自己的教育，发现是做父母的站位有误，总以自己所站的角度为孩子确立目标，这与孩子的需求是否一致，却很少顾及。这也成为孩子从叛逆期起所具有的逆反心理延长至成年之后的主因。等意识到自己需要更科学、高效的教养方法，已经是过期作废的事了，自己与小刚的思维早已不在一个频道上。但人生譬如一场马拉松，不论起跑早晚，总有机会赢，希望还在，努力也还在。更何况自己的儿子小刚已算得同辈人中的“功成名就”者，令其他人望其项背了。

每个孩子都是一块金子，每个闪光点都是值得被鼓励与认同的。对孩子的付出、守望、欣赏，是张茜欣对母子之情最透彻的参悟。她想起一首打油诗："夕阳西下水东流，只记快乐忘记愁。老来万事皆不求，只把健康记心头!"她已到了失之东隅，收之桑榆的人生阶段了。

十六、敲开另一扇人生之门

不知过了多长时间，天色渐晚，张茜欣正抬脚起身，准备返回，只见一老妪步履蹒跚，朝她坐的亭子方向走来，亦步亦趋。见状，张茜欣迎了上去。"大姐，需要我扶您吗?"那位被称作大姐的老妪大口喘着粗气，伸出右手臂，做了个需要帮扶的回应。张茜欣想：看样走不了，索性陪着她聊开了。这场不期而遇，又敲开了另外一扇人生之门，给张茜欣带来了别样的体验与感悟。

张兰芝娓娓道来，如诉如泣。长得小巧玲珑的张兰芝，穿了条湖蓝色的长裤，白色的短T恤，二者搭配得十分协调。没有血色的脸，布满了蜘蛛网状的皱纹花，几乎找不出几处稍平整的地方，一脸沧桑!只有那双不大不小的眼睛透着慈祥、善良的目光。"我家离这儿不远，上我家里坐坐吧!"张兰芝发出邀请，她们走出亭台，穿过花径，沿着青石板小路，来到张兰芝的家。这是一个二房二厅的户型，收拾得干净、整洁。坐在客厅里，墙上挂着她先夫的遗照，一个知性儒雅的男人正凝望着她们，张茜欣感受到这位大姐生活的安逸、恬淡与舒适。她们聊星辰大海，也聊家长里短。真有恨相识太晚，一见如故的感受。张兰芝说开了她的人生以及如今的境况。

"我的先生是大学教授，四十三岁时患病去世，撇下我们娘仨。我在中学任教国文。我开怀晚，当时儿子 13 岁，女儿 11 岁。因为担心再嫁，子女受委屈，硬撑着，咬紧牙关把他们抚养大。儿子文赋研究生毕业，现在美国定居，已有一子 6 岁。儿媳妇是法国女郎。女儿文倩大学毕业后在加拿大定居，女婿是加拿大人。我原想两个孩子，一家待半年，日子应该好过！我的两个孩子应该是孝顺的。于艰难竭蹶之中长大的孩子应该更懂得我的艰辛付出，更懂得感恩与回报。始料未及的是我的如意算盘失算了，生活成了另外的模样，我这颗心也从此坠入深渊。都说养儿防老！如今已是养儿不防老，养老靠自己了。唉！”说到这里，张兰芝一声长叹，半晌不出声。深长的皱纹里，藏满了精神创伤。沉默、沉默，空气沉闷得像是要爆炸了一般。张茜欣递过一杯温开水，“大姐，别难过！喝点水，咱们慢慢聊！倾吐一下，人会感受轻松一些。”“是啊！是啊！平常这些话能跟谁说啊？像蒋介石那样的人物，到老年时，都抱条狗合影。铁娘子撒切尔夫人逝世前，子女都不在身边……更何况我们这般一介草民！”

张兰芝又是一声长长的叹息……她接着说：“我兴冲冲地去了美国儿子家，母子连着心哪！一到那里，起早贪黑买菜、做饭、洗衣服全包。可到了晚上，浑身都疼，毕竟岁月不饶人，快八十岁了。老百姓称这个年龄的人为神而不是人了，还有七十不留宿，八十不留茶的说法。累点倒不怕，这辈子也累惯了。最要命的是没人跟我说话。儿媳之间都用英语沟通，整天外出不在家。回到家，除了吃饭、睡觉，就是玩电脑、手机。要么教他们儿子讲英语，我说一句中文都成了多余。他们成了母语国人，而我却成了外国人。邻居之间相距又远，鸡犬之声相闻，老死不相往来。更让我没想到的是那洋媳妇用半生不熟的中国话问我：

‘你什么时候去妹妹家？’屈指算来，才三个月的时间呢？半年哪能熬得到？这让人差点发疯的日子也没法过了，打点行装往女儿家去吧！儿媳到机场送我，望着那个混血的小杂种孙子，心里说不出的滋味。小白脸、金色的卷发，典型的欧洲血统。变种的想法从心底冒了出来，数典忘祖成为不争的现实。只有那一声奶奶，才让我感觉到孙子的存在。

“在告别声中，飞机起飞了，我的心也飞到了加拿大。飞机在七千多米高空飞行，穿云破雾，白茫茫的一片云海。看着满目棉絮般的云层，我的心也是一片白茫茫。不知道命运会将我抛向何方？一阵阵迷惘袭来。女儿、女婿都来接机了。都说女儿是娘的贴心棉袄，还真是暖了我的心窝。见了女儿，止不住的泪水夺眶而出，像是受了多大的委屈。女儿拥抱着我，轻拍着我的后背，此时的我突然感到自己的心多么地需要依靠和安全感。就像孩子依恋母亲般地依靠女儿，更需要子女的精神抚慰了。女婿在旁微笑不语，十分理解久别重逢的这对母女。他们在加拿大干得不错，别墅、豪车、不菲的待遇。女儿文倩有孕在身，待在家的时间较多。我的日子比在美国轻松、自在多了。有女儿做伴，时间过得飞快，不觉五个多月远去。有一天，洋女婿又问我了，比画了半天又夹杂着难懂的中文，好不容易我才弄明白，又是问我什么时候回‘掐伊拉’？我没敢告诉女儿，怕他们闹矛盾，我不成了罪魁祸首？

“三天后，我对女儿说：‘你大姨有病了，她孤身一人，我得去陪陪她。’女儿见我执意要走，也没深留。于是我又打点行装，原路返回。

“异域的风光同样旖旎，江山也如此多娇！但我观之总不及生我养我的故国亲切、迷恋。回来后我打起精神，丢掉幻想，过起了孤家寡人的落寂日子，不想把老骨头丢在异国他乡，落叶归根了。但问题又来了，我能够生活自理倒没什么，但不能自理时怎么办？何时归天？自己都不知道，也无法选择。我的子女们是非得孩子放寒暑假才能来看望我的。老天爷会安排我寒暑假时去阎罗殿报到吗？想想都害怕，死了无人知晓，也无人收尸！”张兰芝又是一阵长长地叹息：“唉！山高皇帝远，老年人权益保障法修订得再好，也解决不了我们老年人的实际问题啊！而且像我这样子女都在国外的老年人也绝不是少数啊！”张兰芝又补了几句。

这回，张茜欣与张兰芝都沉默了，死一般的沉寂，夏日的蝉鸣更增添了几分沉寂之外的悲凉。夜色沉浓，窗外树影婆娑。张茜欣决意告辞。她不知如何安慰兰芝，以宽慰她那颗孤寂无奈的心。“投我以木桃，报之以琼瑶。我赠你三日春光，你予我四月桃花。”世间真情莫不因此。更何况父母与子女间的血亲深情，是以全身心的爱与心血的全部倾注而付出的。乌鸦尚且反哺，羔羊跪乳，然而，现实却是你陪着他们长大，他们却不会陪你到老！张茜欣把那首打油诗送给兰芝作为临别赠言：“夕阳西下水东流，只记快乐忘记愁。老来万事皆不求，只把健康记心头。”能够寿终正寝、无疾而终便是齐天洪福了。二位老妪在互道珍重中告别。

张茜欣回到了紫辉花园，远远瞥见黑压压的一片。她虽老眼昏花看不清，但她知道一定是发生什么事了。紧走慢走夹杂着小碎步，终于来到近前。只见人头攒动，不少熟识的隔壁楼栋的邻居纷纷议论，“王大爷走了，好可怜。一生养了五个孩子，三男二女，到头来，没人管他。”“什么呀！怎么管？他跟儿媳妇、女婿们都不合，住不到一起，只能独居啰！”“死了一个多星期了，都没人知道。还是送牛奶的最先发现他一直没取放在门口箱子里的牛奶，牛奶都坏了。这才报告居委会，派出所来人了。”立马有人驳斥前面那位胖嫂：“也不完全是这样”。另一位披长发的女郎发言了：“尸体臭了，散发出奇臭无比的味道，熏得人作呕直吐，又有污水流出门外。左邻右舍都去报案了。”“你们没见120车和警察都来了！”经她这么一提醒，人们立马不出声了，齐刷刷地往不远处等候的120救护车和忙碌的警察们的方向张望，有的脖子伸了老长，一副探究根底的神情；还有的看戏不怕台高，一副事不关己、高高挂起的漠然与木讷的神情。

不知过了多久，人们回过神来，又开始了继续交流和分享。七嘴八舌的，分不清是谁在发问了。“人都早死了，救护车还来干什么，救个屁啊！”“这你就不知道了，人死了，不是医生要出示死亡证明？”说这话的人一脸的不屑一顾与洋洋自得。“那警察来又是为什么呢？你又知道？”刚才发问的那位又提出新问题反驳，气势咄咄逼人。“哼！连这都不知道，警察里有法医，要鉴定死者是自然死亡，还是他杀等死因。”连连发问的那位这才偃旗息鼓，解惑者更加地趾高气扬。沉默的大多数不再沉默，七嘴八舌仍在进行。“为什么不去养老院呢？”“有什么好？你没见电视里报道的，戴着手套，握着水龙头，对着老头子冲澡？那老头双手凌空直嚷嚷：‘不要、不要啊！’乱摆手，冷水冻得他直哆嗦？”“喂老人吃饭，一边喂，一边左右开弓扇耳光，两边脸都扇红了一大片。记者责问：‘你为什么打他。’回答竟是：我在替他擦嘴！”“养老院那么贵，我们工资那么低，怎么去？”这下，沉默的大多数又沉默了。是所有面临居家养老还是去养老院养老的人。沉默的人带着沉默的步伐，悄然离去。

张茜欣一直在当听众，见人群渐散，她拖着沉重的步子回到儿子小刚的家。好几天没在，一切翻天覆地地改变了模样。200平方米四房四厅的家像火车站的物流货场，堆满了散乱的书籍、食品、玩具、杂物……别说无处下脚，就连眼珠儿都没法投放。临飘台的墙面，大约因为暴雨时未关窗，雨水肆虐，白色的墙已经斑驳陆离，惨不忍睹。厨房里冷灶无烟，足见几日未食人间烟火了。对面邻居过来寒暄：“您儿子一家出去旅游了！保姆也回老家了。”然后惊讶地问：“您不知道？”张茜欣平静地应道：“他们去哪？有什么必要告诉我呢？即使要告诉我，也是保姆当通讯员转告的。他们级别很高，不能直接告诉我的。在家庭里，也是有等级排序的，你不知道？奶奶是排在保姆之后的。”邻居小娟甩着披肩长发，蹬着高跟鞋，大喇叭裤像城管的扫地机上的扫帚，左摇右摆地旋转着，嘟囔了声：“脑袋进水了。”便跑了开去。张茜欣开始收拾自己的东西，这一刻她终于选择了放下。

除了那些书籍、床上用品、衣物、鞋子，她没有什么东西了。扔！扔！扔！结果，还有十几大包。她望着那些，不会说话却记录着她奔波劳累的身外之物。她连缅怀唏嘘的时间、机会都没有了。环顾空荡荡的居室，她又想起了告别先夫奔赴岭南的同样情景，老泪纵横，不能自已。所不同的是当时是绝望之后满存希望，这一次却是希望之后的满怀绝望了。心里悬着无止无休的仓皇与焦虑，但日子总是要过下去的。在下决心大刀阔斧的断、舍、离之后，张茜欣甩了甩短发，告诉自己不要哭得稀里哗啦，软弱给谁看？趁着白天，人都上班去了，他们又不在，赶快走吧！她止住了泪，只是头剧烈地疼，还有胸痛、腹痛伴随着她。她像一件宝物被人偷走，还声张不得的失主。心口的那个疼啊，痛断了肝肠，难割舍的地方说再见太难，或许就这样悄悄地走了最好。

常言道：忍一时风平浪静，退一步海阔天空。很小的时候就听母亲讲过一个故事：清朝康熙年间，有位名叫张英的大学士，在当时赫赫有名。一日，张英收到一封家书。信中写到邻居家中盖新房，要占用他家里三尺地，家里人希望张英动用关系解决这件事。张英阅信后，只回了24个字："千里家书只为墙，让他三尺又何妨。万里长城今犹在，不见当年秦始皇。"信寄出去后，家里人瞬间明白了张英的意思，于是主动提出要让三尺地。邻居家见张英家主动退让，倍感惭愧，也选择让出三尺地。这便是历史上著名的"六尺巷"。这封家书，也代表了张英作为大学士的情怀与气度。

张茜欣自己清楚，太过执着的性格，学会看淡、学会让步是多么地不容易。退让不争乃智者，争强好胜乃愚人，真正的智者，懂进退、知礼让！她庆幸自己毕竟下决心放下了，放下了也便放下了。况且是对自己的亲生儿让步，彰显的是为母的涵养，也是家和万事兴的良策。想着那位孤独地死在家中，许多天都不为人知的王大爷，那位满脸慈祥，少言寡语的老人家。张茜欣的心一阵阵发紧，像拧麻花似的，又像钟表的发条，一时半会儿松不下来。张茜欣在艰难的心理历程中顿悟了这人间的亲情、友情和爱情，本如那无根的浮萍，随境飘浮，无论是风平浪静，还是浊浪排空，都由不得她了。唯有看破放下，随缘来去，才得心无挂碍。想想人字的构架，仅一撇一捺。若不撇开终是苦，各自捺住方是福。张茜欣的这一撇开，撇出了老年的精彩生活，撇出了诗与远方。

十七、做个年轻态的老人

“晔晔奶奶，快走啊!”“要排队取号的。”一个电话打了进来。和所有老人一样，她早已没了姓名，只有代号：晔晔奶奶。来叫她的是妞妞奶奶；洋洋奶奶。一胖一瘦的二人成了鲜明的对比。妞妞奶奶胖得大腹便便，人没进门，肚子先腆着进来，不注意还以为滚进了一个球。那跟在后面的是洋洋奶奶，瘦得可怜。前胸就要贴着后脊梁了。只有那双忽闪忽闪的老眼透着机灵，证明她是个活物。“我马上下楼一起走！再等我几分钟。”张茜欣应着，一边从自己租住的二房二厅出来，乘电梯下楼了。一行三人急匆匆地忙向社区医院方向走去。正是上班高峰时间，川流不息的人群，车水马龙，鳞次栉比的幢幢楼宇在秋日太阳的光晕中披上了金色的纱幔。一切都充满着生机、活力，四处弥漫着，生活像沸腾着的水，彰显它无限的弹性与张力。

来到社区中心医院，三位奶奶排队取号。今天是国家免费为65岁以上老人体检的日子，社区医生忙得不可开交，到处都是来去匆匆的身影，白大褂川流不息。大厅里人满为患，都等着叫自己的号。忙乱中仍然有序。“3号进201诊室，4号准备，5号进202诊室，6号准备……”清脆悦耳的女中音在大厅回响。电子屏幕上同时出现显示。大厅里顿时安静了下来，人们耐心地等待着。张茜欣放眼望去，一片银色的世界中夹杂着少量的灰白色与黑色，下面是一张张沧桑的脸。那是年轮划过的痕迹，也是岁月沉淀下的沟壑，还是人生经历个中滋味后的淡然与木讷。由于身体不平衡而跛行的有之；没座位倚靠于墙的有之；坐在轮椅上歪斜着头脸的有之……看着眼前的情景，张茜欣倒吸了一口凉气。这股凉气从脚底直冲脑门，想着自己竟与这班为伍，成为其中一员，昔日的自信满满一下子没了踪影。衰老像毒蛇一样吞噬着她那还算年轻态的心。她同时听到了坐在座位上的议论声。“政府对我们老年人是挺关心的啦！助老、扶老、帮老的舆论倡导，社会践行不少的。像免费公交、地铁，旅游景点半价，汽车上让座，免费体检，社区助老食堂，工资涨幅的年龄倾斜……举不胜举、数不胜数呀！”

一石激起千层浪，应和着这位学究般老者的几位老大妈叽叽喳喳了起来。

“是啊！是啊！在外面有人尊老、敬老，到了屋里，谁尊你、敬你？到儿女家打工，没日没夜的，说是主人吧！你没话语权，说了等于放屁。是客人吧！啥活你都得干。是保姆吧！一分钱不赚。说是志愿者吧！还没人点赞。”牛顿可以算出来天体运动，却算不出人群中银发一族的灾难人生。在这个超级巨兽型的城市，浮躁与喧嚣的旋律唱响，光怪陆离，沸腾着的生活吞没了年轻一代原本应孝顺父母的心，变得冷漠与木讷，尽情挥霍她们的爱早已成了习惯，条件反射般地接受她们榨至骨髓的付出成为理所当然。那些流传的打油诗、顺口溜，成为她们生活的真实写照。佐证了中国父母为子女忘我无私、博大、厚重、绵长的爱。

这不，又一位瘦削得风都能吹倒她的大妈正在吐苦水，额头上的青筋直暴，伸出的手背上也是纵横交错、凹凸不平。看模样也过七旬了。身上的衣服皱巴巴的，还说出门时临时换了一套的。因为记忆退化的缘故，她断断续续、结结巴巴地努力背着流行的顺口溜：“妈妈生，姥姥养，爷爷奶奶是家长。头发每天乱得像鸡窝，掉得跟生癌症化疗了的，智商低点儿的，跟个鸭蛋儿似的，天天劳累，就像被判了无期徒刑，智商高点的卖力、贴钱，像一大妈……”实在背不出了。哦！她继续着：“想起来了，看个微信，像偷情似的。”人群中爆发出哄堂大笑，有的笑得前仰后合，拍着自己的大腿。“安静！安静！”医生们发话了。她的声音小了下来，“没有孙子盼孙子，有了孙子当孙子，见了孙子怕孙子。”寂静一片，各自想着自己的孙子、孙女，巴望着体检赶快结束，中午还要接回来吃饭呢！张茜欣看着眼前的一切，心里像搅翻了一江天水；也像挂满的吊桶，七上八下的，找不着边际。人们陆陆续续地取了各种报告，互相道别，匆匆离去。

张茜欣从此结束了不属于自己的日子，与繁忙、辛劳、疲惫永别了。虽然这诀别是如此的不舍，如此的艰难，如此的难挨，但终究是别了！她想起左宗棠的题词：择高处立、就平处坐、向宽处行。人近夕阳万事休，无高处可择了。她从中感悟到：就平处坐、向宽处行是可以尽力去做的事情。张茜欣为自己的老年生活拟定了十六字方针：老有所学、老有所为；老有所养，老有所乐！她要学钢琴、练书法、学舞蹈，练八段锦。计划一个接一个，并努力按计划实施。她还想去看美景，去享美食，充分享受社会回馈的美好生活，弥补她们这一代人的缺憾，找回失去了的自我。青春靓丽虽然不在，但她仍然充满自信。她要让岁月带不走优雅，时光也拿她无可奈何。她也要让自己始终保持舒适自在的状态，不被生理年龄束缚，保持进步的动力与生命的活力。用端庄、整洁、知性、智慧的好外表保持年轻的状态，做个年轻态的老人。让身体年龄战胜生理年龄。

“茜欣，快点！快点！下个节目是我们的了。”王静芳喊着，一袭湖蓝色的连衣裙，载着化好妆的她走进后台。“好了！好了！马上到”张茜欣应着，随即站在了队伍的前排中央。这支平均年龄 60 岁的合唱团，自组建近半年以来，勤学苦练，在张老师的带领下，常青树艺术团唱遍了这座城市。习近平主席对这座国际性大都市提出四个出新出彩的指导思想后，城市综合城市功能，城市文化综合实力，现代服务业，现代化、国际化营商环境出新出彩的各条战线的工作正在秉承这一宗旨紧锣密鼓地进行着。这群退下来的老年人，以中国精神、中国文化、中国自信、中国表达，彰显中老年人的精神风貌，传承、弘扬满满正能量，发挥着余热。当大红色天鹅绒幕布拉开的一瞬间，座无虚席的大剧院顿时响起经久不息的雷鸣般的掌声。“请欣赏常青树艺术团二重唱《夕阳红》。”青春逼人、活力四射的一男一女两位节目主持人正在报幕。一百人的合唱团阶梯式排成了四排，后面是二排身着蓝色西装、系着红色领带的男士，衬着里面雪白的衬衣。前二排是身着拖地湖蓝色长裙的女士们，头发上的金片熠熠闪光。那一袭长裙，如白云出岫，翩然若仙。合唱团的出场，宛若一道光芒，照亮了整个剧场大厅。“最美不过夕阳红，温馨又从容，夕阳是晚开的花；夕阳是陈年的酒；夕阳是迟到的爱；夕阳是未了的情，有多少情爱，化作一片夕阳红。”优美的旋律，激越、悠扬的歌声，引起台下观众强烈的共鸣。

台上的歌者情难自已，热泪盈眶；台下的中老年朋友，已泪流满面。年轻人也已陶醉于这优美的旋律，动人心扉的歌词之中，一曲终了，满场响起更加热烈、更加持久的掌声。这掌声里充满了肯定、支持、喝彩！张茜欣与她的伙伴们一样，心里甭提有多滋润了。亦如雨后初霁，像春草染绿山岗；又如一道闪电，照亮了曾经阴霾重重的生命。原来生命是如此美好！她在心里赞叹着。

清晨的体育中心广场，洋溢着青春的气息，跑道上的人流不断，秋末沉浓的暑热裹着初冬的寒凉，丝毫没有影响人们强身健体的热情。一身短打：T恤加短裙或短裤，配上白色运动鞋，成为一道亮丽的风景。金色的太阳将它的热与爱洒向这片土地，幸福的人们把对美好生活的向往融注在这一路奋力前行的脚步之中。脚下汇成一股欢快的沙沙沙的声响，极富节奏与韵律。广场中心的飘逸舞蹈队的大红色映着白字的旗帜在微风中摇曳。几十个着大红色短衣裙的中老年人跳得正欢。她们忘记了自己的年龄，只因为拥有心灵的春天。忽而挽动的手，一个个漂亮的“小五花”，开出一片“花海”。忽而两位、三位的手扯起的“顺风旗”，齐刷刷地指向同一方向，又瞬间“风火轮”绕得满场热闹非凡，“双晃手”“圆场”……直看得行人目不暇接，驻足忘返。领队的张茜欣，感觉自己沁出了汗，浑身热乎乎的。少时练体操、跳芭蕾舞的基本功训练被岁月淹没，以至于淡忘。她感觉，当自己跳起来、舞起来的时候，尘封的记忆被唤醒，就像收音机里的检波器，一个个的动作重新出现，使她跳得如此轻盈、欢快……

连她自己都诧异。这是我在跳吗？不大的平板电脑屏幕上的记录佐证了：那正是她。青春的活力再现，热力四射。她感悟到：心灵的春天是一笔巨大的财富，可以支配；可当你从此失去春天的热情与力量，那就是真的一无所有了，特别是当人老了的时候，更应当珍惜、拥有这笔珍贵的财富。“大家回去好好练习啊！今天的练习就到此结束，还有三天的时间就要参加区里的演出了。后天上午，我们再彩排一次，争取获奖。大家有没有信心?”飘逸舞队队长冯春燕大嗓门喊了起来。“有!”不约而同的声音响起，如雷贯耳。空气中弥漫着嘻嘻哈哈的爽朗的笑声。

“哎！你在干吗!”张茜欣和闺蜜张静视频。只见硕大的空中阳台，满是鲜花，绕着墙根一字排开，桂花、菊花、牵牛花、玫瑰花、木槿花、彼岸花……枝干遒劲、纵横有致，虽比不得十月的百万葵园里的七彩花田开得那么绚烂，却也活脱脱的一个小花园，专属张静私家。玫瑰花看上去十分优雅、高贵，菊花风姿绰约，彼岸花也不失狷介风流……阳光穿透墙壁的缝隙，投射在张茜欣的心墙上，直看得她大呼：“张静，太美了！你有这闲情雅致伺候它们，真的是花不能言最可人！怡情养性啊!”张静笑嘻嘻地如数家珍般地介绍她的这些花儿，“闻到没？桂花飘香！沁人心脾。”“你看白玉兰、黄玉兰，漂亮不漂亮？它们的花期为一个多月……那种花团锦簇，悬挂空中的勒杜鹃，俗称三角梅。广州的人行天桥、高架桥、公园里随处可见。美，并不缺少，缺的是发现美的眼睛。”“哟！时间不早了，张静，不能跟你聊了，我的钢琴老师来家上课了，一对一的教学。”张静问：“您的老师教得怎么样？我也想学，家里钢琴一直在睡大觉呢!”张茜欣应道：“好哇!”关闭了视频。

钢琴老师敲门声响起，一长声二短声，咚——咚咚，咚——咚咚，这是个懂礼仪，有教养的姑娘。董倩，艺术系研究生毕业，披肩长发，高挑个儿，国旗红 T 恤衫，白色长裤，白色皮鞋，周身透着青春的气息，散发着艺术的光彩。掀开鹅黄色琴罩，一老一少落座在钢琴前。张茜欣架着老花眼镜，复习着上节课的内容，铿锵的琴声响起：断奏、连奏、跳音、一拍休止、四拍休止……董倩频频点头，轻声说着："继续!"张茜欣像小学生听到老师的表扬似的，心里美滋滋的，弹奏得更加流畅、自如……琴声在走廊里回荡，空气中充满了快乐、自由的分子，想起曾经似针扎一样，浑身难受的生活，张茜欣更加珍惜断、舍、离后的自由女神般的幽然独处的天马行空。她一个人慢慢地活成千军万马，把日子过成了诗和远方。

时光浓缩了岁月的精彩，这座南国的年轻城市正焕发着勃勃的生机。连20条老街也展现出青春激昂的风采，在争创全国文明城市的热潮中，面貌一新。全国第六届文明城市是反映城市整体文明水平的最高荣誉称号，是含金量最高、影响力最大的城市品牌，也是市民心中最高的荣誉。当一个人内心有了飞翔的冲动，就不会满足于在地上匍伏。一座城市也如此。张茜欣、张静、冯春燕漫步在荔枝湾涌。虽是秋末初冬，吹面已有凉意的风，仍然挡不住她们的游玩热情，三人周身色彩纷呈、裙裾飘飘。虽然不比年轻姑娘吸引眼球，却也一人一世界，一人一道景了。荔枝湾涌，原本是一条不长的河道，现已依规划改造到第二、三期的延伸段，与毗邻的荔枝湾湖公园交相辉映，相得益彰。小桥流水叮当，亭廊、楼榭高低错落、远近有致，清澈的湖面，波光粼粼，绿荫盈岸。景色堪称"小秦淮"。所有的指示牌，清晰可见，标识清楚，不会使游客迷失方向，文塔、大关桥、海山仙馆、粤剧艺术博物馆等非物质文化遗产目录均一目了然。涌边的画廊系统完整地记载着中国近代铁路之父詹天佑的光辉历程，以及良好的家风和家教。詹天佑是荔湾人，他是荔枝湾的骄傲，更是中华民族的骄傲。詹天佑自主创新的精神，仍然是今天时代的引领者。其独特的家教、家风，对于教育年轻一代，也是最好的教材与模板。

三人一边游览着，一边滔滔不绝地发表议论。冯春燕开口了：“现在的高铁什么速度？每小时几百千米。当年的铁路、火车只是汽车速度的两倍。怎么比？”“怎么比？现在的年轻人跟我们那时候能比吗？我们比艰苦朴素，艰苦奋斗；现在比拼爹、啃老……哼！不爱自己，怎么爱别人？我们爱的是丈夫和孩子，唯独忘了爱自己。”张静应和着，气氛紧张了起来，温度也像升高了好几度。“哎！你们来干吗来了？牢骚太盛防肠断啊！”年长的张茜欣开口了。“我从前也是你们这样，看什么都不顺眼，一天到晚怨声载道、鸡飞狗跳的，在忙碌中迷失了自我，迷失了方向。我发现当下决心断、舍、离之后，心中便多了许多阳光，生活也多了许多希望。真的，靓妹们，当你敞开心扉去拥抱世界的时候，世界也会拥抱你。当你满满正能量去改变自己时，你周围的一切也会随你而改变的。不信你们试试！”

三个闺蜜想着各自的心事，开始了沉默，脚下也漫无目的地移动着，很慢、很慢。裙摆也无力地下垂着，不再飘起。张静在想：“跟儿媳妇大吵了一架，因为她对孙子的照顾不周，儿媳妇回了娘家，儿子不能没有老婆跟去了。好久没有回来。这场戏如何收场？落寞的老太这头如何能低下？”冯春燕在心里骂：“这砍头的，算计起我来了。他们买房子，我出了首付。如今还想卖我的房子还贷款，那死鬼走了这么多年，卖了房子，我这把老骨头哪里去安身？”“咱们喝下午茶去！”张茜欣打破了沉寂，好哇！好哇！大家应和着，脚步欢快了起来。茶室里，她们要了壶普洱茶。慢慢地呷着、品咂着。这普洱茶，生态拙朴，茶色纯正，茶汤鲜亮，入口绵长，清香四溢。三人更觉神清气爽，精力倍增。一扫不快情绪，企盼着虾饺、凤爪、蒸排骨、烧卖……快些上，好一饱口福呢！

这座城市拥有太多的标签，足以证明它的独特。它是中国重要的商业门户，有“千年商都”的美誉，鲜花常年盛开，花团锦簇，依山傍水，通达东、西、北三江。八方融会的人民使得这里形成自由而开放的风气。把这座有美丽传说（五位仙人骑着五只仙羊踏着彩云来到这里，为拓荒者送来了稻谷、耕种技术）的羊城，打造成独树一帜的海阔天空之城。张茜欣正讲着羊城由来的故事，冯春燕接茬：“怪不得广州话中，羊叫的声音很多呢！咩人？咩事？”……张静一口茶喷了出来。“就你会说！那广州人说：‘鸡咩鸡’‘母鸡母鸡’又怎么解释？”一声“虾饺上桌了”，送餐的服务员解了围。三双筷子伸向了热气腾腾的虾饺。虾饺要趁热吃，凉了就不好吃了，三位快乐的老太太达成了共识，尤以吃为专长的享受起美味来。

忽然，对面桌有一光头在发表演说，旁边坐着几位聆听者。光头铮亮，像是用刀刮过，圆圆的不毛之地下面闪烁着一双贼亮贼亮的眼睛。一桌子点心，怕是这里所有的佳肴都点遍了。也不知道他们吃了多久，已是杯盘狼藉的模样，只听那光头说：“拆迁补偿的事，你们都听我的好了。村里提的补偿价格，政府如果不答应我们就不签字。跟他们拖。工期拖不起，他们自然会答应的。到时候我们再签字也不迟。知道吗？”那家伙喷着像刚吃完满汉全席的荤腥之气，在吐出那些“豪言壮语”之时，都能看到他牙缝里残存的肉渣，嵌在几颗金牙上明晃晃的。这边的三位哪里受得了。这场景刺激得她们喉头直冒烟，不制止不行了。可冯春燕、张静还是不想出头，两人用胳膊肘碰了碰张茜欣，“你该说说了吧!”既是“将军”，又是推举。张茜欣也不好发作自己的脾性，提高了嗓门冲着光头喊道：“喂！那桌的，公共场合，你能不能声音小点!”

光头先是愣了一下，所有人都屏息以待。不知道接下来会发生什么事？砰的一声，茶杯随着一只大手猛拍桌面的瞬间，蹦到了地上。在光滑的瓷砖上脆响了不少声，终于停了下来。站着的那位鲁夫莽汉呼哧呼哧地喘着大口的粗气。发着 15 支光的头上青筋直爆。一场激战就要开打，在这节骨眼上，只见老板娘冲了出来，她花枝招展地像旋风一般刮到了光头身边。一边拉扯着他，一边嗲声嗲气地：“好兄弟！好男不跟女斗！你是‘大佬细’，不值得跟她们一般见识。”大约为了证明自己是“好男”的缘故，光头用斜眼瞪了一下，终于坐了下来。这边的三个早被那蛮横气势震倒，张茜欣想起“垃圾定律”中的垃圾人，匆匆说了句：“垃圾！走!”她打头。那二个尾随着，离开了那家茶室，也离开了那个“垃圾人”。不一会儿，便忘了那一插曲，迈开健康的步伐，保持年轻的心，唱着：“再过二十年我们来相会……”尽享这夕阳的余晖，各自回家。

夜半时分，张茜欣从梦中醒来。依稀记得梦见了自己的父母，梦里他们还是她少时记忆中的模样。浅笑盈盈，一脸的慈祥。她追着喊着：爸爸！妈妈！没人应声，像电影中的隐身人似的不见了踪影。张茜欣坐在床头，望着生寒的四壁，神情沮丧，全没了白日里的生龙活虎。四周万籁俱寂。初冬的夜晚，全城都笼罩在旷日已久的新型冠状病毒肆虐的焦虑不安之中。除了伫立在道旁的木棉花路灯，发出黄晕的光，安静得令人发怵。望着欧式落地窗帘，索菲特的排柜，屋里显得格外空旷。张茜欣默默回忆着儿时的点点滴滴，“儿多母苦”几个字跳了出来。“三年困难时期”，缺吃少穿，母亲用“双蒸饭”喂养嗷嗷待哺的她们六姐妹，用“瓜菜带”填饱她们正在生长期充满饥饿感的肚皮。一种深深的爱与亲情迸发于心。父母在，我是他们手心里的宝；父母仙逝，我便是孤儿一个了。父母给予我们生命的起点，却无法陪伴我们走向人生的终点。细思深感悲凉恐惧。如今自己也已到悬车、杖围之年，时光真如白马过驹，几十年如弹指一挥间，父母已去几十年了，张茜欣倒吸了一口凉气，倒在枕头上，又想起正在背诵的自由诗，过两天还要上台呢！

“青春不毕业、快乐不退休、幸福不衰老、健康不刹车，让我们沿着平安的大道，一路欢歌，快乐到永远。”张茜欣的负面情绪得到了释放和缓解。眼皮开始打架，沉沉地睡了过去。她经年如一的有序、有节奏的似军营般规律的生活，使她的生物钟十分准确，不会因为偶尔一次的半夜醒来而改变。清晨六点三十分时，她一如既往地起床了。初冬的太阳和煦而温馨，把它的温暖洒向每个角落，沐浴在阳光中的人们，行色匆匆。上学的、上班的都戴着口罩，一批批涌向斑马线。成排的小轿车、公交车缓缓地行驶被堵在人行道外。生活像沸腾的水，热烈而充满激情，沸腾而充满张力。她想起今天有钢琴课，一对一教学的老师要上家里来。桌上还摆着刚买回来的一大摞书：《儒家孝道伦理的历史变迁》《怎样做一个有趣的人》《当代美学原理》《沉默的大多数》……她计划在半年之内读完这 20 本书。张茜欣想不明白如何回答不少人的问题：都退休了，还读什么书？读了有什么用？

读了去死啊？每听到这样的议论，她便会三缄其口，转身便走。此时，“道不同，不与为谋”会指挥她的四肢。嘴上被贴上了封条，张口不得。读书于她如同空气、阳光与水，断然是缺不得的。张茜欣取下琴罩，打开钢琴，她决定先练琴，然后再读书。

老年生活丰富多彩，充实而有意义，驱赶了离开这个世界前将面临的腥风血雨。吃得下饭，睡得着觉，笑得出来，便是最好的活着的方式。可以没有荣华，也可以没有富贵，但不能没有健康与快乐。生死有命，即使明天就走，今天也要活得有质量、有品位，把握自己快乐地生活在当下。张茜欣沉浸在自娱自乐的幸福之中，琴声断断续续，反反复复，停停响响，老师布置的练习曲，一遍又一遍地弹奏着，G 大调伦敦桥要塌了，C 调蒙古民歌、法国童谣弹得曲不成调。但张茜欣全不在意，自嘲着：又不去考级，只在意左右半脑的协调，防止老年痴呆症罢了，何必给自己那么大的压力？她不再像从前那样为自己设立目标了。但尽可能地去努力还是应该的。她在心里对自己说。

十八、我骄傲！我是中国人！

她刚合上琴盖，啪！啪！啪！的拍门声响起，夹杂着低沉的呜咽。张茜欣急忙去开门，只见五六个好友，面色凝重。一脸的霜花，挂在那些沟壑之间。“怎么啦？又发生什么事了？”她问。“门良友去了！”“魏凤珍也去了”有人应道。这两个都是张茜欣高中的同学，这么多年，许多人走着走着就散了，她们仨始终没分开过。张茜欣脑袋嗡的一声，心也像堵了块大石头，闷闷地出不来气地愣在那里。“快走！快走啊！”有人催促着。“去殡仪馆，人在那里。”她们一行人乘了的士，赶往殡仪馆。空旷的场地上，站着不少等待的人。不时有人悲悲戚戚地哭着、喊着，哀声一片。满眼黑、白、灰、蓝的颜色，那白的自然是祭奠的小白花了。殡仪馆里高大的烟囱，直指蓝天，不停地冒着浓浓的黑烟，望着这缕缕相连、大口吐着的尸骨化作的浓烟，永难平复的记忆的闸门瞬间开启。

张茜欣想起“三年困难时期”，她们仨去野外采集野菜，用脱下的裤脚装回家充饥的往事；想起一起在夏夜珠江边数星星、看渡船的趣事；想着做母亲后，一起聊丈夫、聊孩子的琐碎生活……所有的回忆堵满了她胸膛，她感觉那里太小了，装不下、载不动她们的友情。望着这浓烟渐渐地升空，与天边的流云相融，仿佛二位学友经时代淬炼、文化洗劫，放在时代的祭坛上，岌岌可危，所历经的热血激昂的青年时代，迷人的爱情：中老年的奋搏、抗争，为下一代的下一代继续无私付出奉献……都幻化成绚丽的彩霞，又将随时间的流失而烟消云散。张茜欣跟其他人打了声招呼，径直去了“化尸房”，费了九牛二虎之力，终于争取到可以在化尸炉前告别她的好友门良友。

化尸炉是一个硕大的房间，化尸工问：“你是要开大炉门还是小炉门?”“大的。”张茜欣答道。炉门开了，炉膛内一片火红，好似张着的血盆大口，电门开关早已打开。只见一具遗体被金属担架推向炉膛。那便是门良友了！说时迟，那时快！在熊熊燃烧的火光中一切都化为乌有，几秒后，熟悉的人已成了骨灰。极其沉重的心情让她挪不开步，直到化尸工催促再三，张茜欣才好不容易回到人群中。“你再不出来，我们就得派人去打捞了！马上轮到我们去魏凤珍的悼念厅了。”她单位里的领导在致悼词，亲朋好友代表陆续发言。张茜欣什么也没听见，只有她们俩的影子在眼帘晃动。音容笑貌一如生前。她慨叹这人生的无常，岁月的无情，友情、爱情、亲情的幻灭……

半个月后的一个早晨，同学们在一个名叫“福禄有余”的茶楼里聚会。虽是白日，里面仍然灯火如炬，形似月亮的吊灯，一字排开悬挂在天花板上，发出柔和白色的光，橙色的窗帘衬着白色的纱幔，长方形宽敞的大厅中分成两部分，以花卉布小景别致而温馨，隔开两边，餐桌、餐具一应白色，暗示干干净净的寓意。浅米色的沙发分列餐桌两旁，桌上有自动电热水壶，供客人自主取用。在如此幽雅、温馨、时尚的环境中，仪式感爆棚，光是那工夫茶的细品慢呷，就足够让人品出生活的个中三味，更不用说那涌动缠绕在舌尖上的各种精美食物的滋味，真是大饱口福。虾饺、杂粮糕、陈村粉、小米南瓜淮山粥……各种精美的点心陆续上桌，一会儿就摆了个满桌。

“开吃了吧?”不知谁小声嘟囔了一句。张茜欣举起茶杯，望着眼前这不到20人的同学聚会。开始了主题发言：“我以茶代酒，敬各位老同学。我们能活到今天，就是最大的胜利！这次新型冠状病毒感染疫情让不少人明白了一个道理：世界上最宝贵的是生命，最重要的健康！我祝各位快乐、健康、高寿！想想我们一个班，50号人，除了要带孙辈不能来参加的10人外，竟走了20人，从此阴阳两隔。”没等她说完，七嘴八舌的议论声起：“是啊！门良友肺癌，魏凤珍脑梗，走得太早了。”“这场人瘟，美国都死了几十万人，好端端的，也就这么走了，更别说有什么病了。”“所以我们要想开些，趁早断、舍、离，过好自己的老年生活。”……“是啊！是啊！幸亏我们是中国人，到现在都这么严防死守，新型冠状病毒终不能再度蔓延。要是在别的国家，这14亿人口的大国，不知要死掉多少条生命呢！”一致的认同感就在这慨叹同学生命的无常中获得。张茜欣也沉浸在安全感与幸福感之中，思想的翅膀飞出了老远。

这座经济地位举足轻重，中国重要的商业门户，号称千年商都的城市，拥有太多的标签，而“花城”之誉是最美的标签。在北方天寒地冻之时，它却花团锦簇，四季鲜花盛开。时值“大雪”之际，移植的樱花却满目皆是。神秘而高贵的紫色樱花，不畏严寒，高傲地缀满枝头。色彩纷呈的风铃花更是开得正欢，花虽不能言，却最可人。时时彰显着生活如此美好！因为美丽传说中的五位仙人骑着五只仙羊，踏着彩云来到这里，为拓荒者送来稻谷、耕种技术，所以食在广州成为这座城市的名片。张茜欣一边吃着美味佳肴，一边看着一张张刻满岁月的痕迹，绽开的久违的笑脸，禁不住心灵圣殿的激情，她站了起来。

“各位老同学，你们一边吃，一边聆听我的诗朗诵《我骄傲，我是中国人》① 好吧！”“好哇！好哇！”大家齐声回应着她。张茜欣清了清嗓子，情绪饱满，充满自信与激情地把声音的高低、快慢、时值、吞吐……发挥得淋漓尽致。她要把作为中国人的骄傲传达给每一个人，感染所有的听众，激发起爱自己母亲般的情愫爱自己栖息的土地与祖国，她没有忘记向邻座的客人打招呼，也没有忘记向茶楼负责人申报。

在无数双/蓝色的/眼睛/和褐色的/眼睛之中，我有着/一双/宝石般的/黑色眼睛。

---

① 该诗是当代诗人王怀让的代表作之一，表达了诗人强烈的爱国精神。

我骄傲，我是/中国人！

在无数/白色的/皮肤和黑色的/皮肤之中，我有着/大地般/黄色的/皮肤。

我骄傲，我是/中国人！

黄土/高原/是我/挺起的胸脯，黄河/流水/是我/沸腾的血液，长城/是我/扬起的/手臂，泰山/是我/站立的脚跟。

我是/中国人；我是中国人！

我的/祖先/最早/走出/森林。

我的/祖先/最早/开始/耕耘。

我是/指南针/印刷术的后裔，我是/圆周率/地动仪/的子孙。

在我的/民族中/不光有/史册上/亘古不朽的孔夫子/司马迁/李自成/孙中山；还有那/文学史上/万古不朽的/花木兰/林黛玉/孙悟空/鲁智深。

我骄傲，我是/中国人！

在我的国土上/不光有/雷电/轰不倒的/长白雪山/黄山劲松，还有那/风雨不灭的/井冈传统/延安精神。

我骄傲，我是中国人！

我那/长城一样的/巨大手臂/不光把采油钻扦/钻进/外国人/预言/打不出石油的/地心；也把/通信卫星/送上/祖先们/梦里/也没有/到过的地方。

抬头！让五大洲/听听/东方/声音的/时候，我骄傲！我是/中国人！

我是/中国人！我是/莫高窟/壁画的传人；让那/翩翩欲飞的/壁画与我们同往/我就是/飞天/，飞天/就是/我们。

我骄傲！我是/中国人！

结句时，只见张茜欣情绪高昂，双手握拳伸直了手臂向正前方挥去；同时挺起了胸脯，昂起了头颅。热烈的掌声响起，经久不息。人们向她投来赞许的目光，在这充满激情、掷地有声的氛围中，在座的中国人内心的骄傲之情油然而生，那些本来弯着的，背部情不自禁地挺直了起来。此时的张茜欣感觉周身热血奔涌，找回了青春时光的火热。活力与生机在复苏。人是以精神作为依傍的。对一个民族、一个人来说，又何尝不是如此！在浮躁与喧嚣的社会生活中，在光怪陆离充满诱惑的环境中，保持内心的清醒与宁静，守住自己芳草如茵的精神园地，该是多么的珍贵与不容易！茶楼里的欢乐时光，就在海阔天空中，感悟、慨叹人生中，痛失学友的追忆与珍惜声中逝去。天下没有不散的筵席，每个人心里不约而同地想到同一件事：明年聚会又不知会少了谁？但谁也没开口。道别、辞行声声；期待埋在心里。

十九、上善若水，福满人间

“快回来！您儿子一家在门口等您呢！”“他们没有提前通知我啊！”邻居阿姨打来电话。张茜欣纳闷，怕不是要给我个意外的惊喜？已经好几个月都没他们的消息了。她心里想。但按捺不住的喜悦之情，还是压倒了一切。她快速地乘的士回到了自己的家。“小晔，奶奶的宝贝孙儿！”张茜欣隔老远就喊了起来，忙不迭地掏出钥匙开门，时光催人老，也催人长，小晔已长成少男，回了声：奶奶！不再像小时候那样扑到奶奶怀里，笑着、叫着地在怀里撒娇。他矜持地站着，等待开门。那两个照旧是让小晔代表了，不再需要出声。进得屋来，换了拖鞋，张茜欣高兴得手忙脚乱，又是沏茶，又是切水果。唯恐招待不周，怠慢了他们。

“我们单位食堂的饭票用不完，换了些米和油给您，以后您不用买了。”媳妇，王微在说，声调柔和而平静。第一次在你字下面加了心字底。张茜欣一副受宠若惊的模样，连忙应声：“谢谢，谢谢！你们自己有没有啊？”小刚好不容易开口说了个“有”字。他对妈妈，永远是不会和颜悦色，好好说话的。那是早已形成的“条件反射”，尽管今天已经作了最大的努力！他属于那种内心爱父母，但嘴上却很硬的孩子，许多次不经意间就伤害了张茜欣的心。世间最悲凉的事情莫过于：含辛茹苦地把儿女养大，白发苍苍之际，却在儿女面前变成小心翼翼的刺猬。孝顺父母，先从和颜悦色的好好说话开始。张茜欣仍然开心不已，毕竟，她期盼的亲情修复时刻已经到来。他们的工作压力很大，小晔的学业也一直在有成的路上，能够抽出时间来看望她，自己是应该知足的了。至于多长时间看望一次，就不必去计较了。譬如他们在国外，比起来来得是不是勤得多了？还有机会伺候和孝顺父母，是孩子最大的福报。张茜欣想：儿子总会知道这一点的吧！对于高学历、高收入的年轻中产人士来说，他们认为这是没什么价值的东西，却是父母为之付出的一生。

一个人真正的成熟是与年龄无关的，而是从原谅父母的不完美开始。锦衣玉食的父母毕竟是少数，普天之下，父母大多平凡，尤其是当孩子成年后取得高学历、高收入，获得所谓的成功之后，父母能帮到孩子的更少，那些无法与父母和解的孩子，自己的日子也过得不舒畅。因为父母是根，根得不到好的滋养，花果便无法盛开结果。《孝经》云：孝悌之至，通于神明，光于四海，无所不通。说的便是：孝顺就是顺应父母的需求，精神上的抚慰，物质上的支持，生活上的照顾，这种顺从达到极致，便可通达于神明，光照于天下。任何地方都可以感应相通。越孝顺的人生活越顺畅。生养之恩大于天，宽容父母的过错，原谅他们的不完美，是人最基本的德行。《弟子规》曰：亲爱我，孝何难？亲憎我，孝方贤。张茜欣也与所有父母一样，是不完美的，甚至是有过错的。这过错在于：她自己的生活几十年如一日地紧张而有序。

每天整栋楼就她起得最早，早锻炼，买早点，买菜……如此生活方式，她想让儿子小刚一家也同样拥有。这矛盾冲突的序幕就此拉开，张茜欣知道：己所不欲，勿施于人！可她绝不知道：己所欲，也勿施于人！更糟糕的是：“你想掌握我们！干预我们的生活！剥夺我们的自由！我们每晚凌晨睡觉，你不知道：那也是规律吗？……”如暴风骤雨般铺天盖地，更为猛烈的抨击。让张茜欣噤若寒蝉，不知所措，她觉得自己委屈的心，像被抛在砧板上，任人鱼肉。又像被人抛进了万丈深渊；或者说泼上了一盆脏水，无法洗净。她总想找机会沟通、交流，可每一次无效沟通都成为再次爆发“世界大战”的导火索。她索性彻底地闭嘴、休声了，“大智莫辩”四个字终于救她于水深火热之中。让时间去冲淡这代际的鸿沟吧！她想。

张茜欣自己经历过，那一天，当她回到家里，叫一声爸妈，空荡荡的房间里，只有自己的回声，而无人应答。那时候，她蓦然感受到：父母的唠叨，以及在做错事时数落、斥责声，是多大的幸福！她曾在肿瘤病房彻夜守护过父亲；参加过亲朋好友的追悼会，感受过在灾难面前生命的脆弱，对于父母存在的全部意义，体会得如刀砍斧凿般深刻。然而，她的体会不能代替小刚的体会。张茜欣清楚地记得：在小刚失去父亲，自己中年丧偶的悲痛之时，小刚深情地望着妈妈说：“妈妈，您好好的啊！我没有了父亲，不能再没有妈妈了。”茜欣夺眶的泪水止不住地流，望着高大伟岸的儿子，她的心从此有了依靠。然而，这种依靠竟是那样的短暂。在“爱你妈妈，还是爱我？”的两难抉择中，小刚选择了后者。在他看来：妈妈的生命与他已无交集，而后者是要交集到底的。商品社会把人的价值也商品化了，功利的目的阉割了亲情的同时，也阉割了不道德的爱情。原本善良孝顺的小刚在经受了“你以后生病了，是我照顾你还是你妈？”这一枚威力无穷的重磅炸弹，血肉之躯哪里承受得了？二选一与妥协是唯一的选项。如何对待母亲，却是不需要成本的。

时光倒转，上海的华山医院，张茜欣的父亲张捷躺在病房的床上，两眼直勾勾的，仿佛钉在天花板上。那是一个寒冷的冬夜，外面凛冽的寒风刮着，街边的梧桐树，落叶飘飘。枝干摇曳，街上行人寥寥无几。她和弟弟龟缩在医院，看护着父亲。男保姆没来过上海，请假去逛南京路了。张捷因为脑瘤长在百会穴位置，意识模糊，早已辨认不了自己的子女。眼睛也不听大脑指挥，成天睁着。张茜欣姐弟俩忙前忙后，悉心地照顾老人，连上厕所的时间都没有，好在明天将做手术，切掉肿瘤。张茜欣想：“一切都会好起来的。”可天有不测风云，人有旦夕祸福，凌晨时分漆黑一片，伸手不见五指，听父亲喉咙里发出呼噜、呼噜的响声，张茜欣翻身下床，开了灯。只见父亲的脸被憋得发红，呼吸很困难。她顾不得一切，急忙俯身口对口地为父亲吸痰。凭着自己的生活经验，张茜欣知道那些堵在父亲呼吸道里的痰，如果不马上吸出来，会要了父亲的命，叫医生已经来不及了。张茜欣用力地吸着，那一些被吸出的浓浓的，带着淡绿色的黏液，呼地一下，全部灌进张茜欣的口腔里，她匆匆地吐了出来，顾不上清洗，又继续为父亲吸痰。为了不压着父亲，两只撑着的手臂发酸、发疼。被灯光和声响惊醒的男保姆和弟弟不约而同地发出：哟、哟、哟的声音，不知所措。父亲的脸色随着那些黏液的排出，恢复了正常，呼吸声也平稳了。然而，这化险为夷的短暂时光，也没能挽救得了父亲的生命。他到底没能等到手术的到来，西逝而去。遥望倒流的时光，张茜欣沉闷的饮泣着失去父亲的伤痛。几十年过去，每想起他，似乎仍能感受到父亲残留在她心中的余温，百感交集。眼望着高天的流云，想着父母，相依相伴，相守一生，品甘芳而不觉芳的朴素生活，见证与记载他们为抚育六个子女历经世纪沉浮后的辛酸，苦乐悲欢……

张茜欣深深地沉浸在对往事的追忆之中。就是那之后，张茜欣为父亲吸痰，口腔生了化脓性溃疡，吞咽不得。不知过了多长时间，才能勉强进食。如今，父母的生命，像飘荡在空气中的晨霭炊烟，不知所终。那一道道清晰的记忆，殷殷地为张茜欣的心割下一道道的口子，岁月也无法缝合它。她慨叹：人生一世，俯仰间，一撇一捺立天地，百年之后，尘归尘、土归土，镜花水月，都随风散去。在世间的过程，像极了水，水流经我们一生，时疾时徐，时矜时盈，完成生命历程的同时，也丰泽、涤荡着灵魂的台阶，让我们一步步地走向“上善”与终点。水像孩提时的茫然无措，肆意漫流，回旋汹涌。像极了少年的莽撞轻狂；其跌宕起伏、迂回环绕，又酷似中年的悲欢离合，奋斗不懈；而汪洋恣肆、奔流到海不复回的气势，又像极了人生暮年的慨然咏叹，闲适与淡泊。

对生命的大彻大悟，使张茜欣不再执着，不再为孙子会不会冷得睡不着觉而担心；也不再为儿子脸又小了一圈而发愁；更不会为他们家双休日吃什么去操心。在张茜欣的书房里，挂着一副立轴，用大篆体书写的“上善若水”。她特别钟爱，因为“上善若水”的精髓藏着做人处事的七层境界。智者不辩，并非胆怯或傲慢，皆因走过许多路，读过许多书，眼界更高，心境更阔，无意困顿在斤斤计较之中，正应了老子的：“夏虫不可以语冰，井蛙不可以语海，凡夫不可语道。”

少年如溪，青年如河，中年如湖，老年如海。

人生的不同阶段，活法也应该不一样。

少年如溪：像水一样自由自在、奔流不息。从一泓清泉而来，奔流辗转、日日叮咚如歌，天天快乐如舞，没有奢求、没有世俗的贪婪和欲望，是人生最无忧无虑的阶段，幸福感最高的时候啊！

青年如河：人到了青年，生命变得激昂豪迈，思想变得活跃激进，个性变得张扬不羁，就像江溪成河，澎湃汹涌，一泻千里。他们有时间去修正错误，他们的多数错误也常常能得到社会的包容与谅解。青年，是人生最有活力、最有朝气的阶段，如滔滔江河。

中年如湖：中年之美，在于成熟和淡定。没有年少时的轻狂和迷茫。睿智豁达于天地间，享受人生。满腹经纶，不再为世俗所惑。湖水深且宽，深水静流、蔚蓝宁静、波涌不惊。中年蓄积了少年和青年的知识和智力，更有经验、更有力量、更富含魅力。

老年如海：海纳百川，有容乃大，历尽世事沧桑，阅尽人间浮华。往事如过眼烟云，人生如南柯一梦。历尽坎坷，方知平安最好！历尽艰辛方知忍耐最高；历尽磨难，方知从容最佳；历尽繁华，方知知足常乐。经历过忧愁，才领悟快乐的实质；经历过痛苦，才明白幸福的真谛；经历过挫折，才知道成功的意义。最高远的是天空，最博大的是大海。大海是生命的起源，在接近轮回终点的老年耄耋时，心似海。

距离产生的美，使李小刚、王薇与张茜欣代际间的鸿沟正在被时光修磨、填补。如今的她，早已实现了重心的转移。把孝子孝孙的重点，转移到过好自己的老年生活上来。将那些“想当年”的记忆永藏心底。与子女相处，要有度，既要到位，又不能越位或错位。大事表个态，听不听别计较。他们把你当空气你就要想当空气也好！永远要把爱幼放在第一位。因为朝阳永远比夕阳更美好！张茜欣要做的事还很多。她要与世俱进，学习公众号、视频、直播……新媒体传播方式。在科技化、智能化突飞猛进的新时代，她绝不能做被时代抛弃的老人，不能有老年时的颓废和消极。这不符合她的人生信条：“人能为之，我能为之；人不能为之，我亦能为之。”

然而，谈何容易？看书的时间超过一小时，眼睛就会发胀；盯着电脑久了，脑袋就会晕乎乎的。学习之后，应该记忆的内容也大大的缩水了。但这一切都无法阻止张茜欣对学习的渴求。承受过压力的生命会更加坚强，点亮心灯，重新上场，记不住就反复地说与写，强化记忆。张茜欣就在日复一日的坚持中给下行的生命力以反作用，延缓衰老的速度，保持生命的活力，让健康的体魄去承载幸福的生活。什么王权富贵，什么功名利禄，在生命与健康面前都成了浮云一般。

让举国上下明白“最宝贵的是生命，最重要的是健康”这一道理的，却是旷日持久的新型冠状病毒感染疫情的肆虐。全球感染人数从9000万人到1亿人，仅耗时17天。中国秉承着生命至上、人民至上的宗旨，严防死守，成为万众一心，战胜疫情的世界典范。这场突如其来的人类大灾难，推动了构建全球命运共同体。全球合作、互利共存。在这场全人类共同的困难面前，中国的无私贡献举世瞩目，体现出了共同抗疫、守望相助的情谊，为世界抗击疫情贡献了中国智慧。

在中国，无数个家庭团结一心，众志成城，筑成了举国上下，齐心抗疫的钢铁长城，这长城坚不可摧！张茜欣的一家，也是这抗疫大军中的缩影。小刚、王薇在单位里算是个头目，在此行业中，把女人当男人，把男人当牛用已成常态。还有那些步他们后尘的“996”和“007”们正排着长长的队伍，翘首以待，等熬到他们退休，自己也能捞个一官半职的，月工资能增加一些。买房、买车的计划能早点实现。长年的熬夜，熬掉了头发，也熬掉了青春与活力。脸上不再见红颜，唯见一双“熊猫眼”，沉沉的眼袋吊在疲惫不堪的脸上。在疫情面前，死亡的人数触目惊心。警醒了所有的人，也警醒了透支健康与生命的小刚与王薇，他们互相提醒着：该注意健康了；该早点睡觉了……最让张茜欣窃喜的是王薇也时不时地提醒她：“你别到处乱跑啊！……”彰显了她在疫情面前媳妇对婆婆的共情：“一个人中招，满门抄斩的！”在灾难面前，生命是如此脆弱，14亿人口的泱泱大国，出门戴口罩。回家洗手洗脸，与人保持一米距离。从冬历春，又从春到冬，遥遥无期。但战胜疫情成为压倒一切的重心。

疫情无情，人间却有情。中国人民空前团结，一心抗疫。公务员、基层民警、社会工作人员在疫情中，依然平稳有序地开展工作。

辛丑年的钟声敲响，冬去春来，万物复苏。羊城成了一片花海，杜鹃花、菊花、串串红、风铃花、梅花、蝴蝶兰……争相竞放。春姑娘迈着轻盈的步履款款而来，缤纷的色彩把这座千年商都装扮成了美丽的城市，人们心灵的春天也随之而来。除了防控工作仍然不松懈之外，过大年的欢喜之情仍然伴随。氤氲的春气弥漫在空气中。一反传统的一区一花市，调整为一区多点的云上花市，制作了各种购花地图，走着买，开车买，线上买。花城看花成为喜迎新春的主旋律，各种年货琳琅满目，线上线下均可购买，丰俭由人。陕西大荔冬枣、沂蒙山血糯米、四川红心猕猴桃、云南人参果、湖北宜昌蜜橘、云南天山雪莲果、会理软籽石榴、山东秋月梨、福建琯溪三红柚、阳澄湖大闸蟹应有尽有。各类超市，货源充足，物资丰富。食在花城，绝非虚言。

年夜饭的预定早就开始，价格从 1888 元到 4998 元，各大酒楼定桌也已爆满。为保持人与人之间的 1 米距离，大都选择了包厢，命名为好兆头的“五福临门”“十全十美”“一帆风顺”“牛转乾坤”“兴旺发达”之类的包厢最为抢手。从一个侧面反映了人们对美好生活的向往。各级政府更是为新年忙得不亦乐乎。同心抗疫，多措并举，筑牢抗疫屏障。“就地过年减少聚集，心在一起，即是团圆”之类宣传比比皆是，不少购票返乡的职工最终选择了退票，就地过节。人社部、工信部、民政部等七部门印发通知，于 1 月 21 日至 3 月底在全国范围内开展迎新春、送温暖，稳岗留工专项行动，发放留岗红包，过年礼包，节后有序返岗复工，稳定就近就地就业。优先稳岗就业，优先兜底帮扶……一切均在平稳有序地进行之中。在这浓郁的迎新春、庆佳节的喜庆氛围中，张茜欣也同其他家庭一样，打扫卫生、购买年货、换洗床上用品……忙得不亦乐乎。

“妈!”随着一声儿子的亲切呼唤，小刚和王薇带着小晔来给老妈送年货了。米、油、开心果、黑木耳、香菇……一包又一包，一袋又一袋，乐得茜欣嘴巴与耳朵都快成邻居了。她并不在意儿子所送的东西，她在乎的是他们的一片孝心！张茜欣也内省自己，深刻地感悟到：当自己敞开心扉去拥抱世界的时候，世界也会拥抱自己。当自己用满满的正能量去改变自己时，自己周围的一切也会随之而改变。心中多点阳光，生活也便多点希望。代际鸿沟也在岁月流失中消逝。这一鼎一镬的烟火人生，亦可以云蒸霞蔚。

“哎！怎么这许多天不见你踪影?”手机视频里是闺蜜张静那张俊俏的面庞。“你在忙什么呢?”一连串的追问，张茜欣乐了，说道：“现在就跟你汇报啊！别急，忙里抽闲，学习制作 PPT、使用抖音……”“都这么大把年纪了，学什么学？也不嫌麻烦。”“不麻烦，学习中有快乐啊，当你为自己设立目标，而目标实现的时候，是不是很有成就感啊?”张静不屑地回答说：“只有你，还有什么目标！我们就是一天三顿，然后当造粪机，支援农业了。哈哈哈……”

急促的电话铃响了，张茜欣匆忙与张静道别。那是飘逸舞蹈队队长冯春燕打来的。“哎！茜欣，今年是建党一百周年，咱们的两个舞蹈《祖国万岁》《共圆中国梦》，是不是可以开练了？什么时候呢?”“现在不少单位开始放假了，都在忙着欢庆佳节呢！节后吧!”常青树艺术团也来了微信通知：“节后安排百人大合唱《我和我的祖国》，邀约张茜欣负责组织协调队伍……”

生命是质量与数量的统一，数量并不是生命的唯一追求。这些年轻态的中老年人，走在慢慢老去的路上，对人生的态度更乐观，对生活的领悟更透彻。在这万物复苏、生命力极其旺盛之时，不论经历了多少蹉跎，都心怀美好。在这个生机盎然的春天里，一切都将重新开始。所有的艰苦都融化在暖暖的春风里，他们保持着一份对生活的热爱，对未来的期许，活在当下。新时代的老人，有了全新的养老观念：唱歌、跳舞、走模特儿步、学电脑、旅游……追求开心健康长寿。养老院的老年人广交朋友，储蓄友谊，也把生活过得有滋有味。他们信奉：德高人长寿，心宽福自来。

感谢春的赤、橙、黄、绿、青、蓝、紫的彩练色彩，给了人们向上的力量。一花一世界，在花海中，杜鹃、风铃、三角梅、菊花、梅花、山茶花……恣意怒放，缀满枝头，轻闻沁人心脾的淡淡花香，顿觉心旷神怡。

浓郁的年味，弥漫在空气中。辛丑牛年的钟声敲响，诚挚的问候和新春的祝福，连缀起五千年悠久灿烂的传统文化：熬夜守岁、团圆快乐赠春联、吃饺子……

“过大年啦！”立春好时节，漫山百花俏。防控不忘不松的同时，举国上下欢庆佳节，所有的人都加入了欢乐大军，一场疫情让人们明白了：这辈子啥最好？祖国富强稳定最好！人民安居乐业最好！开心快乐最好！在祖国的百花园中，梅花、菊花犹如人生的中老年期，历经苦寒香自来；也如天边的落霞，灿烂辉煌，晚景更美。人间尤重晚晴，为霞尚满天！天佑中华！福满人间！

2020 年夏初稿，2020 年冬修订稿，2021 年春定稿于羊城

热　土

（1992 年 8 月—1994 年 10 月）

人物表

纺织工业部	司　　长：王永明　副 司 长：崔　伟
印染科学研究所	党总支书记：荣　平　支部书记：张敏光
	所　　长：陈　侃　副所长：李　刚 新任所长：赵新民
	总工程师：王　勋　汤伟明（档案员） 张　涛（厂办副主任）
	工 程 师：高　明　张　东
	政工科长：韦　成　财务科长：徐　鹏　葛　明
其他	女 教 师：苏　珊 大 学 生：罗　伟　李　欣　王晓青 工　　人：张　获　孙菊花　尚永贵 下台干部：白仁宝　门良顺　赖兴明

一

1982 年的早春，柔嫩的枝芽和新绿的树叶还没露脸，紧靠着京广铁路东南角的这片土地，一派蓑草连天的景象。枯草在夹着寒气的春风中摇曳，好似风烛残年的老人面对生寒的四壁无可奈何地晃着头。在这片沉睡了不知多少载的土地上，这些历经了不知多少岁月荣枯的倔强的小草，任凭自然界的风霜雨雪、电闪雷鸣，硬是在这里扎了根。无论承受多少磨难，从没动过挪窝的念头，寒暑易节、更迭不息。大自然赋予的灵性，使他们怀着热望，企盼着严冬后的灿然，跃动生命的年轮。

太阳恹恹地把最后一缕霞光收回时，陈侃揣着纺工部颁发的印着烫金大字的所长委任状，拎着的黑色塑料手提包里装着印染科学研究所的设计方案，站在齐腰深的茫茫无涯的蒿草前。他无法看清这块土地的边缘，决定绕着它走一圈。泥泞的草地使那双早已褪色的解放鞋陷了下去，陈侃用力提起脚跟，刚提起右脚，左脚又陷进泥里。他深一脚浅一脚地走着，忽地窜出个硕大的黑乎乎的东西，待他扶住老花眼镜定睛看时，那黑乎乎的东西早已不知去向。他估摸是田鼠之类的，不再去管。毕竟是五旬开外的人了，当陈侃走回原处时，已经气喘吁吁。他挑了块凸出的干燥的石头坐下，点燃起一支烟闷声抽着。“老陈，这次派你去筹建一个印染科学研究所，条件很艰苦，你能行吗?”耳畔响起纺工部王永明司长亲切的话语。“行。”半晌，陈侃吐出一个字。声音不大，却很坚定。这会儿，他在盘算：张书记在哪儿？配的副手该到了吧？调进的人员几时报到？要先找到他们，有了人，一切都好办。他欠身想站起，臀部像被什么粘住似的。没等他直起身，只听到一个洪亮略带沙哑的声音响起：“喂！同志，请问这里是印染科学研究所吗?”“是，就在这里。”陈侃扬起左手侧身指着身后的一大片蒿草，慢条斯理地回答。“您尊姓？同志。”“姓陈，陈侃。”“哦！陈所长啊！欢迎，欢迎。部里说你还有几天才来报到，怎么提前来了？”李刚眼里露出惊喜的神情，一边自我介绍。“我是李刚，副所长。”“你怎么也提前来了？”陈侃诙谐地反问了一句。两双浑厚的大手紧握在一起，越握越紧。陈侃觉得心头热乎乎的，连日旅途奔波的劳苦，似乎减轻了不少。“走！上我家去。洗澡、吃饭。然后再上张书记家。”李刚像放连珠炮一般，陈侃被火样的热情感染，温温柔柔的感觉在心底一圈一圈地漾开。他不再说什么，听凭李刚“摆布”。

二

半个月以后，土坯垒成的办公室里，党支部会议正在召开。昏暗的煤油灯下，李刚在“敲铜锣”。“别人说我是土八路、大喇叭。土就土吧！我是大老粗中提拔的干部，喜欢直来直去。我先说，目前最要紧的是先盖办公大楼，否则来的人到哪里办公？这土房子盖起来还不得拆？索性一次成功。我人是土点，但思想不土，创业就该有点气派。都80年代了，不能太小家子气。拨款用不完还不是退给国家？我说完了。”激动的情绪中夹杂着兴奋，他的脸涨得通红，使得那标志年龄特征的灰白相间的络腮胡子更显得分明了起来，那双神采飞扬的大眼睛上方的浓眉上间杂的几根“长寿”眉毛也在欢快地跳动。“搞经济建设我是外行，先搞什么后搞什么我说不准，但总的原则是清楚的：只能成功，不能失败。”张敏光心里的算盘从一见到陈侃时就拔开了。李刚那火爆的作风，一根肠子直通不打弯，一眼就能望穿秉性，他早已熟识。陈侃倒像壶永远烧不开的温吞水，一磨子也难砸出个屁来，看样子是个难伺候的角儿。这会儿，先递上无关痛痒的话头再说。你们俩红脸对白脸地去摆擂台吧！有戏我看了。张敏光浅笑盈盈地望着陈侃，审视、揣摩着他发言的几种可能性。李刚合掌在夹紧的两条有些松弛的大腿间来回搓着，已经等得不耐烦了。“根据目前的情况，我提议按照纺工部的设计要求，确定我们的建所方针。在最短的时间内，以最快的速度先盖简易办公室、食堂，尽快组织人员到岗……这是因为国家在财力紧张的情况下投资，建设这么一个集科研、生产于一体的研究所，每一分钱都要用在刀刃上。资金的分割、设备的调运、机构的设置都要服从设计方案的总体设想……”陈侃用慢吞吞的语速有条不紊地说着。李刚后悔起自己的贸然发言，开始重新打量起眼前这位满头白发，戴着眼镜的新领导。那眯着的双眼不轻易睁开，一副沉思的神态。可那嘴里流泻出的却是像变戏法似的变出来的言之凿凿的一大串一大串不容置疑的数据：主机 14 台，副机 6 台，还有……“这老头儿，还真有点那个”他脑海里掠过一闪念。每当李刚遇到复杂判断的时候，他就用“那个”来化简，化简的次数越多，他便越偏爱“那个”。张敏光对陈侃都不感兴趣。三十多年的政治思想工作史已经使他悟出不少道道。任何事情需要他表态时，既不肯定，又不否定，就足以使自己永远立于不败之地。他在心底里嘲笑那些态度鲜明的“傻瓜”，常常为自己的“高明”乐不可支。张敏光学会了利用汉语中的模糊概念、歧义现象，让人捉摸不透，也不敢对他的意见作任何一种评价。尽管他没有受过正规的语言训练，又因为强调厂级干部应达到大专以上相应文化程度，他巧妙地将初中学历改成高中尔后又改成了中专，可还是不行。又过了为文凭拼命的年龄，由原来的党委书记职务降至现在的支部书记，调来这里。那又有什么关系呢？他当过党委书记，这足以作为一生的荣耀。权力是个怪物，它仿佛可以让人无所不能。人的人格、尊严都会由于它的得失发生颠倒。不是有不少人热衷于追求什么个人价值的实现吗？人的价值应该是德才学识的体现，它不能用商贾的目光去衡量。然而现实生活中，权力的拥有与它画起了等号。张敏光永远不会陷入进退维谷的境地，那些马列主义的辞藻、警句是他的护身符，成了他随时评点辛勤劳苦、忙碌奔波的一切人功过是非的标尺，权力使他永远拥有正确。听到陈侃提出要确定建所方针，张敏光那圆乎乎的脑袋转开了。找几个响亮的词组，列一条标语有什么难？这是他的看家本领。当他提出“自力更生、艰苦奋斗、文明建所”的十二字方针时，很快取得了共识。他是书记，是专做政治思想工作的，他提出的方针自然是保证建所方向的。自力更生、艰苦奋斗不也是伟大领袖提出的，会有什么错呢？煤油灯芯一次次地被拔起，橘红色的火焰窜动着，三个人的身影投射在土坯墙上，被那些横竖相间的砖缝隔得变了形。外调人员的引进、机构设置、基建队伍的组织工作由谁分管的一系列问题一经提出，张敏光便抢先要求负责引进人员的调入，把用人关。理由是自己对经济工作不内行。陈侃和李刚满脑子的建房计划、基地安排，哪里看得出张敏光心里深藏的小九九？此时的张敏光要求的是最艰巨的任务：乘坐火车、轮船的旅途劳顿；各种引进手续的烦琐应对；调出人员单位的种种关卡，都在等着他。陈侃关切的目光注视着张敏光。“你的身体吃得消吗？你也五十好几了，又有胃病、低血压。”“没什么，比起当年的夜行军不是强得多了？”任何时候他都不会忘记炫耀解放战争临近结束的时候参军的那段光辉历史。扛过枪、跨过江，注定了他一辈子优于面前的两位，无论是政治上的还是经济上的待遇。张敏光一边回答陈侃，一边盘算着是先调大女儿、大女婿呢？还是先调二女儿、二女婿？哦！还有妹妹、妹夫，索性连锅端，有权不用、过期作废。自己还有几年光景？现在不调，更待何时？他将右手捏着的正燃着的香烟往方凳边框狠命地按去，下了最后的决心。陈侃和李刚说些什么，他已经听不清了，只是茫然地间隔一段时间点一下头，表示他们俩说的，自己完全赞同。

三

土坯房里传出欢笑的声音，那是苏珊发出的。她正跟陈侃开玩笑："陈老头子。""哎！怎么叫我老头子？""老者，万岁也；头者，元首也！子呢？子者，天子也。叫你老头子有什么不对？""你这张嘴呀！真够厉害的。""陈所长，说真的，这鬼地方真叫人倒抽冷气，几个大学生来报到，找了好几圈也没找到大门，还以为走到哪个生产队的田里去了呢！""哪个单位的门有我们的大？"陈侃望着十分调皮的苏珊迸出句幽默的回答，本爱笑的她禁不住咯咯咯地大笑了起来。这笑声像蓝天里的鸽哨，清脆悠远。苏珊走出那间简陋的办公室向四周望去，心头泛起欢愉之情。三个多月了，一直在参加割草劳动，想起当时懊悔早来了的心情，还真有点惭愧呢！艰苦劳动之后，看到的是一大片平整、洁净的土地，苏珊心里升腾起开垦创业的豪情、胜利者的骄傲。她想起往日站在讲台上对着一双双求知的明澈的眸子讲过的话："一张白纸，好写最新最美的文字，好画最新最美的图画。"忽然领悟到自己不也正在这张白纸上写着属于自己的文字，画着属于自己的图画么！不远处的脚手架高耸，办公大楼的砖墙已垒至二层，汽车库也在破土动工。一个呈矩形的科研所已见雏形。苏珊觉得连空气里也有像春草勃发时的生机活力，那活力正在向那幢大楼融进。她心里美滋滋的。“一个人站在这里卖呆？”苏珊见是李刚，忙问：“李副所长，这中间空地干什么？”“将来把西湖搬来。”“西湖怎么搬？抽水？”“哈哈，叫我蒙住了吧！西湖哪能搬？是仿造。”苏珊这才恍然大悟。她又突然想起了什么，近前悄声说：“今天早晨我看见泥瓦工推着满登登的两车瓷砖和水泥出去，问他们弄到哪里？但谁也不答话。后来有人告诉我，是给张书记家砌厨房和澡堂的。前天拉木料的汽车半道上卸了半车木头在书记家，说是帮他买的，天知道怎么回事？”“这事儿你可别对任何人讲啊！我知道就行了。书记在外调人，不一定知道。传来传去，话会走样的。社会上可比不得学校，你要学着点。”李刚沉重的脚步声逐渐远去。苏珊还愣在那里，揣摩着李刚的话。学着点。学什么？她实在弄不明白，学校里一方净土，除了粉笔、黑板、书本、学生、家长，还有什么别的？升学、就业，全凭品学。社会上凭什么？公共财产不能占为己有，不是小学生都懂得的道理吗？难道这位跨过江的、扛过枪的不懂？也许他真的不知道？知道了又会怎么样呢？是付款还是退东西？还是……先看看再说吧！苏珊拿定了主意。“张书记回来了，快出来帮忙卸东西。”不知是谁喊了一声。土坯房里的十来个男人都跑了出来，只见一辆十轮卡车上军绿色的车篷覆盖被棕绳扎得牢牢的。不知道车上是何物。等到几个小伙子费了九牛二虎之力解开绳扣，七手八脚拉开车篷，才见一套崭新锃亮的乳白色组合家具。肯定不是张书记的，他那把年纪，显然不会有那兴趣。那会是谁的？人们欢迎书记归来的热情顿时不知跑到哪里去了，谁都愣在那里，面面相觑。活脱脱的一尊尊罗汉。张敏光左手捏着块手帕，一个劲儿地擦着那秃了的，不知是为革命操心谢了的顶，还是为子孙谋福光了的头。一看这光景，急眼了。连声大喊："喂！罗伟、王晓青，来！来！来！快帮忙。把东西搬进仓库，明天有人来拉，是外面调进的工人师傅的家具。"他顾不上保持平日的矜持。大概是"工人师傅"几个字起了作用，人们像被突然启动的电机，呼呼地转动起来，上上下下地忙乎。张敏光的声音压倒了一切。"当心点，轻点。柜脚，别、别、别碰着，哦！"他跑前跑后地用那双肥嘟嘟的又皱巴巴的大手左遮右挡，五个指头向不同的方向撑开到了极限。

李刚拉过苏珊，向她使了个眼色。说："你把这两份档案拿去交给档案室汤伟明。马上就去。""谁的档案？""张书记女儿、女婿的。""那这家具？"苏珊朝搬家具的人群那边努努嘴。"是他女儿家的。""你呀，哪来那么多问题？联想又丰富。当心吃亏！快去吧。"苏珊在李刚的催促下跑开去，她顾不上多想，也不会明白吃亏的含义。送完档案回到土坯房，她才感觉疲劳袭来，背上衣服粘在肌肤上，冷冰冰的。她将右手伸了进去，拉开衣服，塞进一块干毛巾。这才注意到四周的静寂。"哟！下班时间早过了。"她喃喃自语道，匆匆向借住外单位的简易单身楼走去。夕阳的余辉挂在天边，在晚霞的映衬下，一切都折射出瑰丽耀目的光彩，极美、极辉煌。苏珊心旌荡漾，只觉得自己的事业也像这美好的大自然——灿烂与辉煌。

四

秋风瑟瑟的黄昏，一片混沌。地上满是水和泥，坑坑洼洼的。连日如注的秋雨把土地灌得太饱，水溢了出来。路灯在水泥杆上摇曳，地面上拖着长长的灯影。昏暗的灯光下，人头攒动。空地上堆放着各种机械设备的包装箱。陈侃正在指挥人们把能搬得动的木箱放到铲车上，搬运到试验车间。杠棒下垫着硕大的石块，另一端插入箱底。“一、二、三。”陈侃大声喊着。浑厚的声音里带着几分焦急。怎么能不急呢？马路边、空地上满是堆放的机械设备，再不把它们运进车间，风吹雨淋的，全都会生锈。陈侃的脚陷进泥地里，那双鞋只抵挡了石块和沙子，水灌了进去，只觉得每挪动一步都能听到鞋里的水哧哧地作响。罗伟、王晓青用肩部顶住包装箱，奋力地将它往铲车的铲齿上送。“一、二、三，加油!”陈侃的嗓音带着沙哑。其余的人发出嘿嘿的号声。铲车徐徐向前推进，铲齿上升到位，右转弯，然后向着生产车间开去。人们直起身，望着铲车远去的方向，长嘘了一口气，积蓄着力量，等待着重复的机械的劳动。几小时后，大家都饥肠辘辘，但谁也不吭声。因为一看到嗖嗖夜风中飘动着的陈侃的满头银丝，谁都觉得喊肚子饿与此时的气氛不和谐。王晓青碰了碰苏珊的胳膊肘，悄声问：“张书记呢？怎么没来？”“听说贵体欠佳。”苏珊表情漠然地回答着，心里不知怎么像燃着一盆火，愤愤地在心里嘀咕着：老滑头，一碰到艰苦的劳动，不是借故走开，就是生病了。她没法忘记这位布尔什维克在指挥搬运她女儿家具时的“雄姿与风采”。

五

“王总，您看这次到北京纺织部解决我们所明年投资问题，谁去好?”张涛跟在王勋后面追问道。“我还没来得及考虑这个事呢！要不，你去吧!”王总边走边抬起右手向后一扬，身子仍然没转过去。张涛皱了几天的眉结终于松开了，心中荡起一阵喜悦。他迈着轻捷的步履，伴着欢快的心，登上了三楼平台，俯瞰着筹建了两年多的印染科学研究所。研究所全貌尽收眼底。冬日凛冽的寒风扑来，他不禁打了个寒噤，退回楼道，隔窗望去，天色灰暗，光秃秃的几棵树掩不住那间简陋的门房。门卫室里，一个约莫六旬的老妇人提着一个水壶蹒跚地向火炉走去。一种行将就木的感觉袭来，张涛感到胸口憋闷并伴有窒息感。他迅速移开双目，投向空地上堆放着的大大小小的各种未开箱的陆续运来的印染机械。木制的箱稳稳当当地占据着各自的地盘，岿然不动。那些挤在箱缝中的小草，居然也敢与之抗衡，竟有不少探出头来，在冬风中摇晃，不肯伏地。张涛将视线投向左边的生产车间，他知道那里正在进行设备吊运安装。他关心的不是这些，像那些箱子中最大的一个那样，尽可能地占据一个最好最大的地盘才是他急需的。80 年代的计算机启发了他，编写个人成功的程序，是要用“心”这个灵敏度最高的计算机的。大学里所学的专业技术知识，他早已不感兴趣。生活告诉他：“权力的拥有、扩散、渗透的妙用”。权力会使人永远拥有正确；权力会带给人一切。对！抓权。要抓得不留痕迹、不露声色。张涛思忖着。“张涛，所长叫你。”一个穿着入时的俊俏姑娘，不知什么时候走到他身旁，打断了他的遐想。张涛的眉头皱了皱，带着对这位刚出校门的不知天高地厚直呼其名的女大学生的愠色，快步进了所长室。“陈所长，是您叫我？”“嗯！你坐下吧！今天下午有个会议要你参加，所里抽不出人。”“好！行！”张涛两手平放在腿上轻轻地搓着，小心翼翼地回答。他潜心研究过不同的眼神在不同的对象面前的功用。此时眼皮低垂着，以示恭敬。心里却在盘算：不知是什么会？正等着下文。“会上王总汇报所里的情况，你作一个纪录。”陈侃平静地说。下午，张涛有意迟到，以引起大家的注意。会议厅里，灯壁辉煌。桌旁早已坐了几位年龄看上去已近六旬的精神矍铄的老者，面容慈祥。他又特意坐在一位满头白发的身边，去享受黑白极色那巨大的反差所带来的快感。他相信这种反差也会印在目击者的心上。“这位是市纺工局的领导叶欣同志，专程来听取我们研究所筹建的情况汇报。”陈侃介绍之后，满头银丝的总工程师王勋讲话了。那透过眼镜片的目光是严峻的，浑厚、清晰、洪亮的男中音在会议厅里回荡。每一句话都叩击着与会者的心。“我们这个研究所是为振兴纺织工业而筹建的。建成后，它将担负开发纺织新产品的重任。它将成为国际纺织品的橱窗……我们所领导班子已研究了四个方面的问题：人力，资金，水、电、气，设备安装。配套成龙后，尽快投产。”说完，陷入了沉思。

几天后，张涛随王勋登上了北去的列车。窗外飞驰而过的田野、小河、高楼、烟囱，张涛都无心观赏，他言不由衷地“照顾”着王勋。“王总，您要不要抽支烟提提神？”“要不要喝茶？”王勋连连回答着：“不用，不用，谢谢你。”目光仍然停留在那本《机械原理》上，眼皮也没抬。随手也扔给他一本《新产品介绍》。张涛呢？书自然是看不进的，他看腻了。书没有带给他甜头，他要另辟蹊径了。此时的他，仍然装模作样地捧着书，眼睛却时不时地觑视那王勋。高度的近视，哪里是在看书？简直是在闻书。鼻尖差点就要碰着那铅字了。张涛在心里骂了一句书呆子，顺着枕头倒了下去，然后朝向车窗的方向，从枕下摸出一面小镜，仔细端详起自己来。天庭不算不饱满，地角也算不得不方圆，还是福相。要不是眼睛太小无神、鼻头太圆、嘴又太阔，嘴角几乎要与耳朵成邻居的话，也算得是美男子。怪我母亲乡下妇人，不注意孩子睡头，使我的脑型不正。中国男子偏又留短发，一点儿也不能遮掩，一目了然。看着、想着；想着、看着，他倒抽了一口凉气。这股凉气直透过脊梁，窜到脚尖，冲上脑门。仿佛进了冷藏库，凉透了。他扔了镜子，闭上那双开合差别无几的眼睛。一会儿，他几乎是跳下卧铺，在手提包里翻出几个橘子，硬塞给王总。王勋皱起眉头，说怕酸。张涛伸出去的手只得又缩了回来。心里直嘀咕："哼！我伺候老子也不曾这般。要不是想坐上所长的交椅，需要你铺路，鬼才孝顺你呢！一个呆老头。"张涛努力睁开那永远也睁不大的眼睛，笑眯眯地冲着推过来的食品车喊："喂！请来一包巧克力！"接过巧克力，他推说自己牙痛，把巧克力一股脑儿地塞给了王总。王勋果然爱吃巧克力。或许是因为看书时间太长的缘故，他终于放下了书。张涛将就要溢出的唾液努力咽了下去。闭起眼养神，耳朵里却真切地听到王勋嘴里的巧克力被牙齿咀嚼、舌头搅拌的声音，一阵难受。可一想到这一包巧克力所赢得的好感或许会成为他成功道路上的阶梯时，又心安理得起来。不一会儿，倦意顿生，他真的想睡了。这一路上，照顾王勋用心力、气力。尽管他不算老，但也四旬有余了。没能早存慧，要尽快求晚成。急功近利的他，有些迫不及待了。纺织工业部会议厅里，会议正在紧张地进行着。轮到印染科学研究所发言时，张涛却抢先了。“我们研究所……我们领导班子……”谈锋甚健。这些话都是从王勋上次向纺工局领导的发言中批发来的。这种机械的识记对于就读过高等学府的张涛来说岂不是反手之易？他那激昂的语调，以及用于强化语言力度的姿态，都给别人形成了这样一种错误的印象：他——张涛，就是印染科学研究所的领导。一个干练、精明、开拓型的人才；一个聪敏、年富力强的干部。他话音刚落，掉过头来，冲着坐在他后面的王总说：“您还有什么要补充的？”他故意省略了前面的称谓，来了个喧宾夺主、本末倒置。“没有了，你说得非常全面啊。”王勋根本无法洞悉他那极纤细的心理活动。他的遗传基因里缺乏识别他人潜意识动机的因子，永远也不会琢磨人。

夜幕徐徐拉开，北京的冬夜，风声如哨、声声阵阵。王勋要休息了，对张涛说：“资金的事，明日再说吧！”张涛躺下，听着王总均匀的鼾声，他心里翻腾开了。所里不久要上报三梯队名单，机不可失，时不再来。这次一定要干得漂亮些，今天会上才干了三分之一，但总算有了三分之一。到会的已经误以为我是这个所的领导了。他朝着预期的目标迈出了第一步，兴奋使他不能入睡。他蹑手蹑脚地出了门，直奔调整计划科长家。随着“李科长”的一声称呼，一支“剑牌”香烟蹦出烟盒，打火机随即也凑上，堵住了李科长的嘴。“我们单位今后能为部里争光添辉的，我们是你们的紧密层单位，相当于亲儿子……有什么需要我们办的，我们一定尽心竭力，您尽管吩咐。”他滔滔不绝地说着刚才在床上辗转反侧时早已想好的话，软缠硬磨，那三寸不烂之舌到底赚了个2000万元巨额的空头支票。翌日，天刚现出鱼肚白，他就推醒了王勋，对他说："部里许多人我都认识。昨晚我去找了老朋友，调整计划科长……已经解决了资金问题。"他的音调高昂响亮，口沫横飞，青筋直暴，脸也不自觉地红了起来，红得像煮熟的虾。鬼才知道他和李科长是不是朋友，反正又不是第一次说谎，那张脸很快地由红变黄了。他打心眼里感激父母给了他聪明的脑袋，给了他三寸不烂之舌。王勋高兴得像孩子似的笑了，抱住张涛的双肩，不停地摇、不住地称赞："你怎么不早说？你真行！太能干了。有了这些钱，我们所可以甩开手脚干了。"第二天的拨款会成了例行公事，说到印染科学研究所时，李科长调子一定，很顺利地通过，空头支票兑现了。张涛那颗原本提到嗓子眼的心，顿时心花怒放起来。2000万元的巨款批件随着张涛的归来回所了。消息传开，上下欢腾，对张涛赞声不绝。张涛在与工程师室的所有工程师交谈，与中层管理班干部交谈，只重复王勋的赞誉之辞。这种重复与鲁迅笔下的祥林嫂重复："我只知道冬天有狼，不知道春天也有。"功用却是大相径庭的。人们何曾记得王总也因资金的问题去过北京？王勋呢？也不屑宣传、解说，他缺乏这些细胞。张涛把王勋的话一次一次地生发开去，一次又一次地升温。越说越玄，越说影响越大。夹在对事情的叙述之中，在人们神情专注的倾听之时。"王总说：你真行，真能干。这下我们所……其实又有什么呢？换了你们也能办到的。"不简单的人称赞这个人不简单，那这个人便是不简单得更加不简单了。尤其是后面的两句评点，更使得听者感到张涛叱咤风云的气度之余，还是那般谦和、达理。"非你莫属，换了我们，哪行啊！"不少人心里信服地慨叹。如果思索此人的话，人们就不会人云亦云了。选定三梯队名单的会议正在秘密地进行着，一致评定：所长接班人报张涛。世上没有不透风的墙，张涛那“电子鼻”嗅出点味儿。他寻找着各种借口不时地出入所长办公室。有一天，机会终于来了。书记办公室没人，他溜进去。窥见三梯队报表上分明写着：所长后备人选——张涛。下端是一个红红的圆印章。两行热乎乎的东西顺腮帮滚落。他抹了眼泪，又看了一遍。认准了，没错。那股高兴劲儿甭提了。他想跳着走，可四肢却不听大脑指挥，僵硬得很，张涛第一次感到年龄的威胁。他瞥见工程师室里亮着灯，张东、高明的近视眼镜快贴着图纸了，神情专注，手执三角板平移着，不停地画着实线、虚线、点划线……他们对自己的事业倾注了全部爱心，什么整机、小型单机、居中装置、通用装置，新项目不断地从他们手中创出。尽快缩短我国印染科学技术与国际先进水平的差距，是他们奋斗的目标。他们不停地画呀画，想画出一个金灿灿的世界。这会儿，谁也不会去注意张涛，更不会想到自己正在挨骂。张涛在心里骂道：笨蛋，你们不久都会成为我手中的算盘珠，我一拨，你就得动。只要我一句话，你那些设计项目的好坏优劣不就成定局了吗？你这个人的技术水平、业务能力不也等于盖棺定论了？

六

“什么是人生观？人生观的内容及其形成，是我们这一节课讨论的话题。大家分成四组，将讨论内容记录下来，留待下一节课归纳。”教室里，苏珊的话音刚落，呼啦一声，学生们都站了起来。“孙菊花，你在我们组”“尚永贵，嗯！快点，快点。”到处都是搬动桌椅和打招呼的声音。张获已经在发言了："《列子杨朱篇》提出：求得快乐，是人的本性，然而人的寿命有限，享乐的机会不多，应当趁早尽情享乐，我觉得有道理。"孙菊花接茬："人生的价值就在方便和有用，生活的意义只在于按照这种欲望行动所带来的好处的多少。""我来说，我来说。"尚永贵抢着发言："我认为人在社会中生活，一个最大的生活动力，就是要掌握权力，居于别人之上。我的爸爸就常说：如今有权的幸福，无权的痛苦，被人管、卡、压。"苏珊在教室里巡视，听着这些年轻的一代工人的发言。那些张脸还带着田野的风吹过的黑红色，衣服的色彩、款式又具有浓郁的乡土气息。她在严肃地思考着陈侃前不久与她的一次谈话。"新招的工人就要进所了，将来都是生产车间的主力军。如何培养他们，带好他们？主要靠你了。要组织职业道德教育及专业理论培训，专业教师可由罗伟、王晓青他们担任。要带好他们可不是件容易的事啊！"苏珊感到肩头的担子沉甸甸的。她回到办公室，在备课笔记本上工整地写下了："人生观是管理人的言行的总开关。在人类历史上，各个剥削阶级的人生观有共同的本质，也有不同的表现。大致归纳有几种：享乐主义人生观；厌世主义或悲观主义人生观；实用主义人生观；权力意志人生观。有的青年说：人生在世，'吃喝'二字，认为吃喝玩乐最开心；有的青年认为：好花不常开，好景不常在，主张及时行乐……"当苏珊再次走进教室的时候，教室里静悄悄的。苏珊铿锵的话语掷地有声，震撼着几十名学生的心。"在我们这个伟大的时代，剥削阶级人生观已经腐朽没落；只有共产主义的人生观，才反映人民的愿望，时代的要求，熠熠生辉。人，为什么活着？是人生观的根本问题。我认为共产主义人生观是以推动社会进步，为人民大众谋利益，以实现共产主义为人生的最高理想。共产主义追求的不是个人幸福，但并不排除个人幸福。个人的幸福是包含人民的幸福乃至人类的幸福之中的。简要说来，为个人还是为人民？是剥削阶级人生观和共产主义人生观的分水岭。”孙菊花、张获、尚永贵神情专注地听着，年轻的焕发容光的脸洋溢着庄重。第一次这么深刻地思考着人生的严肃课题：人，究竟为什么活着？几天之后，“塑造美好的心灵”“扬起理想的风帆”专题板报竖在研究所门前。那里跃动着对人生真谛的深邃探究，对生命价值的思索，深深地打动着苏珊。时代在召唤着知识的回归，新一代工人的思想文化素质正在发生着深刻的变化。苏珊站在硕大的墙报前，追索着几个月来与王晓青、罗伟伴着铃声，在起立、坐下声中度过的每一节课。回忆着艰苦的拆箱板劳动中师生同挥榔头叮咚响的时光。苏珊长嘘了一口气，不禁又想到：人是多么需要一种精神去依傍、去支撑啊！想到这些学员明日就要分下车间了，她感到从未有过的依恋和疲劳。回到房间，和衣睡下。恍惚中，她正凝视着孙菊花、张获、尚永贵那一张张神采飞扬的脸，正焕发着青春和活力。她仿佛置身于春天的检阅台上，面对一片奔放的花海，她向前扑了过去。醒来，手一阵生疼。她用手搓揉着敲在床沿的那只手，回想着梦境，为自己的事业感到自豪又深感完成任务的艰辛。人们常把教师比作园丁，那么自己的每一句话、每一个举动、每缕思维，都应是晶莹细润的浪花，浇灌圣洁的花圃。人们常把教师喻为蜡烛，照亮了别人、燃烧了自己，总不免有些感伤的情调。在苏珊看来，照亮别人的过程，不正是自己人生价值体现的过程吗！她心里，除了豪情还是豪情。

七

又是一年春草绿，氤氲的春气催得桃红柳绿。和煦的阳光将柔和的金辉倾洒，给万物罩上金黄色，犹如浓墨重彩的工笔画。这天正值礼拜日，本该在家休息的陈侃惦着车间加班的工人师傅，又来到研究所。从车间走出来的陈侃背对着研究所大门，环视全貌。他置身于精妙构思的建筑群中，合理的布局、整齐的楼宇、协调的色彩，让人赏心悦目。左边是两幢平行排列的楼房，分别是单身宿舍和综合楼；右边是车库，正面的办公大楼巍巍矗立，气势恢宏。在它的背面便是纺织产品的生产车间。沿平行的两幢楼房向东，在广玉兰、小叶黄杨球、大叶黄泽绿篱、剑麻的簇拥下，一大一小的用石头堆砌寓吉祥之意的“如意”相对而望，互致问候。不远处一条石鲤鱼正翘着引项展现奋力向上的英姿。道旁的红叶树、白玉兰、天鹅绒草坪、蜀桧、月季花、小叶女贞球争奇斗妍，处中央的湖水澄碧，静若倩女甜睡在建筑群温柔的怀抱中。粼粼水波，像丝绸上的细纹，光滑嫩绿。湖边垂柳盈岸，一派生机盎然的景象。陈侃在这融融春光中平添了几分感伤。哎！自然法则谁能违背呢？自己都快六旬了，是到了该交班的年龄了。交给谁呢？一个名字从脑海中蹦了出来，又被堵了回去。张涛？不！不能交给他。这个人尽管能力比较强，但权欲熏心，工于心计，日后哪能廉明公正？自从三梯队名单上报后，他那双眼睛的瞳孔背后就像藏着什么，时时窥测着领导班子的动向。并非工作需要，他也会像早请示晚汇报那样一日几次地出入所长室、书记屋，像阴险的幽灵在“权”字的交椅上徘徊。权力虽是履行职责的必要条件，但私心膨胀，便会滥用职权。这件事他要与李刚、张敏光认真合计，要对组织、对整个研究所负责。王总生性耿直，事业心极强，是个好同志。但长期的技术工作，又使他不精于管理，优点突出的同时缺点也同样明显。不过，较之张涛，还是王总合适。管理能力可以通过锻炼得到提高。想到这里，陈侃心里有了谱。想到自己辛苦了六年，终于完成了纺工部交给的筹建研究所的任务，感到一阵欣慰。

“王永明司长明天就要来了，现在在广州。主要是考虑组成新班子的事。大家酝酿一下。”有人对张敏光咬耳说：“哎！听说陈侃向部里打了报告，要求辞职。他退位后，您看谁上合适？张涛怎么样？”“急什么？先看看部里的意思再说。”张敏光漫不经心地边回答边下楼梯。已是下班时分，他急着要去幼儿园接小外甥女。谁接班哪有这个问题重要？他的嘴应当像锡封的瓶口一样严谨。他在心里对自己说。一丝茫然的、淡淡的笑意悠悠忽忽地漂浮在他那张由于年龄而发青的嘴唇上。他陷入经常发生的那种无法抵御的沉思之中。

寂静无声的夜，灯光朦胧，泻进路边，一片银枝玉树。云很碎很低，像雾一样飘逸而过。路上行人稀少。张敏光家里热闹非凡。从外地调回的大女儿一对，小女儿又一对，正在摆放麻将。三室一厅的房间里小孩子们窜进窜出。“明明哥哥坏！”“你才坏呢！丑小鸭。”闹腾得天花板都像在打战。“爸爸，昨晚我输给了您了，今天要赢回来。您出多少压底儿？”他最钟爱的女婿女儿发话了。一见张敏光不吭声，伸手摇晃着他的双肩。“您说话啊！您赢了就不玩了，您赖皮。”“别闹了，今天我不舒服，你们玩吧！”他推开了搁在自己肩上的纤手。文娟一甩披肩长发，快快地走开了。张敏光回到自己房间，关了门，斜身躺在床上，双手枕在脑后，两只脚交错搁在床沿，没有开灯。几缕月光泻了进来，映着家具。玻璃镜面上有反射光。他那双死鱼眼睛呆呆地盯着天花板上佛手似的吊灯，脑袋里却像轴承般转开了：部里会批准陈侃的退位报告吗？据说有人写匿名信到部里告了我。告我以权谋私、党支部涣散……那会是谁呢？会不会是苏珊那个一本正经的鬼灵精？也许是王勋，他骨子里是陈侃一路人。难说，该不是尚永贵那帮刺头吧？初生牛犊不怕虎……如麻的脑袋理也理不清。他把所里的人一个一个排过来又数过去，觉得都有可能是告他状的。他的心中被唤起巨大的波澜并伴有恐惧的感觉，他越满怀狐疑地揣度和琢磨，这种恐惧的体验便越强烈。张敏光只觉得心口堵得慌，他索性不去想，把那团乱麻塞进了思想的仓库。只等王司长来了再说。

翌日清晨，一辆桑塔纳小轿车停在镶嵌着黑白混杂大理石的大门前。陈侃、张敏光迎了上去。王司长笑盈盈地出了车门，握手问好。“你们辛苦了。”“不！领导辛苦。”“今天您看怎么安排好？王司长。”陈侃问。“我打算今明两天分别召开几个背对背的座谈会现说。技术工人、工程技术人员、中层干部分类别开。”王永明的话使张敏光的脑袋嗡地一下，像投了一枚炸弹似的，心里也扑通扑通直跳。他想抢先向司长汇报所里情况的如意算盘一下子被打乱。嘴里却不知怎么迸出一句：“我们参加吗？”话刚出口，立即后悔了。心里直骂自己怎么这么笨蛋？两天后，小会议室的沙发上坐着两个人，王永明和陈侃。“辛苦了！陈所长。这些年作为印染科学研究所的主要负责人，你竭心尽智为所里作出了很大的贡献。全所职工的眼睛是雪亮的。他们对你的公正评价是经受了时间的考验的。土建工程虽已接受竣工验收，但你还不能退位。部里希望你能再挑一段时间的重担，把新书记、所长带一带。新任领导准备从直属单位引进。也就是说，根据所里目前的情况，你的离退报告还不能批。”“任何时候我都服从组织决定！”陈侃重复着工作四十年来不知多少次说过的话。王永明的脸上露出了笑容。他望着陈侃脸上那些被岁月的年轮碾出的深深的辙痕，不禁想到：那里该有多少艰辛的记忆、多少奋斗的故事！现实中，有的人骑在人民的头上，呵！我多伟大！有的人却低下身给人民当牛当马，呵！我做得还很不够。陈侃多像只吃进去的是草，挤出来的却是奶的牛！

“是张书记吧！来！来！来！我正要批评你呢！”王永明示意陈侃先离开，冲着在门口探头探脑的张敏光说。“哦，是叫我吗？来了！”张敏光的心顿时像小兔子一样乱蹦个不停，似有不祥的预兆。“是这样……”王司长不紧不慢地说。张敏光脸上红一阵白一阵的。听完了王司长传达部里要自己退位，陈侃不退的决定。他脸上火辣辣的，像被人左右开弓扇了耳光。他顾不得也来不及寻觅含蓄的措辞掩饰自己。权力的失去意味着什么，张敏光是再清楚不过的了。他竟像小孩子似的叫了起来。“我不同意！这样的决定太不公平，他打报告要让位，你们不让退；我没打报告，你们倒偏要我下，什么道理？我犯了什么错误？”愤怒一旦主宰了人，理智也便无所作为了。王永明见他情绪激动，一反常态。平静坦然地问：“你的意见呢？”“要退都退，要不退都不退。反正我们年龄差不多，离退休也只差一年半载了。为什么赶人下台？”张敏光气愤地说。“好！我把你的意见带回部里，再集体研究一次。不过如果决定下来，你还得服从啊！”张敏光低头不语，目光盯着脚下那双擦得锃亮的三接头皮鞋上。

入夜，暗夜的潮水淹没了城市的喧嚣。万籁俱寂。张敏光的心里却像翻江倒海一般。他拧开台灯，坐在写字台前，摊开纸给纺工部上司写信。他的脑袋像收音机里的检波器，在众多的人中检出崔伟，这个曾在自己手下担任过宣传科长，后来荣升的副司长。对！写信给他。人都有七情六欲，崔伟也不是不食人间烟火的一类人。他会虑及自己曾是他的老上级这一点的。再说他的小姨子的工作还是我安排的呢！我有恩于他，他当图报才是。想到这里，张敏光一下子觉得脑袋轻松了不少，仿佛掉进大海的人突然发现近处有一块大木板，真有绝处逢生、柳暗花明之感。他开始梳理将要陈述的理由，列开了提纲。大三条、小三条、A、B、C又三条。张敏光实在难以摆脱这种政治工作汇报提纲的写作程序。他尽力将语句遣调得天衣无缝，让人一看，便是个满腹委屈的老干部在向党诉说衷肠。他认为自己革命四十多年，扛过枪、跨过江，勤勤恳恳地为党工作，没有功劳、也有苦劳。几年的筹建，人员来自四面八方，思想混乱，自己立足于做细微深入的思想工作，对上汇报少，正是以不搞花架子而务实为基点。要自己退，不要陈侃退，是部里有人搞亲疏……信发出去了，他长嘘了一口气，揣摩着信到后所产生的效应。张敏光想：至少会改变陈侃不退，要他退的决定。资格、工龄、经历、级别无一不标志着他说话应有的分量。现实生活中不是有把评判别人的无形标尺么？把一个人的优点像串珍珠似的穿起来，这个人便会至善尽美；倘若把一个人的缺点堆砌在一起，便成一摊烂泥巴。这次就看纺工部是串自己的优点？还是堆砌自己的缺点了。至于调进自己亲属；用点筹建的土木材料；安排女儿们就好位，这又算得了什么呢？比起自己对革命几十年的贡献，不是太微不足道了吗？跟那些贪赃枉法之徒相比，自己也算得为政清廉了。他越想越坦然、越想越心安理得。可一想到陈侃，张敏光莫名火起。怪不得他老在施工现场转悠；在工人中、技术干部中交谈，原来是为了沽名钓誉、哗众取宠啊！他后悔孙菊花感冒发烧时自己没去看望，去的偏偏是陈侃；后悔尚永贵的脚被机器砸伤时，自己和陈侃在场，敦促医务室作紧急处理的竟是陈侃而不是自己；还有那些天连日暴雨，抢运设备的指挥员又是陈侃和李刚。不知哪来的那么多后悔竟像丛林中雨后的春笋从地里冒出来一般地从他心底涌了出来。他烦透了。直到燃着的烟蒂烫了他的手指头，才发现自己原来在抽烟。一支烟竟没抽一口，就自燃成灰了。张敏光无力地倒在床上，那人还没进门，肚子先腆进门的肥胖身躯，压得席梦思垫弹跳了好一会儿。张敏光躺在床上，身体呈大字形摆开。他将头枕在枕头上，脸冲着天花板，心里正活动着。自己要有退的准备，把跟随自己几年鞍前马后辛劳的人赶快安排就位，对他们的忠心也算有个回报。再说退位后自己也好有些照应。陈侃周围的干将呢！先敲掉他几个再说。他信奉为政之本在于任贤，不论亲疏。我这回要叫他心疼得说不出，来它个哑巴吃黄连。对！事不宜迟，明日就开始安排，趁人事权还在自己手里。现在不动，迟了后悔都来不及了。他在心里开始排队，先把组织科成立起来。以加强政治中心工作为由，将韦成从车间调出来。这小子对我可谓赤胆忠心。上次那几件金锁，不是他，哪那么便宜？还有那些夹板……至于苏珊，估计陈侃会提用，那一定是办公室主任的位置。苏珊泼辣能干，上下公认。但她锋芒太露，能说会道，又不为我所用，尤其是对我那种审视的目光像要把我看个透穿，说话大咧咧的，明显地表现出对我的不恭。那些部里听到的什么反映，肯定与她有关。她具有归纳上纲和条分缕析的本领。以什么借口排斥她呢？张敏光脑子一转，一条妙计出囊了。他得意地转过身子，将手臂搭在酣睡的妻子那早已干瘪下去了的臀部，进入了甜美的梦乡。他坐在那辆新购进的漆黑锃亮的轿车里。绿色的窗纱如同吹皱的一湖春水，绿得醉心。空调放出的冷气透过周身，惬意得很。录音机里正放着《跟着感觉走》的歌曲。他的感觉好极了。轿车正在向火车站方向驶去，送他登上去纺工部的软卧车厢。窗外是另一个世界，驾驶台上的玻璃挡板没挡住燃烧的太阳。走着、走着。炽热明艳的阳光刺得人难以睁眼。张敏光撩开窗纱的一角，直觉得灼热袭身。道旁小贩的吆喝声、自行车铃声、三轮车刺耳的喇叭声一齐从窗缝中挤了进来，直贯张敏光的耳鼓。他忽然感到一阵烦躁，闭上双目，吩咐司机关掉录音机，身子随着一段凹凸不平的路颠簸着。“干什么？死老头子，你身子一抖一抖的。”老太婆推醒他说。

八

支部会上，讨论机构设置及人员安排。张敏光耐不住开了头炮。“不要用一种倾向掩盖另一种倾向；不要在抓生产的同时淡化了政治思想工作。应加强政工部门的组织建设。韦成年轻，又是男同志，还经过部队锻炼，也是党员，放在政工科任副科长较适合。你们看呢？”在一派堂而皇之的大道理之后，被遮掩的谜底终于揭出来了。停了一会儿，见没人吱声，张敏光接着说：“今天要讨论的事较多，没意见就算通过。”陈侃、李刚还愣在那里，被他的痛快淋漓弄懵了。韦成？他们眼前出现一个整天嘻嘻哈哈，敞着衣衫到处东游西逛的年轻人。说起话来断断续续，听不到多少完整的句子。前天他班里的组长还来过，反映他不遵守劳动纪律，经常迟到早退的事呢！他怎么能担任政工科的负责人？既不具有政治思想理论水平，又不具有培养的可能性。陈侃刚想提出不同意见，见李刚的嘴唇动了动，像要发言的样子。可李刚见陈侃望了自己一眼，他又误以为陈侃要讲话。这判断是否失误？还没来得及得出结论，又被张敏光提出财务科副科长葛明的名字打断。陈侃和李刚的脑子不得不转到考虑财务科长的担任由谁来挑更合适的问题上来。“葛明实践经验不足，今后的资金筹集、划块分割、产品的成本核算，担子太重，恐怕挑不起。”陈侃慢吞吞地说。李刚又提出徐鹏的名字。“徐鹏，是不是搞竣工结算的那个小伙子？”陈侃问。“是的，这小伙子是财经学院毕业的。来这里半年多，只组织了四个人，三个月内就将决算工作搞完了。工作成绩显著。”李刚朝着张敏光和陈侃说。张敏光不再坚持自己的发言，徐鹏的名字就这样被通过了。“厂办里放苏珊，你们看如何？”陈侃果然提出了“她”的名字。反映强烈的当然要数张敏光了。许多“事实”被张敏光逐一摆了出来。“苏珊虽然工作能力较强，工作作风也算得上是泼辣大胆。气质呢！也不差。但她有傲气，这恐怕于协调工作不利；她虽然文化素质较高，但说话文绉绉，有知识分子的清高，又容易脱离群众；在车间劳动时，虽然能大胆管理，但又过于认真，这又脱离了工人同志的实际思想状况。”这一连串的虽然……但是……的否定，就这样把苏珊几年的辛勤工作不动声色地全盘否定了。此时的陈侃尽管心中不悦，可一时间又无法将那表示转折关系的关联词

"虽然……但是……"变成条件关系的"只有……才……"。那张嘴也像被贴上了封条，开不得口。谁让苏珊是他调来的呢？亲者应疏些以避嫌疑。再说是金子总会闪光的，也不在乎什么位置。只有李刚在心里暗暗为苏珊叫苦。"小傻瓜，为什么总喜欢多管事，特别是领导的事。以前就提醒过你，要吃亏的。你偏不信。考察、提拔干部是要党组织把关的呀！我想帮你也不行，这两个我敢得罪哪一个？人就得像杨柳，风往东吹往东摆，风往西吹往西摆。也要像容器里的水，盛在盒里是方的，装有碗里是圆的。你呀！全不会。"张敏光的眼睛眯成一条缝，正在为自己的特殊地位，发言的特殊作用而高兴。"小苏珊，让你知道知道我的厉害。"张敏光在心里说："看你还多不多事？我叫你当一辈子科员，出不去、上不去。你有才能又怎么样？我说你行，不行也行；我说你不行，你行也不行。就是全所的人都说你行，我也要说你不行。看谁说的算数！我让你把才能烂在肚里，有苦说不出；说得出也没处说。"

九

主席台上，王永明司长宣读着纺工部的决定："陈侃同志、张敏光同志不再担任主要领导职务，由荣平同志和赵新民同志分别接任党总支书记及所长职务。李刚同志调任市丝绸公司工作。"张敏光两天前得到的消息终于被证实，说不出有多少痛快和开心。他对自己的身份和权威更加充满自信。他眯起双眼仔细打量陈侃，极力在他的面部搜寻着所需要的表情：沮丧、颓唐或者是茫然。然而，端坐着的陈侃如木雕泥塑一般，双手扶在桌上的工作笔记本上，眼睛平视前方，表情坦然，好像心里是一大片开阔地。张敏光心中忽然泛起不满足感，这种感觉就像有许多小虫子在咬蚀。他心里冒出一句："我是胜利者。谁不想让我干，我也叫谁干不成。"他哪里知道这是陈侃顾全大局，纺工部审时度势的结果。突然，"腾"的一声，张敏光被猛然离位的声响惊得扭过身去。张涛的那张茄子似的长脸涨得紫红呈现在他面前。从昆虫到英雄人物，首要的一条不就是保护自己吗？张涛简直在吼。那架势犹如出山的虎。"什么，什么？让我当副科长？我不干！论能力、讲水平，我哪样差？大家说说看。"只见他扬起的右手水平方向划了个弧度。那声音听起来颇有点神经质，密集得如横扫的机关枪般凌厉。情绪的激动已经使他顾不上用堂而皇之的语言去掩饰那深藏于心底的秘密。出席会议的党员干部中发出唏嘘的声音。不知是谁嘀咕了一句："我还以为他是在发表就职演说呢？原来是嫌官小了呀！"张涛还在口若悬河。他处心积虑谋求的位置被外调来的赵新民抢去，他怎么能甘心？他好像看到了就要落在自己头上的乌纱帽突然戴到了别人头上；满屋的黄金被强盗抢了去似的剜心。他仍然在极力地表白着自己，希图奇迹发生。"这几年，我东奔西跑，为我们所筹集资金。部里来人，我迎来送往，不辞劳苦……《史记》有言：'毛先生以三寸之舌，强于百万之师'……"人们有的屏息静听，有的在觑视主席台上的每一个人，有的在记录着张涛的发言。无论谁在干什么，坐在什么位置，都在陈侃扬手宣布散会的一刹那间，呼啦一声，纷纷离座的声响呼应了陈侃的挥手。夕阳滑进西边的楼群里，火烧云灿烂得好像一片尚未凝固的血迹殷红了半个天际。苏珊回到自己简洁的房间，关上了那扇门，趴在被头上抽泣着。当一个人独自痛哭时，是不会有人来过问她的眼泪的。苏珊没有爱哭的秉性，可今天不知怎么的，泪水如同断线的珍珠簌簌下落；心好像玻璃杯，被人狠狠地摔碎了一样。难道是为自己没当上厂办主任伤心？不！她从心底里否认着。蓦地记起哲学家泰西特斯的至理名言：“一个聪明人最难摆脱的是名利欲。”难道自己是摆脱不了名利欲的不聪明者吗？她问自己。教育设在工会里，设一名副主席。她清楚地记得会上是这样说的。苏珊的心又好像被人遗弃在一片空虚荒凉的沙漠里。那般委屈，那般无可奈何。泪水的流淌似乎冲淡了苦痛，心底潜藏着的土埋石压的倔强种子发芽了。她抹去眼泪，嘟囔了一句：“天生我才必有用。”坐在镜前，梳理那齐眉的短发，神伤的目光久久滞留在那椭圆形的镜面。那里映着一张端庄秀丽的成熟女子的脸。苏珊对着那张脸说：你呀你，把丈夫交给了部队；孩子交给了婆婆，原打算把掌声送给别人的时候，也把掌声留给自己。可你没能早慧，晚成也怕是水中月、镜中花了。她双手支在桌面托着下巴，思想像草原上脱了缰的野马。她又觉得自己被人为扎制的樊篱捆绑着，左冲右突的，还说不清道不明那忧郁的缠结。她索性走出屋，仰望天空，深邃的天际撩起苏珊的遐思。那是二十年前的一个夏夜，也是这样的夜晚，一片安详的蔚蓝色的灿烂星空，像童话一样美丽。在师范学院的教师宿舍里，一位瘦削的中年男子，正在向自己喜爱的学生讲述着自己的故事。那场触及人们灵魂的特殊的年代，带给他的厄运。那是苏珊的古代汉语老师张乔操着标准流畅的国语在娓娓叙说。“那年，我因为莫须有的罪名被指控，受到了迫害，被关进了监狱，四平方米的斗室里，我经历了人生最痛苦的煎熬。为了保护妻子，我逼她离开了我。三年后，当我拿着那张平反通知书走出监狱时，耀眼的阳光刺得我睁不开眼，双脚直打战。我晃悠悠地回到单身宿舍，倒在木板床上……”“那时候，您是怎么想的？是什么力量支持您后来发表了那么丰厚的著述?”苏珊忍不住打断了老师的追述。“其实并不深邃，我相信党。就好比妈妈也会有委屈自己孩子的时候。可妈妈毕竟是妈妈，她总是疼爱自己的孩子的。那些错斗过我的人，我也不计前嫌。在那疯狂的年代，产生些疯狂的举动也是不足为奇的。后来我便埋头业务，只想把损失的一切尽可能地弥补回来。”想到这里，苏珊的心头豁朗些了。自嘲那些流淌过的眼泪。她又一次地被老师那深藏在瘦弱身躯里的强大精神力量感染。苏珊感悟到自己想要营造的不正是一座理性大厦吗！苏珊长嘘了一口气，捧起一本名《思考与超越——哲学对话录》的哲学专著，潜心攻读起来。她很快地被作品的纵横比较参照、上下贯通串联、刀往剑来的应对、唇枪舌剑的反驳，牵住了思想野马的缰绳。

夜，静悄悄。

十

当春潮拍击长江河岸，树梢绽开新芽的时候。去北京学习的李欣回所了。“陈所长，这是我出差的报销单，请您签字。”他拘谨地站着，隔着办公桌，轻轻地说。当他忐忑不安的目光与陈所长的目光相遇时，蓦地发现，那瞳孔一扫往日的威严，露出和蔼可亲的、慈祥的目光。李欣心里闪电般地掠过一种感觉：这目光多像和煦的阳光、拂面的春风。“我已不再是所长了，你去找赵新民所长吧！”李欣双手接过那双胖乎乎、肥嘟嘟的大手推过来的报销单，走出了那间办公室。他惊诧那目光，心里直犯嘀咕：这老头儿怎么啦？一反“常态”。怎么忽然变得和气、亲近起来？他想起大学毕业刚报到那天，他和罗伟、王晓青悄悄议论陈侃的事。“你们看那老头的尊容如何？一看就像欠了他的谷子还他的是糠的样子，真煞风景。”李欣发话。“别看那模样儿不怎么的，听说还真有两下子呢!”罗伟接茬道。“你们瞎议论什么呢？别看他面部不热情，心却是挺好的。人不可貌相啊!”王晓青不满地呛白。春雨淅沥地下个不停，天空一片混沌，空气中弥漫着湿气。研究所的人都早已回到各自的安乐窝。单身宿舍里，李欣正在他那简易书架上翻着什么。罗伟双手背在脑后，斜躺在薄被上，一只脚搁在床边，另一只脚放在地上，打着节拍。拖着长长的音调，有气无力地哼着：“那份情，换来的是寂寞……”“行了，行了，一天到晚就是爱呀！爱的，爱不够。”李欣打趣地说。“看书有什么用？大学里学过的知识你用了多少？”王晓青冲着李欣喊道。“谁像你，一有空就看书，都快成书虫了”。“怎么没用？你看看这篇文章，就是一位高级工程师写的，用知识解决实际问题。这几天，生产车间印花布上有好多褶皱，车间主任急得直跳。这篇《毛涤褶皱产生原因及根除方法》里讲：裙皱的问题发生在纬向，反应却在径向，产生原因是坯布潜在质量差……”没等李欣说完，王晓青一把夺过他手中的专业杂志，贪婪地注视着那一行工整的铅字。默不作声。随即又拿起钢笔在书上画着。哎！晓青，还记得我上次对你说起的，在走廊上遇见陈所长，我侧身走过的事吗？李欣打断他的视线。“怎么不记得？那天你气得够呛。”气呼呼地说：“真是冤家路窄，这倔老头准是看不惯我，对我有意见。在走廊上打老远看见他，我本想点点头笑笑再打招呼。可那一声‘陈所长’还没出口，只见他双手背后，踱着方步，大腹便便地走过。眼睛扫也没扫我一下。权当没有我的存在。我心里愤愤地想：奴隶和将军生理上原本无异，权力只是社会的附加物。你那般高傲，我也有做人的尊严，工作关系上有上下级，可人是平等的。那刚要脱口而出的‘陈所长’三个字于是又咽了回去。可不知道究竟为什么？我和他擦肩而过时，四肢和躯干竟还是不听大脑指挥，心也像要提到嗓子眼，竟然是贴着墙、侧身走过的。后来每想起这件事，我既气他，更恨我自己。既否定权力，却又惧怕权力。”王晓青交替模仿着陈所长和李欣当时的神态，不时地冲着李欣扮鬼脸。他们畅声大笑，向各自的床上仰去。李欣又把自己找陈侃报销的事告诉了王晓青。“哦！是我忘了告诉你。你出差后不几天，所里召开了全体会议，宣布了陈所长因年龄缘故退位的决定。这些天，大家都在说：陈所长最后一天上班，离上班时间还差一小时便到了所里。到处察看了一番，连角落都没漏过。像要把这里的一点一滴永久地存在记忆的仓库里。这老头儿也真怪。”“怪什么？我看可以理解。”王晓青接着说：“这里有他洒下的汗水、付诸的辛劳。要离开了，永远地离开了。眷念、空寂、失落、茫然、伤感，什么样的感情都会有。有什么奇怪的？这些人才怪呢！前天下班后，他还到我宿舍看望生病的陶坚，随后到每个单身房间转了转，说自己在位时，怎么就没有想到调整一下大学生房间，让大家有个比较好的学习环境呢？又说自己当初为什么会反对造个篮球场呢？满是负疚的话。听人说陈所长已经建议新班子为我们大学生购买台彩电，把我们的寝室与三班倒的同志分开呢！……”李欣来到条形的小桌旁，扭开了自制的台灯。摊开一本书，眼睛却盯着窗外淅沥沥下得正起劲的春雨，两手托着腮帮沉思。在陈所长身上，他分明看到：随着权力的逝去，那原本比权力重要得多的东西正在复归。这复归的，于我们的事业究竟无补还是有益？

十一

张敏光坐在自家的晾台里，双手放在那把来自“天府之国”的藤椅扶手上。两只脚在地面一前一后地擦着，摩擦处发出哧哧哧的声响。他心情烦乱、无聊极了。毗邻的新村楼房，窗连着窗，像一眼眼的蜂巢。大约都上班去了，屋里屋外都不见人。天瓦蓝瓦蓝的，明丽的阳光照着大地。张敏光不时地变换着坐姿，可不管他如何换位，不舒服的感觉总纠缠着他。此时的张敏光，已经与社会失掉了太多的联系。他的心像被人抛进了冰窟里。一下子就觉得自己是那样的多余。离休半年了，每天吃三顿饭，中午睡午觉，晚上看电视，真没意思。他感到身体异常的沉重，皮肉也像是铅铸的，禁锢得十分难受。他向后仰身，干涩的眼睛将目光停留在晾台顶棚上。一动也不动。意念却在飘忽。他在寻找发生这种骤然变化的原因。怎么会一下子从那般显赫、那般重要，重要得人人都离不开的人，变成了如今谁也不需要的人？那些极熟悉的眼睛呈现着不同以往的目光，仿佛都在告诉他同一句话：“我再也不怕你了。什么书记？哼！是素鸡（豆制品）。”这些目光像锥子一般狠扎他的心窝。他当然会得出结论。前后之差全在于权力的得失。尽管他早已明白权力的失去意味着什么！可当这种境况真的到来之时，张敏光仍然免不了满腹的迷惘、惊惧、空寂、失落。他极想排遣，想让自己活得自在一点、轻松一些，可还是不行。昨日下午，他信步来到了距离不算近的文化站。除了阅报，他别无嗜好。看看那些老头，有的在品茶；有的在打牌；有的在对弈。打牌、对弈他不会，吃茶呢？何必不在家吃？他想。哦！还有一帮在跳交谊舞。老太婆们的胸部早成了“飞机场”；肚皮却高高耸起，成了丘陵。若是两个隆起的西瓜肚皮贴在一起，两端靠不着、中间却呈现出明显的X形，更是精妙绝伦。男的、女的，那么老了，还扭着屁股一抖一抖的。有的干脆没了臀部，那空荡荡的裤管里支着两根干柴棒。笑起来，张张脸都是干枯了的老树皮和核桃皱。张敏光远远地站着，忽然想起不知谁在他耳边说过的一句：“追根溯源交谊舞原意就是求偶。”他直觉得胃里的东西要倒将出来。忽然又觉得那些人都在朝他笑。他禁不住发出啧啧啧的声响，随即像逃瘟疫似的逃了开去。还是找个人聊天吧！他想。好不容易找到一个谈话的对象，一个戴着眼镜的眯着小眼的干瘪老头。“嗯！请问你是哪个单位的？”“玻璃钢厂。”“退休了？”“退休了，今年刚退。”问答式的寒暄之后，竟没了话题。一阵沉默，难堪的沉默。张敏光又数着步子回到了自己的房间。一屁股瘫在沙发上，压得沙发咯吱作响。他把内心深处的冲撞和心理状态的衍变一股脑儿归咎于陈侃，一股怒火换来心底对陈侃的咒骂：“谁有你笨？没人夺权自己交，还硬说什么‘尽快培养年轻干部’。这下可好，自己的儿子是中专生，还一直当工人，吃苦是吃定了。你自己呢？老伴故去，只身独守空房吧！谁来管你死活？真是的。”张敏光越想越气，喘息骤然急促起来，脸也涨得绯红。希望寿而康的心理到底还是占了上风，他扔了两粒药到嘴里，呷了两口水。这会儿，张敏光又坐到晾台上。看看表，离老伴、子女们下班的时间还有两小时呢！

怎么打发时光？他细细想开了韦成前天对他说起的话。“我这个政工科长怕是当不成了。新班子认为我素质差，借口加强生产车间党的力量，要我下去。您看怎么办？”“怎么办？下就下呗！干什么不一样？学点技术留点资本。我现在竟还不如老婆！退休了还能去拿补差。我呢？到哪里去？谁要？想玩，还不会。说跳舞，失身份。闲谈呢！除了那些一本正经的大道理，又不会掏心窝说话。人家老远就嗅出你那正儿八经的味。唉！不说了。你好自为之吧！”韦成走后，张敏光先是一阵痛快感，仿佛积了多少年的沉渣从心底吐了出来那种无尽的轻松。继而又非常恼怒自己，越想越懊悔。出言不慎，怎么能赤裸裸地去否定政治思想工作的地位和作用？他可从来都是善于用冠冕堂皇的大道理去掩藏自己的真实想法的呀！可别让韦成这个傻小子张扬出去捅了娄子，他十分担心与后怕。等到他终于想清了韦成绝不会出卖他时，那颗心才算安放。

十二

夕阳垂在天边，霞光染透了云朵。研究所会议室里，灯壁辉煌。椭圆形的洁白桌旁坐满了人。低沉的男中音在空气中回荡。那是赵新民在讲话：“当改革伴随阳光，撒进我们这片热土的时候，我们再也不能像小脚女人式的前进了。我们要放开手脚，昂然奋进。干部是我们搞好工作的重要条件，我这个新官上任没有三把火。只看、只干、不说。半年多了，这三百余人的职工队伍，科研、生产、经营等情况大致上也清楚。问题很多。前任领导已经完成了基建、设备安装调试的筹建任务，立下了汗马功劳，作出了很大贡献。但要在我们手里建成一个科研生产一体化的研究所，任务还相当艰巨。下一步我们就要动真碰硬，改革人事制度，调整干部队伍，造就‘有能者升、平庸者降、有功者奖、有过者罚、捣蛋者请的内部环境’，把那些年龄大，又无专业知识、管理水平低下的‘万金油’干部撤下来。换上经过三五年劳动锻炼、熟悉业务的大学生。但要做好思想工作，注意平稳过渡、分期分批调整。不要因为人事调动引起大的波动，干扰正常工作。第二步把职工教育的重点放在班组。班组是一个单位的细胞，细胞是否健康，直接关系到一个单位的兴衰。要挑选那些群众基础好、有一定组织能力的人担任班组长，不符合条件者撤掉。”“我补上两点：调整班子分两步走，老同志带一段时间再下。另外，批量生产的产品可开始考虑，以筹措资金开展科研。这方面具体怎么搞？请李副所长谈谈。”荣平说道。“我暂时没有去纺机厂报到之前，仍然负责生产。根据现在的生产水平，我们只能上涂料印花染色产品，按照现有的资金状况呢？又只能以生产加工布为主、自营布为辅，以生产养科研……”李刚话音刚落，赵新民接茬说：“生产工场设备的完好率还存在不少问题。中间停台的情况还十分严重，要保证生产任务的完成，设备保养、维修要加强。我看设备科要整理出这方面的资料，利用板报进行宣传、教育。”不少支钢笔记录的沙沙声相随着。

沉默是一种破坏性极强、极为残酷的武器，空气像要爆炸了一般。白仁宝、门良顺、赖兴明吞云吐雾。紧闭的屋子里烟味弥漫。谁也不说话。混浊的眼珠气鼓鼓的大眼瞪小眼。不知过了多久，“凭什么要我们下？我找他们去。”白仁宝握紧的拳头狠砸在桌面，伴随着一声吼叫，把其余两个吓了一跳。“找有什么用？

不都是长官意志？现在风向变了。这年头，年龄是个宝，文凭也少不了。我们哪样有？”赖兴明悻悻地说着。“我就不信他们能搞好？就凭李欣、王晓青那几个毛头小子？”门良顺说到气头上，“哼！我吃的盐比他们吃的饭还多；过的桥比他们走的路还多。哼！大学生有什么了不起？一抓一大把。那嘴上说的比得上手上干的吗？”门良顺觉得“骂”实在是比“说”痛快得多。停了不一会儿，他又说开了：“我是工人大老粗，没念过什么书，可我对党、对国家是一片忠心。不像他们读书人，花花肠子多。”他一辈子也不会忘记“文革”中他抖过的威风。站在讲台上，作为上管改大学的工宣队长发言的情景就像在昨天。“行了，行了！嚷嚷个屁！反正看我们不顺眼。”赖兴明嘟囔着，打断了门良顺的骂声。又是一阵沉默，空气在继续升温。“有了。”“什么有了？”“办法，办法有了。”“知道吗？呆瓜。”“什么办法？”白仁宝丈二和尚摸不着头脑一个劲儿地追问赖兴明。“大学生不是当班长吗？他们没有什么实践经验，布一上机，设备都是新的。印染机械又是同步运行的单元机，毛病一定不会少。一遇到问题，他们就会发慌，不来求我们才怪呢！我们就给他们来个一问三不知。另外，把生产处方严格控制在我们手里，他们就没法把握质量，在领导面前就失去了发言权。与客户签订的合同如何兑现呢？不按化验室小样放大样生产，我们把客户拉到现场看布样，根据他们的要求决定花型，改变色彩，从中捞回扣。来它个明修栈道、暗度陈仓。我们都是一两年就要退休的人了，捞不上名，就捞利，还是利实在。理想、理想，有钱就想；前途、前途，有利便图。哦！还有别忘了大喊车间人手不够，叫科室人员轮流下来打扫卫生、擦洗机台，跟班劳动，叫他们也尝尝干活的滋味，管他们是什么‘工’。”对于知识分子的近乎仇恨及轻蔑，把干部参加劳动的意义也完全歪曲了。赖兴明哪里还记得：知识分子也是工人阶级的一部分，脑力劳动也是一种劳动呢？“绝招、绝招，还是老兄点子多。”门良顺由衷地赞扬着，自己也忍不住地哈哈大笑起来。望着赖兴明那一望无牙的大嘴，他觉得里面是那么深不可测，黑漆漆的。目光再向赖兴明脸上掠去时，那大大小小、形状各异的深褐色的数不清的老人点子那么清楚地呈现在门良顺的眼前，组成了怪异的兵阵。门良顺忽然感觉到，那每个点子里都像是藏有一条计策，总会在别人想不到的时候飞出来。

“苏老师，根据科研、生产的需要，机构正在逐步调整。领导班子决定聘任你为的办公室主任并兼管教育。”此时的苏珊，心境安宁得出奇。经历了艰难的心理历程之后，她没有哀怨生活，而是以凌厉无前的勇力，寻求发挥自己才能的土壤。业余时间里，她站在电视大学的讲坛上，不断吸收着知识的同时又不断释放着知识。她像一支储满了化学能的电池，不断地将电能转变成光能，照亮了别人的同时也照亮了自己的生命之路。每当她站在那张高出地面的水泥讲台上，环视着那些来自各单位为着事业、为着文凭奋斗的人们时，总会掠过一个念头：这是支什么样的学生队伍啊！那一张张标记着历史印记的脸，记载着人生的旅途已走过而立之年、不惑之秋。这曾被蹉跎岁月耽误了的一代，正在做着亡羊补牢的努力。她目视着那一双双对知识充满渴求的眼睛。教师的责任心驱使她流畅地讲述着，抑扬顿挫的女中音深深地吸引着她的学生们，就像在听她朗诵一首首散文诗。“社会生活的飞速发展带来了文学创作的不断创新，而包括文学在内的整个上层建筑的渐进性嬗变，又在感化、培养、提高着全民族的审美需要和审美水平，新时代的中国文学带着现实的气息，从历史的深层走出来。”“今天起，我们学习词类的语法功能及运用，单句、复句的判断及复句的层次划分。”又是一个夜晚，她站在讲台上。一行行涓丽的汉字随着清脆的声音落在黑板上。日复一日、年复一年，直到那一本本鲜红的毕业证书堆在苏珊面前的讲桌上。那天夜晚，如钩的月悬在空中。校园里静悄悄的，路灯照在空旷的操场，知了在树上鸣叫。教室里是一张张兴奋激动的脸，有的眼眶里还充盈着欢喜的泪花。王忠达、曹建新……苏珊点着一个个学生的名字，把毕业证书递到那一双双创造生活的手上。面对着那一个个弯下去几乎成九十度的鞠躬，苏珊禁不住迭声地说：“快别谢我，快别谢我，应该感谢你们自己的孜孜不倦和持之以恒……”说到后来，苏珊竟也不知是对她的学生说还是对自己说的了。苏珊想起那个风雨飘摇的夜晚，王忠达挟着雨披，脸上满是雨珠，像个孩子似的恭顺地立在教室门口。“对不起，苏老师，我迟到了。”“好！快进教室吧！”她又转过身去在黑板上写着实用文体的写作要领。“苏老师，你不知道，王忠达才可怜呢！他是割绒厂车间主任，厂里工作忙不必说；老婆孩子还是农村户口，吃黑市粮食。就他那点工资，哪里够用啊！屋漏偏逢连夜雨，最近他老婆生病住院，九岁的儿子脚又偏叫拖拉机撞伤，每天都得背着去换药。可他硬是咬牙挺着，从未缺课。换了我啊！没准就趴下了。”曹建新的话在苏珊耳边响起。在起立、坐下的铃声里；在师生互致问好的氛围中，苏珊觉得人生的价值在知识的天平上称量着。商品经济把有的人的价值也商品化了。在苏珊看来，德、才、学、识才是人的价值的量化指标。她早已摆脱了那次任命带给她的心理刺激，获得了心的解放。她除了上课，笔耕不辍，采撷生活的浪花，不断地发表作品，抒发她对生活独特的体验与感悟。苏珊的思维正凝固在自己的世界里。“苏珊老师”，荣平在叫她，“你谈谈，有什么想法？”“哦！听到这个消息，我感到十分突然。没有心理准备，说不了什么想法。”她沉吟了一下又说，“要说么，只怕我担不起这副担子。”苏珊淡淡地回答着，像在说别人的事。她的坦诚与率直在荣平脑子里留下了深刻的印象。直觉告诉他：张敏光所犯的错误——嫉贤妒能。荣平的目光执拗而深沉，他想起在讨论提升苏珊之时遇到的阻力。那是张敏光之后的余震。发言人既承认苏珊能力强、文化素质高、人又极聪敏……似乎没有什么异议；可一说到提拔就有人反对，具体什么原因又似乎没有。弦外音似乎是“有点想当官”之类。为什么要把“想不想”作为“能不能”的前提来决定升降沉浮？这考察干部的标准在执行中有偏差。嫉贤妒能确是我们社会的赘疣。援古刺今，木秀于林，风必摧之。看来，小苏珊当属此类了。荣平在心里下着结论。苏珊大而明澈的眼睛静静地注视着荣平。一身藏青色西装套裙端坐在那里。穿着白皮鞋的不大的脚并齐平放在单人沙发前。她的服饰正如她的思想一般标志：明晰、简洁、洗练。苏珊此时是那么的安静，静得像一汪清水。“所办成立之后，要把工作尽快地抓起来。总的一条就是：‘把工作转移到依靠科技进步和提高职工队伍素质的轨道上来’……”苏珊从荣平的办公桌上拿过一支笔，记录着荣平的话。等到走出那间办公室时，一个班组长培训、职工政治轮训计划的伏稿已经在她心中了。

十三

李欣、王晓青走进所长办公室，一脸沮丧的神情。“赵所长，昨晚夜班出事了，废了三万米布。”“知道了，坐下说吧！”李欣、王晓青各自端过一把椅子，坐在赵新民办公桌的对面。低着头，连眼皮也没敢抬。“这下可完了，准得挨批。”他们俩心里想。谁让他们俩正好跟夜班呢？真倒霉。“干什么事是一帆风顺的？何况我们是在试制新产品，付点学费是意料中的事。不过要好好总结，避免再出此类事。昨天这件事，依你们看问题出在哪里？”赵新民用亲切的目光注视着面前的两个年轻人，宁静的眉宇间流露着明哲的智慧。李欣、王晓青悬着的心总算放了下来。“昨晚上车的是仿丝绸产品，第一道工序是缝头。应用涤纶线，工人结果用了棉纱线，在运行过程中造成断头。另外硫酸的浓度过高，测试失准，又有人违反操作规程，造成大量损失。”李欣一口气回答着赵新民的问话。“建议以后操作工的技术培训安排在新产品试制、批量生产前进行。”王晓青补充着。“好！明天下午我们开个现场会，分析事故原因，找出解决办法。我与书记碰下头，请所办组织人员把操作规程定出来写在每台车上。哦！生产处方应由你们核实；另外，把客户不准进车间应作为制度来执行。”赵新民站起身，往书记办公室走去。李欣和王晓青也尾随他出了办公室。

十四

改革开放的大潮在中国大地涌起，这股春潮的源头正来自中国人的心田，也冲击着这片热土上的每一个人。赖兴明咬着门良顺的耳朵，他那刚拔过牙还瘪着的嘴凑上前去。“听说王总交了辞职报告。”“真的，总师要辞职？为什么？”“不清楚。”他故意卖了个关子。赖兴明嘴里喷出的热气直灌门良顺的耳道，弄得痒痒的。他一把将那张嘴推了开去。“你见报了吗？邓小平南方谈话的核心就是要加快改革步伐。”“知道、知道，但这跟王总辞职有什么有关系？你别弯弯绕绕的。”“关系大呢！张涛一个月前从外面调回所里了。有人说他在部里走了门子，罗所长急着配副手顶替李刚，所里又抽不出人，只得让他回所里任副所长。总之会上已经宣布，他管生产线。张涛离开所许久了，原来积聚的矛盾都得到缓解。听说这次讨论他，通过得还挺顺利呢！这个人回所，可有好戏看了。这可是个官迷，官迷一旦有了权，车间那帮工人有苦头吃了。管他呢，只要不跟我们找麻烦，谁当官不一样？”赖兴明的鸭子似的嘴张翕着，门良顺不吭气。“赖师傅，请您快去成品间吧！一台码布机出了问题。”张获上气不接下气地跑来说。“你去找张副所长，现在他负责生产线。”赖兴明不耐烦地一挥手。“你干吗支开张获？那不是你该管的事？”“你懂个屁！”“你葫芦里到底装的什么药？快说。”门良顺不顾自己挨骂，一个劲地追问。赖兴明狡黠的目光打量着门良顺，一副不屑一顾的神态，不吐一字。两台码布机旁堆满了人，工作台上满是五颜六色的花布。张获尾随在撒开手快步行走的张涛后面，一路小跑地跟了进去。张涛那张瘦削的脸上，高高隆起的颧骨上支着的两只小眼射出咄咄逼人的目光，扬起的手在半空中横扫。“停车！停车！”吼叫声震慑着人们的心。尚永贵伸手去按按钮，可不知怎的那手竟不听使唤哆嗦地左摇右摆，就是按不到位置。车好不容易才停了下来。张获站在张涛后面，嘀咕了一句："有一台车是好的，可以不停。""什么？不停？是你说了算，还是我说了算？是听你的，还是听我的？我是所长，还是你是所长？"张涛猛地转过身子，瘦骨嶙峋的身躯正对着张获，伸出去的食指差点指到张获的鼻头。张涛像炒爆豆似的话噎得张获像咽下只绿头苍蝇般难过，愣在那里、呆若木鸡。还没等她回过神来，那位副所长已像一阵旋风般地离开了。人们像被抽了脊梁骨似的胡乱瘫在横七竖八的木板上、布堆旁，望着张获那张无声地淌着眼泪的脸，心头感到一阵压抑、沉闷，又什么都说不出来。倒在碎布上的尚永贵脑子里浮现出张涛在班组长会上发表滔滔宏论时的情景。口沫横飞的张涛，情绪激昂。"工人阶级是我们所的主人，也是科研的主力军。我们的工作只有依靠工人阶级才能做好。我们要尽最大可能、最大限度地调动大家的积极性。希望大家与研究所风雨同舟共甘苦，发扬主人翁精神，为深化改革忘我劳动的献身精神。我们的目标一定能达到……"极富鼓动性的演讲，真让人感受到千万人同唱"英特耐雄纳尔"就一定要实现的雄浑与壮烈。可眼前呢？副所长吼的只是一个张获呀！她又不能代表工人阶级的整体。副所长对工人阶级是尊重、依靠的呀！尚永贵努力地这样想，可越是这样想，另一个念头却更强烈地攫住他的心。"这不是抽象的肯定、具体地否定吗？把一个个的个体否定了，去依靠谁呢？什么工人阶级啊！这位副所长只把我们看作干活的'主人'，吃苦耐劳的'主人'。你看那吼张获的气势，像要把人生吞了似的。"尚永贵越想越生气，可又理不清自己的思想。也说不清那实实在在地调动人的积极性，依靠工人阶级与贴上依靠的标签追求政治轰动效应的根本区别所在。他鼻子里下意识地哼了一声，又陷入长久的惘然之中。全心全意地依靠工人阶级的理论的正确在受侵害的人眼里只能被看作是副所长挂在墙上、念在嘴上、写在本本上的正确理论。这是苏珊与张涛几经交往，又几经舌战之后想到的。“苏珊，你去市职工大学把团总支开出的几张同意几名工人报考成人高校的报名单追回。”张涛对站在面前的苏珊说。“为什么？”苏珊迷惑的目光望着张涛。“为什么？你这个所办主任的思想首先要通。生产线上的操作工招进来就是当工人用的，让他们去读什么大学？作为领导，我要考虑经济效益。”“可国家需要人才，需要广开才路呀！再说自学成才不也是为国家建设吗？再说，职工队伍素质提高了……”苏珊据理力争，还没说完，张涛打断她的话头。“你必须马上去，集体研究决定的事，你是党员，想不通也得执行。在执行中加深理解。这有什么想不通的？生活就是这样，有的人的价值可以得到体现；有的人的价值就是不能得到体现的。你想想自会明白其中的道理。我没时间跟你细说。”张涛已经不耐烦了。“我不去，谁开出的证明你就该叫谁去追。照你这么说，当厂长的价值就一定比工人高？工人就该当一辈子工人。连自费业余学习的权力都没有……”苏珊不住地辩白。“好了，好了，别纠缠这件事了。你三天之内办好。”张涛把苏珊甩在屋里，径直走了出去。苏珊憋了一肚子气，对荣平诉说了原委。“这件事用不着集体研究，既是张副所长这样说了，你当然还是应该维护领导的威信的，去办吧！”荣平皱了皱眉头，解释道。

张涛躺在刚装饰过的新房子里的三人沙发上，浑身轻松、心情愉悦，手指拍打着花里胡哨的沙发套，哼着：“三十年河东，四十年河西，哼哼，洪湖又成了我的天地……”“干吗老喜欢唱这支歌，听起来怪瘆人的。”张涛的黄脸婆在唠叨。“别人不知道，你还不知道我的心？”张涛的神经骤然昂奋起来。一屁股坐了起来。冲着他的她说。“原来只给我中层副职，我不干。陈侃就把我撵了出所，现在怎么样？我拿到了权势的宝匙，又回来了。当了副所长。这里还有你请的两顿饭的功劳呢！现在什么事不是‘酒杯一端’政策放宽；筷子一提，可以、可以！陈侃退休了还有好多事求我呢！要不是原来的折腾，这一把手还不是我的？轮得到他赵新民？现在我是在一人之下、几百人之上。你知道什么？权力的大小就代表着人的价值的高低。我把每个人都当作驿马，骑够了，到了站就丢将下去。去攫取财富，使自己达到欲望的顶峰。你看这家里的装修才花了多少钱？用的毛巾被、毛毯，哪样不是外单位送的？新装的电话，还有送你父母回老家用的小车，不都因为有了权？权可以变钱，钱又可以换权，这就是权力的资本化。你懂其中的奥秘吗？你呀！头发长、见识短！”“你也别太邪乎了，那报上不是也经常刊登处分违纪干部、党员的事？”他的东北黄脸婆叮嘱了一句。“嘿！怕什么？那些都是傻瓜。干事不漂亮，露了馅，让人有了把柄。我干事高明着呢！你就放心吧！我又不违法乱纪，谁奈我何？比起那些大捞来，我还不是小巫见大巫？”张涛喃喃道。他一想到比自己大了六岁的赵新民，一种更强烈的权欲刺激又使他振奋起来。张涛在心里告诫自己：哄住他，一定要哄住他。效仿林秃子的宝书手中拿；万岁口中喊，我自然是第一顺序继承人了。荣平好对付，这个人在所里没有帮派、工作作风简单，让他去空对空地做思想政治工作吧！他只能是赵新民的传声筒，永远处于补充发言的地位，影响不到我的升迁。可赵新民的脑袋却不是木鱼，得小心“伺候”。

张涛在心里的天平上比较着赵新民和荣平，眼皮开始打架，迷迷糊糊地睡了过去。

十五

“苏老师，你们研究所今年有五名学生被录取了成人高校。名单、成绩都在这张表上。”苏珊接过成人高考招生办公室王老师递过来的表格。“哟！尚永贵居然名列榜首。”苏珊心里顿时涌起一阵欢喜。她为自己没有去追回那几张报名单庆幸。庆幸之余又多了几分担心。张涛会不会再追问这件事？问起该怎样作答？这个信口雌黄扛着“领导集体研究决定”的板子到处拍人的副所长；这个凡事盛气凌人、居高临下的……苏珊在心里勾勒着让人生厌的张涛。可越是担心的事儿越会发生。冤家路窄，苏珊偏偏有一天在走廊上与张涛碰上了面。“嗯！苏老师，上次跟你说的那件事，你去办了没有？”“哪件事？”苏珊佯装不知。“追回报名单的事。”“我没去，我说过不去的。”几个回合之后，张涛光火了。“领导交办的任务不完成，你这个党员还有没有组织观念？这要是在战场上……”“你就是组织吗？”苏珊一针见血地指出他偷换概念的逻辑错误。张涛需要有四条腿的脑袋，哪里会喜欢苏珊思维的活跃、性格的羁傲？他要用自己的力量把她的棱角磨平。苏珊的难以驯服又使他在获得有了相当分量的对手的快感的同时，又为这长久的舌战引起的疲劳深感愤恨。恨不能除了她。“我至少是你的领导，领导说得对的你就得听啊！……”就在张涛就要开始马列主义原理教育的时候，尚永贵来找张涛，解了苏珊的围。“张副所长，车间李主任让我请你去一趟。”苏珊赶紧溜之乎。

“王总的辞职报告还没批，已经半年多了。听说领导不敢批，又不敢不批。还到市委组织部去请示过呢！”王晓青在走廊里对苏珊说。“王总辞职原因是什么？”苏珊问。“听说是年龄大、身体欠佳。”苏珊又问：“听说接二连三有人打辞职报告，其中还有新提拔的车间主任？”“我也听说。”王晓青证实着。中国人偏爱无风不起浪，也不是没有道理。这不，总支办公室里正刮着“风”。张涛在慷慨激昂：“王勋辞职报告上唯一的理由是年龄大，身体不好。事实是什么呢？去当高价老头去了。乡镇企业请去，四个月就捞了25万元。这样的共产党员、高级工程师，钻到钱眼里去了，共产主义信念淡薄到什么程度？要是追批了他的辞职报告，后面的都得批。这几百号人的思想工作还怎么做？这凝聚力怎么增强？”张涛俨然是正统地道的布尔什维克。他评点王勋的一番话是那样精辟犀利；那样具有极强的感染力；那样让人信服。大约是横飞的口沫在空中四溅，脖子上的青筋直暴使他已经意识到，这才坐下来。为自己的发言暗自得意。他恪守着左一点比右一点保险的信条，在他看来，“左一点”无异于动物界的“保护色”。知识的私有又大大增强了他善言诡辩的能力，使他在人海中左右逢源，上媚下谄是他的惯用策略。上媚是为了捞取更大的权力；对下谄则是为了求得心理平衡，也为了证明自己的力量。没有对手和对手不堪一击同样会使他痛苦。他就乐于在与那些有几分执拗能力的人相斗中，满足他享有权力的绝对权威，置人于困境、逆境的至高无上的快乐。哪管旁人骂他是心理变态或精神虐待狂？反正他听不到，听不到的就意味着不存在。静听着张涛发言的赵新民和荣平在沉思中相视。“我看还是批的好。”张涛一惊，那耗子似的小眼贼溜溜地瞅着荣平。“改革开放的形势发展很快，市场竞争相当激烈，要使我们这个科研、生产一体化的单位立于不败之地，人是关键的因素。各单位都有这样的情况，上次到市委组织部汇报了王总的情况。回答是‘现在大气候是这样，有专长的高科技人才跳槽的不少。单位效益好、管理科学，就能留住人。否则别人要选择更能适合他生存、发展的土壤，你有什么理由不让人家走呢’?”“我看想走的都放行。不想走的风雨同舟，同心协力总能搞好。我们只有把巢筑好，才能引凤留凰啊!”荣平先总后分地说明还是批了好的原因。赵新民不住点头，表示对这位搭档的赞同。接着他又提出了两个方案：在职代会上以无记名方式重选所长、书记；设计室推行第一轮经营承包责任制，生产车间按利分成。具体方法也提交职代会讨论。张涛马上附合，表示热烈拥护。可他心里却像装了十五只吊桶，七上八下的。回到家，晚饭没吃，倒头便睡。哪里又睡得着？一幕幕的画面在他脑海里浮现。他清楚地记得，王勋的关于节省能源的实施报告是如何被他塞进纸篓的；也记得，王勋提出的染料、助剂的进所渠道是怎样一个个地被他堵住，而和供应科长另辟财径大捞回扣的；当然也不会忘记王勋在他面前说起如何防止瑕疵布产生，如何加强工艺上车率的。王勋说“应该这样，不应该那样；因为如此，所以必须如何。”张涛哪里受得了这样教诲般的措辞，这简直是老师在教学生。张涛绝不能容许自己处于任何心理的劣势，除了在赵新民面前。权利往往使人看不见知识的价值，知识在威严的权利面前往往会失去力量。张涛仍然满脸堆笑，那嘴角泛起的笑意永远像下水道的开闸，不停地放着一肚子的坏水。他对王勋说：“好吧！等我们领导研究研究、讨论讨论再说。”他故意在“我们领导”四个字上加了重音符号。这研究研究、讨论讨论的推诿之词的妙处实在是妙不可言。一切都会在研究研究、讨论讨论之中融化消失。王勋就是在凡此种种之中消失，接二连三的人在诸如此类之中离去的。工会活动室里，庄严肃穆。职工在酝酿新领导班子的名单。尚永贵那年轻的还带有稚气的脸，神情凝重。“张涛应该下，不能再担任副所长了。”他在想。临参加选举前，班组不少同志对他说：“张涛不懂生产，瞎指挥。他与我们工人不是一路人。”他们不善侃侃而谈，却最善于把最复杂、微妙的思想感情一针见血地直言不讳地表达出来。尚永贵记着大家的嘱托，郑重地在张涛的名字下打上“×”。主席台上，紧张地检票、数票、唱票持续了半个多小时。荣平宣布选举结果：赵新民、荣平同志继续当选为所长和总支书记；李欣以超过半数票当选为副所长。热烈的掌声经久不息打断了荣平的话。这一张张选票哪里是一张张普通的纸啊！那里蕴含着不容小觑的民意，那是一颗颗要求科技兴业的赤诚的心啊！尚永贵看着李欣那涨红着脸又低下的头。他在想：职工代表的眼睛该是多么明亮啊！这一双双眼睛里容不得沙子。对人的德、才、学、识作评判的那把尺子该是多么准确无误啊！他想起身着油渍的工作服的李欣在机台房巡视的无数个日夜；他想起在单身宿舍里看到的他的那本记满了生产中存在问题及解决措施的工作笔记。“这样的知识分子才应当是我们工人队伍中的成员呢！”“散会！”人们离座的声响打断了尚永贵的思绪。他随人流走了出来，心里喜滋滋的。他看看周围的一张张脸都泛着笑意，仿佛都带着春天的希望。

十六

“以科技为先导、向管理要效益”的巨幅红色标语悬在生产车间的半空，格外醒目。人们的心像经过了净化处理的水一般，那么明净，那么充实。第一次真正感到自己是当家作主的主人。那一眼望去的成捆花布正是自己智慧、才能的结晶。经济责任制考核办法的实施、奖金分配制度的贯彻使得人们的精神面貌一新。尚永贵走到李欣身边问：“李副所长，这几个月情况怎么样?”“情况非常好！设计部门推行承包责任制后四个月，科技干部积极性普遍提高。除完成国家下达的科研任务外，还主动外出联系，寻找设计任务。高明、张东几个工程师，已完成了起毛机、针轮整纬机的签订；样机已接受生产性实验，情况良好。生产线上，由于开展了质量意识教育，执行了各种规章制度，染色布、印花布质量明显提高……”李欣乐不可支地说。“哎！听说张涛被部里调到经销部当经理去了，平级调动，把韦成那小子也带走了，是吗?”尚永贵又问。“是有这么回事。”李欣的表情严肃起来。他回答着尚永贵，又像若有所思地喃喃自语：“他的调任不正说明我们的干部制度所存在弊病么?易地做官、解决矛盾。”一万多平方米的生产车间高大、宽敞、明亮，主机、辅机分别按生产流程排成一条自动化生产线。机器轰鸣，伴着人们的欢声笑语。白色的、红色的……五颜六色的花布沿着导布辊快速地移动着。一片花海。这色彩纷呈的世界把这片热土装点得绚丽无比。坯布经翻布、缝头、打印、烧毛、退煮、氧漂、烘干、丝光、去皱、增白等前置处理工序，便成为半成品了；再经过或漂白、或印花、或染色的后处理工序，到成品车间验收、打包、入库出所。正在工作的氧漂机，白色的布从天而降，像飞流直下的瀑布。圆网印花机一改过去手工印花、平网印花旧貌，跃入国际印花先进技术行列。一批又一批的白布或色布经过它，变成五彩缤纷、流光溢彩的花布，带着职工的心血，把世界装扮得更美好。位于主车间西侧的成品车间简直是花的世界、花的海洋。验布机上飘然而落的牡丹真不愧是花中之王，雍容华贵。车旁的孙菊花、张获目不转睛地注视着，唯恐疵点从那双眼睛下漏过。布经过伞顶箱到码布机，按客户要求开剪、码布分等后的布到打包机上包装。那一大堆靠墙站立的长方体是全体工人智慧的结晶，凝聚着他们对党，对国家的挚爱深情。车间附房东南角，悬挂在墙角上呈蝶式的各色花布，是设计人员心灵涌现的艺术结晶。在这里人们得到的是艺术的享受和由此而产生的强烈的共鸣。缤纷的色彩、相映争辉，使人目不暇接。如灿烂的群星、引人入胜，它激起人们对美好往日的追忆和对未来生活的憧憬，反映着人们追求美的心声。用它们既可创造出返璞归真、更为含蓄的时装，又可构成多层次、多套叠的新款形象。在这里，既洋溢着轻松自由的情趣，又充满着浓厚古老的乡土气息。设计人员用自己的心血和七彩经纬纺织着交流文明与友谊的新路，这路是艰辛的，却又充满生机。

十七

夕阳的余晖把大地涂上一层金色，长江边吹过悠闲的风，天边飞过浪漫的云。荣平身着一件以白色为基调镶有咖啡色横条的

T恤衫，朝研究所的舞厅走去。他步履矫健，带着由衷的兴奋与激动。他从北京出差刚回家，正巧所里明日礼拜。欢乐的心已等不到星期一了。他要告诉人们两个好消息。急忙赶往周末舞会。因为走得急，那挺直的鼻尖上沁出了汗珠。舞厅里镁光灯闪烁跳跃，轻松愉快的旋律在空气中低萦回环。灯光如梦、人影如魂。男宾女客随着轻轻的音乐晃来晃去地移动着脚步。这里在旋转、那里也在旋转。荣平站在舞厅门首擦汗，想等一曲终了再说。苏珊那鸭蛋形脸上嵌着的大眼发现了他。“荣书记！来，进来跳舞吧！”苏珊那高高挽在脑后的发髻，那黑色镶着红色乱花上衣配以的黑色金丝绒缀着闪光片的大摆裙，像一朵美丽的彩云向他飘来。“不！不！不！我不会跳舞。”荣平连摆手，随之又示意苏珊出来。等苏珊明白了事由，忙叫电工关掉了录音机。跳在兴头上的人们正纳闷时，荣平走进舞厅中央。“扫了大家的舞兴了，十分抱歉。今天特意来报告大家两个好消息：我们研究所批量生产的仿丝绸，质量风格较好，深得客户青睐。从产品在广州的贸易市场上所签订的合同看，销售额将达千万元，还将远销西欧、东南亚十几个国家和地区。另外，我们所承担的“八五”国家重点科技项目211工程已经验收，它的成功将对生产线发生巨大的作用。机电一体化的自动控制使得许多工艺参数达到自控，从而大大地提高产品质量。使劳动条件改善，劳动强度减轻，成本消耗降低，使操作状况由手感目测凭经验到采用自动控制。”静静的舞池爆发出长时间的热烈掌声。“哦！太好了！太好了！”人们欢呼雀跃着，随着狂欢的舞曲跳着。有的干脆丢开舞伴，径自扭动着身躯，旋转着，旋转着。一个三百六十度，又一个三百六十度。尚永贵故意拍了一下张获的肩，来了个先发制人。“哎！你怎么撞我?”“谁撞你了?”谁也不等谁回答，照样扭着、笑着、舞着，尽情地宣泄着那说不尽的喜悦、欢快。这片热土上的人们历经了生活的洗礼，已经领略到了它的风采，悟得了它的真谛。历史决不会在原地重复和轮回，70年后提出的话题“改革的胆子再大一点；步子再快一点”将是新世纪的呐喊。热土上的年轻的、热烈的、光芒四射的生命正努力追求奔赴终极目标。生活是那么兴奋、激动，只因为有希望的存在。这希望在热土上生根、发芽、开花、结果，放射出精神、物质的灿然之光。

1992年8月初稿，1994年10月定稿

岁月流金

——迷惘

（1993 年春于常州）

前　言

爱情这个永恒的主题，千秋万代被讴歌、也被咒骂。它不因讴歌而生存，也不因咒骂而消亡。

一个源自真实的故事，记录普通人憾人心扉、至死不渝的爱恋缠绵。一条孤独流淌的爱河，源于心底、载着迷惘，流向历史的远方！

“婚姻像茫茫的大海，人们至今未能为其发明指南针。”

——海因

绿草如茵的原野，幽深曲折的花径被笼罩在一层哀怨痛苦的薄雾中。李志鹏双手抱着头，两眼呆呆地望着空空的四壁，坐在唯一的一张方凳上。耳边回响着六岁儿子李鸣凄惨的哭叫声。

“爸爸呀！爸爸呀！别忘了来看我。”这叫声撕裂着他的心，欲哭无泪、欲诉不能。陈兰芳拽着儿子嫩嫩的小手，在迈出房门的一刹那间，回过头来对他断断续续地说了一声：“我、走、了，祝你幸福。”那空灵的大眼睛里噙满了泪花。李志鹏只觉得喉头被一团乱棉花堵住，两行热乎乎的东西顺腮帮滚落。情感的汹涌以压倒一切的力量使他瘫在那张方凳上，背靠着一堵墙，久久地坐在那里。他在想：他和她之间横亘着一条无法逾越的鸿沟，是谁？又是如何掘成的？那能怪他吗？致命的矛盾的折磨终于在经历了两年之后，他们痛苦地分手了。

落日的色彩悄声地传递给李志鹏十年前的回忆。“志鹏，快走。快去看分配去向表。我们俩分到同一座城市了。”“分到哪里？”“苏州。”“嘿！天堂，太棒了。”李志鹏一拍大腿，高兴得蹦了个老高。以他那东北人特有的爽朗和痛快，表达着难以诉说的喜悦。随着飞跑来的扎着小辫的胖姑娘蹦跳而去。黛色的峰峦、苍森的树木，透泻着一缕光线，光线随夜幕的拉开渐渐地黯淡下去。他们坐在校园里棕榈树旁的石凳上。满目偌多的碧绿爽清的枝叶。“哎！告诉你，我已经把咱俩的关系告诉了父母，我估计他们会同意的。”李志鹏架着眼镜的双眼衍射出绚丽的霞光，那双振翅欲飞的双眉随着心弦律动。“嗯！我也跟我父母讲了关于你。”陈兰芳如满月的脸透射着青春的光彩。纯洁的脸上泛起一阵娇羞的红晕。她把头深深地埋到胸前，俯身用手扯着脚边翠生生的小草。这被爱扰乱的千缕情思律动的万根心弦，发出铮铮的跳动的声响。初恋的新奇、强烈、纯洁，青春的火焰一经点燃，爱欲积聚的爆发到来了。难以遏制的欲望袭来，李志鹏终于一把将她搂在怀里。夏夜，树木花草静静地立在那里，把它们的影子投在地上。他们的爱被埋在那棵棕榈树的背后，那张长长的石凳上。成家以后的二人世界在李志鹏的眼前展开了一个宽大、幽暗的湖。黝黑的水波一个跟随一个不停地向前流去。水波愈滚愈深、愈滚愈远。爱的狂风暴雨停歇之后，一片空寂、无言。生活原本包含了焦躁不安的丰沛与夫妻间一览无遗的精神、情感的局限。当着小生命的降生，奏起锅、碗、瓢、盆交响曲时，生活便久违了浪漫，变得平庸、俗不可耐。“你还不快点起床？去取牛奶，懒鬼！几点钟了，还挺在床上。”“小敏，快起来，自己穿衣服，妈妈给弟弟换尿布……”一声比一声高，满屋子充满了呛人的火药味。“嫁给你这种男人真是倒了八辈子霉。见鬼，管了小的还要管大的，就像都是我带来的拖油瓶。”陈兰芳骂骂咧咧的，那已经发福的身躯，艰难地扭动着。脚下硬底的红塑料高跟拖鞋在坚硬的水泥地上发出踢里踏拉的声响，焦躁的吼叫声从这间屋子传到那间屋子，空气像要爆炸了一般。女人的爱也是极其有限的，给了孩子，就再也没有给丈夫了。李志鹏一骨碌翻身起床，揉着惺忪的睡眼，摸索着戴上眼镜，急匆匆地走出房间，像个在老师面前犯错误的小学生，受到一顿严厉训斥后迅速逃去。耳边还残存着他的“亲爱的”吼叫声：“嫁给你这种男人真是倒了八辈子霉……”他叹了口长气，快步走向取奶处。这种日子不知是从什么时候开始的，也不知道什么时候结束。反正李志鹏习惯了，习惯得近乎麻木。有时候他也想：婚姻真是爱情的坟墓？两个恋人本来就是以假象呈现在对方面前，还是后来都被生活的纷繁复杂，油、盐、酱、醋改变的呢？他到底没有想清楚、弄明白。那些棕榈树下卿卿我我的窃窃私语，绿波荡漾双桨齐驾的甜蜜回忆，似水的柔情已经远去，如同梦幻，早已塞进了记忆的仓库。大抵家家都如此，要不怎么会有结婚前是恋人；结婚后是爱人；生了孩子是佣人；孩子大了是仇人一说呢？认了吧！他们是中专四年的同学，自由恋爱，彼此熟悉得不能再熟悉了。有什么说的？吼就吼吧！男子汉肚里该撑船。只要吼得不叫别人听见，引发些长舌妇、包打听的没完没了的好奇与探究，由她去吧！他常常努力地去想她曾经吸引自己的那些往日的风韵和青春的热烈。

疯狂的年代，随着那一张“触及人类灵魂”的文章不断推波助澜，人们把对领袖的、对国家的热爱融在疯狂的行动中。戴着柳条帽手持镖枪的队伍在街上奔跑着，踩在横七竖八的不知是什么人的身体上。寒冷的冬夜，雪花纷纷扬扬。掩盖了一切的罪恶；也掩埋了愚昧。高音喇叭响了，李志鹏和陈兰芳从睡梦中惊醒，他抱着女儿；她裹着儿子，以最快的速度奔出房门。手捧“红宝书”高一脚、低一脚地行进在人们欢呼的队伍中。昏暗的灯光映着那数不清的窜动着的人头。不知是多少人的嘶哑的喉咙机械地发出欢呼声。诚实的人们啊！还不懂得弄虚作假。即使是在夜晚，没人会发现谁没张嘴，也照例发自肺腑地呼喊出最大音量。早请示、晚汇报的队伍一日三次地列于那幅千百万人早已熟悉的画像前。大批判的热潮不断高涨。打倒×××！×××屁股坐歪了；炮轰×××！的标语东倒西歪地层层张贴，像村妇糊的鳖脚鞋衬。千万人的神经骤然持久地昂奋着，也把许多清醒者的心逼到了死胡同。那个时期，心的窒息使李志鹏不得不以沉默面对残酷的现实。专门针对他的“老子英雄儿好汉；老子反动儿混蛋”的对联贴到了试验室的门前。每天清晨，当天边现出一丝曙光时，李志鹏已经站在那里。轻轻地掏出谁也不要的钥匙，小心翼翼地打开那扇属于“混蛋”的门。事业在那个年代被理解为需要残酷的没有个性意志的纪律来维持它的尊严；而这铁的纪律变成千百万人的游行；铺天盖地在大字报的同义语。“混蛋”躲进小屋成一统；管它春夏与秋冬！他不断地给自己规定着研究的课题，与他为伴的是那些供给大生产用的小样所需要的化学助剂，以及那些瓶瓶罐罐、那台天平、那盒砝码，还有那些无言的烧杯与搅棒。一次次的试验之后，李志鹏不断地在自己的小样标本簿上添加着一个个新的染色布、印花布品种。那里有个花的世界、花的海洋，融着他的心血、他的爱、他的执着追求。人们只能用赤、橙、黄、绿、青、蓝、紫来概括色彩的丰富。唯有他才能如此深刻地感受到造物的精微与细密：绿的重重叠叠，蓝的千姿百态。在别人看来的同是蓝色，只有他才能准确地鉴别出浅蓝、天蓝、湖蓝、孔雀蓝；同是绿色，只有他才能识别出草绿、湖绿、墨绿。他埋头于棉纤维、化学纤维之中，目光投向一万七千多种色彩，领略着生活的绚丽，大自然的精深与博大。他不想去怨艾父母给予的生命，也不去想他身上被打下了什么样的烙印。他只记得在大雨滂沱中赤着脚赶羊入圈的艰辛童年和每学期都给母亲寄去三好学生证书的青年时代。沉默经常需要更多的勇气和决心。这勇气和决心来源于那伟岸的身体内坚定的自信。他想：人也许像陀螺一样，需要痛苦的鞭挞才能直立。他相信：雨过，天总要晴的。

“李志鹏，你马上到工宣队办公室去一趟。跟我走！”有一天，他被突如其来的破门而入的吼叫声带到了那间原是党委办公室的屋子。只见满脸横肉、黝黑皮肤的工宣队长黄妄坐在正对着门的办公桌上。一只脚悬空悠闲地前后摆动着。左手拨弄着右手捏着的一根小木棒的尖端。右臂上是醒目的标志：红袖章。他的右脚边小矮凳上坐着遮着脸抽泣得十分痛苦的陈兰芳。“黄队长叫我有什么事？”李志鹏预感到将要发生什么事，心急剧地跳动，忐忑不安地问。“这是陈兰芳的离婚报告，组织上已经审批，你签字吧！”一阵难以用分贝测量的嗓音在屋内回响，像晴天霹雳。李志鹏的脑袋“嗡”的一声，似胡桃核被砸开一般。他尽力睁大眼睛看着刚递到手的那张报告。“性格不合、性生活不谐。”一行字在模糊中映入眼帘。这是对他的侮辱和亵渎，是将他那颗本来十分委屈的心踩在脚下用力搓揉，是在用剜刀戳捅他的心，心底倏地燃起一股愤怒的烈火。李志鹏的刚烈性情使他示威似的却只喊出了极响亮又极无力的一句话。“不！不！我不同意！”被抛弃、被污辱所凝成的一口鲜血喷了出来。“你自己倒霉还要拖上一个？你自己痛苦，还要把痛苦加给另一个？她被你害苦了。不能入党，又不能提拔……”“大佬粗”引以为荣的大嗓门又嚷了起来。那年头，“红五类”与“黑五类”夫妻间唯一能证明划清了阶级界限的标志除了离婚还是离婚。李志鹏不记得是什么时候、怎么样签上的那与倒霉等值的名字。只记得自己痛苦地双手抱头蹲在地上的时候，陈兰芳是尾随那个黝黑汉子走出去的。这场政治运动的凄风苦雨中，多少爱情之树被砍断，又被轻率甚至荒谬地重新嫁接？组成一部杂乱无章的鸳鸯谱。历史老人不接受任何荣誉，也不承担任何过错，只是像裁判一样，公正地记下一代人的痛苦。兰芳永远地离去了，带着爱和恨，永远地离开了这座他们共同生活了十年的城市。当李志鹏将女儿小敏送回东北老家交给白发苍苍的老母时，母亲说：“哎！都怨你爸爸……小敏放在家里，你就放心去吧！孩子。”李志鹏再也抑制不住那辛酸、痛楚的簌簌下落的泪，断断续续地只说了一句："哪能、哪能怪爸爸？"李志鹏回到那个已被拆散的"家"。当他用怠倦的目光环顾空荡荡的房间时，他的悲哀、寂寞、惆怅，已经使他几乎觉得自己没有必要在这个世界上存在了，他已经断绝了生存的凭借。要不是那可爱的孱弱的需要爱的女儿始终牵着他的心，他真会去打发掉120斤的躯体的。无可奈何的李志鹏搬进了单身宿舍，一如既往地出入实验室，打发着无聊的时光。

掸去历史的尘埃，岁月翻开了李志鹏又一个"爱"的宗卷。他本无意再择佳偶、梅开二度。那颗年轻的心还沉浸在失去的爱的痛苦回忆中，需要时间去修复那深深的创伤。当他在形只影单的寂寞凄凉之中，心头积郁的悲哀需要向人倾吐之时，一个只有小学文化程度的纺织女工闯进了他的生活。而立之年的李志鹏那宽阔的双肩、厚实的胸膛，那具有典型的北方男子独有的剑眉，那粗犷中的稳健，怎么不叫任一个女子动心？而那年头，能嫁给他的除了"同病"相怜者就是本身条件差的。于他有多大选择范围又有多少选择的可能呢？爱情是一种极其美好的情感。温柔、细腻、崇高，是美好心灵活动的顶峰。不管是"混蛋"还是"好汉"，都需要它。李志鹏多么感激王丽亚的到来。这个肤色白皙的大眼睛姑娘，给了他温暖，给了他一棵苍翠的爱情之树。李志鹏把与陈兰芳的爱深藏在心的记忆深处，舔着心灵上的伤口，企盼重掘一块爱情的沃土。然而生活给他开了一个天大的玩笑。这带给他的却是又一次爱的灾难，一个永远无法纠正的错误。这场灾难远没有政治风云的痛快淋漓，急风暴雨般地速战速决，有的只是永无休止的难以名状的精神与情感的吞蚀，有的是痛苦不堪的无望的挣扎。"爸爸，明天星期天带我上公园玩吗？我不去幼儿园。”“好！爸爸明天一定带你去！”小女儿晶晶穿着一身粉红色的双层套叠的连衣裙，头上顶着一只硕大红色绸制的蝴蝶，斜靠在沙发扶手上。一双白、红镶色的皮鞋翘在沙发边框上。黑葡萄般的眼睛忽闪忽闪，一边吃着巧克力，一边娇嗔地说着。在向女儿瞥去一眼的同时，李志鹏心里蓦地被一种强烈思念的情愫牵动，他想起了在老家的女儿小敏。深沉的哀痛袭上心头，他决定向王丽亚开口了。“丽亚，我想把小敏接来，你同意吗？”李志鹏把她拉到厨房里，悄悄地对她说。“行啊！你要把小敏接来，我把小刚也接来。”她吼了起来。小刚是她插队落户时与那个乡下农民结合种下的一粒种子。李志鹏能说什么。这种重新组合的家庭，原本就有着难以弥合的裂纹。五口之家，80 多元的总收入，艰辛与拮据伴着灰色的日子，滞重的、迟缓地流动着。饭桌上，每当小敏带着怯生生的筷头伸向某菜盘时，总有一双眼睛在跟着那双筷子移动。那哆嗦的筷头夹起的少得可怜的菜是伴着辛酸的泪慢吞吞地下咽到那根柔弱的喉管里的。那下咽着的又朝上艰难地生长着，长成了一根“豆芽菜”，“豆芽菜”里窝着一颗被扭曲的心。感情是人类最强烈的需求，在艰难中的情感需求就更为强烈。表达感情最直接的方式是说话，而心灵的对话则是双方文化即所具有的观念和准则的再现。这种再现把爱人维系在一起。然而维系李志鹏和王丽亚的仅仅是那张印有“最高指示”“世上没有无缘无故的爱，也没有无缘无故的恨”的结婚证书。李志鹏只得到了一个女人，却没有得到爱。统摄王丽亚的心，她只有一个准则：把自己的两个孩子养大，让他们再生一代。这就是她全部的生活价值和一切甜蜜的依靠。“爱自己的孩子，连母鸡都会。”王丽亚当然也会。至于那个小敏，她应当属于另一个女人。每当她一看见那个哆嗦的女孩，顿时就像看见了自己的丈夫在跟另一个女人睡觉，怒气直冲顶门心，也当然地忘记了自己的“纯洁”。王丽亚极勉强地等那个“肉中刺”一工作，就立即将她逐了出去。欲加之罪，何患无辞？王丽亚了解李志鹏的“软弱”，知道他在泼辣、自私、不讲道理面前的“无能”。这种无能更助长了她的更泼辣、更自私、更不讲道理。王丽亚的思想的简单愚直，让李志鹏无言以对。他连争辩的兴趣也没有了。只能采用沉默这种破坏性极强、极为残酷的“武器”。小敏那双被忧郁缠结的眼睛，常常猛烈地刺痛李志鹏的心，而他却束手无策，唯有深深的自责和愧疚，永远地让那颗受伤的心淌着血。

“把一切工作的着重点转移到经济建设的轨道上来。”我们的党终于从徘徊前进中走了出来，人们也走了出来，呼吸到了自由民主的空气。职代会的选举中，李志鹏当选为厂长，主管技术工作。“李厂长，样品陈列室布置好了，您去看看行吗？”“厂长，这个月的生产情况统计表，请你过目。”“哦！这是下个月的生产计划单，请您审定。”“李厂长，生产调度会是今天下午三点，请您出席。”“知道了。”他的语句永远是简洁、凝练的。正如他那精辟明晰的思维。李志鹏把多年郁蓄在胸中的壮志变成了生产指标的递增线，把激烈的燃烧的热情奉献给了事业。他整天忙个不停，整天乐呵呵的。尽管白发已悄悄爬上鬓角，额纹在替历史做着注释。生活常常铸造不幸和痛苦，这不幸和痛苦又紧紧地缠绕着李志鹏不肯离去。当他拖着疲惫不堪的身子回到那有着三个孩子的窝时，王丽亚正虎目圆睁地坐在沙发上等着审讯他。“今天跟你在一起走的那个女人是谁？你怎么跟女的在一起走？”“那是在厂里陈列室工作的同志，叫毛桂芝。她在跟我说工作上的事。”

“你怎么知道的？去过我厂里？”李志鹏笑嘻嘻地一边脱去那件破旧的黑外套，一边耐心地解释着、询问道。他实在不愿意吵架。对于一个喜爱和平的男人来说，这种争吵无疑比枪林弹雨还要可怕。王丽亚把像打坐似的交叉盘坐的两腿猛地从沙发上放开弹了起来，捏紧右手其余几指独独放开食指在正对着李志鹏鼻尖的方向指戳着：“我可告诉你，不许你与任何女的接触。否则我可就对你不客气了。”“我已经跟你解释过了，你别神经过敏。”“我神经过敏啊！好！你说我神经有毛病，是吧！反正不许跟女的接触。叫我知道，非叫你好看。当年我不要你谁要你？……”语无伦次的电闪雷鸣之后，淋得落汤鸡似的李志鹏躺在床上，像被人肢解般地瘫在那里。黯然神伤的目光，久久滞留在白色的天花板上。心的沉重与苦涩把他埋入了痛苦的深渊。爱情是什么？有人说它是酒，醇厚绵甜令人心醉；有人说它是水，温柔、宁静让人着迷。可属于李志鹏的爱情是什么？这不解之谜啊！他无法去探寻它的谜底。女人真像无边的云霞，那样变幻莫测、那样飘浮不定。一幕幕过往的生活画面呈现在李志鹏的眼帘。李志鹏与王丽亚之间除了三个孩子和一套木制家具，似乎不存在什么别的联系。这生活的二十余年间，漫长的人生岁月，有多少欢乐与舒坦？他实在想不起。实实在在的生活，被岁月冲得淡淡的，像一撮盐撒进一大锅开水里，不见味道。他能清楚地记起的是顶多十来句话的交谈，那都是关于孩子们的，确切地说是关于那两个孩子的。“小刚吃晚饭了没有？给晶晶做了条裙子”之类。生活像白开水般寡淡。他们之间似乎没有什么可谈，谁也想不起说什么。待在一起不是无话可说，便是说起来两颗心隔着很遥远的距离，像隔着两个世界。她脸上的肌肉好像没有受到过笑的训练，永远处于一级战备状态，随时准备着发生战争。李志鹏啜饮到一杯生活的辛辣、苦涩的酒。他像一个历经艰辛的水手，精疲力竭时好不容易找到一个港湾，无论是遇到什么样的栖身地，再也不想起锚了。他累极了。李志鹏说不清自己爱不爱王丽亚，只分明感到他们是按照那张契约的什么规定在尽着各自的责任和义务。即使是当两人在黑夜里脱了衣服紧贴在一起的时候，也像是在履行着某种义务，而没有爱的参与。除了肌肤的接触、碰撞，便没有其他的沟通：思索的契合、灵性的相谐。这份感情的贫乏，把李志鹏的心长久地抛在干涸的沙丘。婚姻有了深深的裂痕，再要弥补是很难的了。大诗人泰戈尔说："爱是理解的别名。"而王丽亚对他的不理解则到了登峰造极的地步。她把他当作手上的戒指，除了占有、欣赏与炫耀，她实在没有必要了解它的内涵、纯度及价值。她这辈子也无法了解，尽管她占有着。起初，李志鹏以为出于爱的强烈排他性，丽亚酷爱自己的缘故。他默默地承受着一次又一次的审问、指斥、怒喝，耐心细致地一次又一次地作着解释。他想日子总得过下去。可他犯了一个根本性的判断错误。在一个已经是病态心理的女人面前，他的理智是不起作用的。也许是那个乡下农民对她感情上的欺骗转移到对李志鹏时时的不放心；也许是自身感受到与丈夫的极大悬殊而唯恐他的突然离去；也许是为了保持在家庭生活中的绝对支配地位；也许是别的什么原因，只得用这种极其笨拙的方式表达着她对他的特殊的"爱"。这种爱越深，李志鹏的痛苦也就越深。李志鹏在一种不被信任、不理解的，羞辱、愤懑、抑郁之中，深感自己就像一个作茧自缚的蚕，在痛苦中挣扎；又像一只被蜘蛛网罩住的小甲虫，左冲右突。有一天，王丽亚的病态心理被李志鹏的政敌利用，一场闹剧终于发生了。那天李志鹏正在办公室批示文件，只听得走廊上人声鼎沸，夹杂着女人尖锐的哭喊声。他站在办公室门口望去，被眼前的场面惊呆了。两个女人扭打成一团，互相撕扯着彼此的头发，猫着腰，反扣着锅似的背朝着天，双脚叉开着，像在斗场上做着殊死搏斗的两只雄鸡。王丽亚的骂声尖脆响亮："你这个骚货，勾引别人的男人。我要把你搞臭……"污言秽语连声，水泼不进。围观的人见厂长来了，七嘴八舌声顿起，仿佛向厂长汇报比劝架要重要得多。"不知是怎么打起来的？""王师傅是怎么找到毛桂芝的？也不知道。"现场乱成了一锅粥，却没见一个人上前劝阻。人们寂寞得太久了，刺激使每一个人都兴奋起来。人群随着两个拼出吃奶的劲厮打的女人位置的移动而蠕动着。李志鹏似洪钟般的嗓子喊道："放手，都放手！"谁也不听，越扭越紧，哭叫声越来越高，像畜牧场开栏后的牲口在撒野，眼里没了一切。人群仍在蠕动着，无论谁的输赢，对裁判来说都是一样的。直到保卫科长赶来，几个小伙子一齐上才拉开那两张由于愤怒以致面部神经扭曲的面孔。毛桂芝双手掩面冲开人群哭着跑了开去，王丽亚却发疯似的朝李志鹏迎面扑来，双手在空中乱舞，头撞向那宽阔的胸膛。"你这个没良心的东西，我给你在家当保姆，你倒好，玩女人……"李志鹏只觉得当胸遭了一枪，两眼一黑，就要倒了下去。等到他回到那个"家"时，那个女人便开始了长期的对他的疲劳轰炸和更为残酷的精神虐杀。燕窝里三只小燕六只惶恐的眼睛里闪动着晶莹的泪花。"你不跟我老老实实地交代，老娘就跟你没完！"深更半夜，王丽亚还在哭喊着。"我的工作不可能不与女同志接触呀！你这么胡闹，假的也变成了真的，人家怎么说？""别人怎么说，我管得着吗？我就是不许你跟女的接触，哪怕说一句话。我才不管三七二十一呢!”她的那点可怜的文化，只能说出三七二十一之类。作为这场闹剧的直接策划者：张济元，那个头发稀疏、面孔长得长不像瓠子短不像冬瓜的厂办主任。他懂得在复杂的名利场中必须抓住一个机钮，才能高高在上地控制机器、控制人。他打倒对手的机钮有两个：要么从政治上击毙；要么从作风上搞臭。异曲同工、殊途同归。反动的血统论已成了老皇历，翻了也不臭；而两性作风问题所能激起的愤怒往往不亚于十二级台风的威力。何不一用？众口有灼金之效，何况血肉之躯？张济元终于胜利了。以一封所谓群众联名的匿名信告发了李志鹏莫须有的生活作风问题，以连李志鹏的老婆王丽亚都如何如何说作为最最有说服力的口实。他击败了这个只懂专业技术，不善于权术的对手，得到了早已垂涎三尺的厂长宝座。精技术、不精政术的不免于祸啊！舌头底下能压死人啊！上下五千年，舌头底下压死了多少英雄豪杰，谁统计得清呢？“听说局里派人来调查过。”人们在叽叽喳喳地交头接耳。“无风不起浪，这两个人的事谁能说得清呢?”连李志鹏的最要好的朋友也这么说。在断言：“李志鹏不是那种人。”之后又附加了“不过”这个副词。这“不过”的妙用就在于它可以帮助任何人不承担任何的责任。无血的戕害啊！透视的是人性。不少人的心里像是藏着一头野兽，随时会向任何人发起攻击，这种攻击所带来的心的快乐是意想不到的，也是难以叙说的。所不同的是高明一些的张济元的攻击是为政治目的服务的，而别人的攻击则是动物性的本能的一时发泄。时过境迁，有谁还记得自己曾经伤害过谁？这个专门以搓揉别人的心引以为快的秃子，搅动着他那带血的舌头，伸向了毫无思想准备的李志鹏。在内外夹击、众口纷纭中，任何解释、表白都是将自己置于被动挨打地位的笨拙作法。更何况摆在桌面上的说法是堂而皇之的。“大胆起用青年干部，老干部要让贤，扶他们上马，送他们一程。”局领导在任命了新的厂长后，作了详析。主席台上，那疤疤癞癞的秃头频频地点着，伴着一副公鸭嗓子。“感谢领导、同志们的信任，感谢李厂长曾经作出的贡献……”那只字未提的作用，远远胜过重复千百遍。李志鹏汗涔涔，只觉得脊梁像被人抽掉般，他木然地望着面前那些双木然直视的目光。人们已经习惯于应该言在此，意在彼的发言，也习惯了任何人用冠冕堂皇的虚伪去掩盖背后的戕害真实，用温文尔雅去遮掩血淋淋的诬陷。人为的倾轧争斗实在比原始森林中猛兽的赤裸裸的厮杀凶残、野蛮得多。

李志鹏尝到了人言可畏的苦痛。带着心的难言的重创来到一所科研所时的李志鹏已到了知命之年。他明知自己在和一个草包一起生活，却只能被这个草包紧紧裹缠。只希望用自己爱的牺牲去换取人们的淡忘、理解与重识。他竭力地表现着对王丽亚的“忠诚”与“专一”，尽管他痛切地感受到这是以什么作为代价的。人们无须去关心他们之间有没有爱的存在，有没有维系这种早已死亡了的婚姻的必要。而只需要王丽亚是李志鹏的妻子，李志鹏是王丽亚的丈夫的最简单不过的判断。李志鹏的心已经经不起生活的煎熬了。他的心太累太累。为了“轻松”，他远远地回避着一切女人，躲进了总师室。幸好人们无法否认他是技术权威，理所当然地认为他是那里的主人。王丽亚冷不防地多次侦察，未发现“敌情”。李志鹏不断地发表着著述……日子平静地流淌着。三个孩子先后参加了工作，有了各自的安乐窝。除了星期日的喧闹外，只剩下两人世界的相视无言。李志鹏与王丽亚像两只没有上过油的车床床头箱里的两个齿轮，互相咬合，永远地摩擦着。自然地消耗着各自生命的同时，又无情地消耗着对方的生命。年华已逝，青春不再。五十出头的李志鹏早已疏远了一些老朋友，回避着那些喜欢带上夫人的男伙伴，淡漠了他们的样貌。为的是避免那只粗大的活塞发出“不许你跟任何女的接触”的轰隆轰隆的响声。能够突破逆境的人，自小就有与各种困难作斗争的意志和拼命苦干脱出贫困的精神。李志鹏拼命地写着那些丰厚的专业著述，他要让几十年的理论与实践成为结晶。当他的笔停下来的时候，他的心立刻感到深深的空落。那位“夫人”呢！她那充满怀疑和仇恨的心随着时间的增长与日俱增。似乎越找不出怀疑、仇恨的对象，越是证明了寻找的必要，怀疑和仇恨的心理就越强，越觉得自己有理，就越对对方报以更深的怀疑和仇恨。王丽亚控制着李志鹏的每一个铜板，背着李志鹏翻拆他的所有来信，让每一个口袋底朝天。她的目光极力搜索着每个角落，唯恐漏掉了哪怕一点点的空地，不肯轻易放过抽屉里的哪怕任一张能引起她怀疑和仇恨的小小纸片。王丽亚具有强烈的、持久的、良好的“韧性”。她一直在担心、害怕着又极不甘心地期待着她潜意识中能证明她的所作所为正确无比的什么事的发生。最能刺激王丽亚快感的是她那臃肿的躯体里装着的那颗简单的头脑所得到的至高无上的满足：总工程师将近五百元的收入。这是她当年嫁给“狗崽子”始料未及的意外补偿，也是那个乡下农民所永远望尘莫及的。就为了这些，王丽亚也不能让任何女人哪怕是远远地看上一眼标有定语的标志——“她的”李志鹏。她把任何一个女人对她丈夫讲的哪怕是工作上的事，哪怕是微笑一下、点一下头都视作洪水猛兽，都看作是对她权利的侵犯，都要去设法打听那对她丈夫曾经微笑过一次、点了一下头的女人的一切的一切。捕风是为了捉影。生活给了她辛劳的回报，遗憾的是：她至死也不知道。

李志鹏没有感情上的奢侈，也没有对权势的渴望。他只是在孤独的心的生活中，在不受人情世故支配的心灵里，用纯洁和神圣的事业充实着自己的生命。可是谁又能逃出感情的规律呢？当那张网着他的蜘蛛网和蚕茧的缝隙里仍然透进一缕阳光时，李志鹏那颗早已不年轻的心仍像干柴烈火般疯魔，胸膛里也像贮满了足以翻江倒海的爱流。李志鹏的心对于一个十足地道的美妙女子的真正感情表现得如此坦白、沉稳、自然，正是因为真正动了爱心的缘故，李志鹏开始并没有意识到。那天，他在试验室里本打算稀释硫酸，可拿起了烧杯，又拿起了搅棒时，却忘了自己想干什么。从总师室到试验室只有五十步之遥，他走来走去两三趟就是想不起自己究竟要做什么？李志鹏索性坐了下来。“怎么搞的？真是老了？记忆力大大地不如以前了。唉！”他在心里叹息着。他实在不甘心在年龄的威胁面前认输。他拿起一支笔，写起了丝绸印染行业降低能耗途径的论文。有多少事情等着他去做？专业杂志上的讲座稿还没动笔呢！编辑部已催过稿了。李志鹏刚写了两行字，又写不下去了。他终于发现了自己的心不在焉。他索性推开了稿件，端坐着。眼睛盯着对面白色的墙壁上。左手支在办公桌上，手指来回摸着粗硬的有些灰白的美丽的络腮胡。一个端庄俏丽的面庞恍然呈现在他面前，迈着轻盈的步伐款款朝他走来。杏仁眼里充满了笑意。李志鹏冰冷的心顿时像吹进了一股和煦的春风，敏锐地感觉到：强烈的精神兴奋、甜蜜的温存、恬静袭来。沉思、狂喜、冲动的苏醒迷恋，一切感觉都有了。那早已失去的年轻恋人才有的情感回复了。李志鹏陷入沉沉的思考之中。是什么时候开始的？

会议的时间很长。那是三年前的一次党员会。书记的话语铿锵，掷地有声。传达文件时的沉寂、肃穆，空气也变得僵硬起来。人们似乎都很累，会议室里不断发出变换坐姿时挪动椅子的声响。李志鹏双手在胸前摆成九十度，右手垂直的射线直指微低的前额。五指张开撑在那里，后面是微闭的双目。左右摇晃着上身，像个振幅不大的钟摆，准确地记录着政治思想工作报告。忽然一阵轻微的清理嗓子的声响在离他不远处发出，他勉强睁开那双极不愿睁开的大眼偷偷地从指缝中望去。他发现了一双眼睛。那双聪慧澄澈的不大不小的眼睛正在扫视会场。那是张园的眼睛。她已四旬有余，清秀的眉梢扬起，显得坚定而自信，凝神倾听中的思索，面容呈现的是只有相当成熟的女子才具有的端庄与郑重。张园坐在一张低矮简陋的黑色沙发上，双手置于扶手，两条匀称丰满的腿一前一后地摆在水磨石的地板上。隆起的胸、凹进的腹，隐约可见身材的窈窕。优雅的坐姿表现了她良好的教养及这种教养所赋予她的一切美好的品德。李志鹏在这偷视中领略着欣赏带来的美感。这种美感所蕴含的吸引，对李志鹏来说已不再是张园那犹存的风韵，一个端丽成熟女子的面容，而是她那江南人秀外慧中的灵气，深沉含蓄的神韵。李志鹏的心涌起一阵从未有过的甜蜜，他蓦地发现自己喜欢上她了。意识到这一点，李志鹏忽然感到腮部的灼热，他赶紧用手捂住，唯恐有谁发现了他心中深藏的秘密。

江南草长时节，灿烂的太阳普照大地。柳色清新，湖水莹透清澈，满目缀锦点翠的花树。研究所内静静的。上空偶尔有一两架飞机带着沉闷的轰鸣声翩然掠过。张园挟着一摞书经过总师室往图书室走去。忽然，“啪”的一声，书落地的声响惊动了半掩着门撰稿的李志鹏，他漫不经心地走了出来。只见张园正俯身捡失落的书。李志鹏捡起散在地上的另外几本，递给张园。“谢谢您，李总。”张园坦诚的目光注视着站在面前的伟岸男子。第一次离得这么近，都能感到彼此的鼻息。李志鹏不知自己怎么啦，藏在茶色镜片后的慌乱瞳孔迅速避开那双澄澈的大眼，不知该投向哪里。“您真像热水瓶，外冷内热。”张园嘴里迸出一句，手抚在书上，下意识地低下头，急急走去。李志鹏愣在那里，瞅着她的背影。第一次这么大胆仔细地端详着她的背影。匀称丰腴的体态，天蓝色的蝙蝠衫，配以洁白的一步裙，脚着一双白色高跟皮鞋。随意点染的装束，毫无刻意追求的痕迹。洗练的线条显出格调的高雅。挺直的腰杆、矫健的步伐，那风采和韵致，哪里有半点中年妇女的臃肿与暮气？那般雍容华贵、端庄典雅，绝不是那身服饰与那双白皮鞋所赋予的。那是由内向外溢出的性格特征。张园周身透射着活力与生机，给人一种一往无前，昂奋进发的美感。李志鹏深深受到感染。忽然间觉得自己也年轻了许多。他感到了青春的复苏、激情的觉醒。回到办公室，他细细揣摩着那一句“您真像热水瓶，外冷内热”的含义。这一眼看到底的敏锐，不像是对这件小事的评点，而是对我秉性的概括。难道她注意过我？而且不止一次。我怎么没发现？李志鹏越想心里越是甜丝丝的，真有股说不出的惊喜，仿佛在沙漠里发现了绿洲。

夜，静悄悄。屋内座钟嘀嗒嘀嗒地响着。那个大肚子垂在叉开的干瘪的双腿之间，虚胖的圆形身坯，就躺在李志鹏的身边。她那点极有限的女性特征，还是使李志鹏意识到妻子的存在。一阵心的缓慢而持久的痛苦袭来，他两眼盯在贴有乳白色墙布的天花板上。对楼窗口亮起了灯光。昏暗中，他又看见熟悉得不能再熟悉的高高低低的淡黄色的家具。以黄色为基调缀以小红花的窗帘拉开着。食品柜里放着不少瓷的小动物。隐约中可见正对着床的墙上挂着的“全家福”，扁形相框里的一家人。他和王丽亚居中，身后是两个孩子晶晶和小刚，孩子的身旁又是孩子的孩子明明和光光，唯独没有他和陈兰芳的苦果小敏。眼睛是比耳朵更可靠的见证，这分明是他的“家”。一个永远无法解除的套着喉咙的“枷”。李志鹏闭上了双眼，只觉着那颗悬在半空里游荡飘忽了许多年的心潜藏着许多的大大小小的泪滴。这泪滴久久不能稳稳当当地落下来，落在这间属于他和王丽亚的屋子里，却又神差鬼使地落在了张园的身上。浓烈的爱和柔情在默然无声中冲动回荡。李志鹏开始了孤独内心的审视。“倘若我是个朝秦暮楚之徒，为什么没有任何别的女人吸引过我的目光？我那颗早已冷却的心为什么会着魔似的喜欢上张园！不！远不止是喜欢。倘若我正面临着生存与饥饿的危险，我还会有这种欲念么？对于人来说，最重要的是欲望的满足。而我对张园的欲望是什么呢？是性吗？我并不缺少啊！我的欲望不就是具有广博与精深的学识和感觉入微的非凡才能去实现事业的追求的目标么！我为之奋搏了一生的目标啊！我不是已经具有了事业成功的声名了吗！我为什么见异思迁？移情别恋？这与情理不合、与良心不忍、与法度也不容。我在追求婚姻的质量么？这质量的高低的评判标准又是什么？知命之年分明告诉我去日不多，而不是来日方长，我还奢求什么？世上没有完美的婚姻，因为世上没有完美的人。没有任何一个人能满足另一个人的全部需求：精神的、情感的、物质的。为什么我要去苛求、指斥丽亚？她不就是缺乏知识，有些自私、粗俗、头脑过于简单点了吗？那也不全是她的错。社会没有给她受教育的机会。反过来不也正是她不会用诡辩术去掩藏自己、表白自己的优点么！不正是她一览无遗、心口一致的长处么！再说家庭的琐事，她付出了二十五年的辛劳，这笔感情账如何算得清？换言之，她也是知识型女性，还有我业余著书立说的机会与条件吗？那些注有醒目的李志鹏大名的专著中，谁敢说没有她的份，没有她个人的牺牲？我怎么能够把自己的知识、地位当作优势，去轻视王丽亚？对妻子的忠诚专一是古老中华的享誉世界的伦理观，也是我应当恪守的道德准则。”世界上最复杂、最微妙的莫过于人的感情的。李志鹏越是用自我暗示的特殊方式设问，自问自答，另一些与之抗衡的念头却越是以排山倒海的压倒一切的力量从充斥的头脑中解脱出来，又以更加顽强的姿态占据着李志鹏的那颗走过五十三年艰难历程的心。深受骚动的心不断地回到一种摆脱不开的氛围中，发出痛苦、深沉的呐喊：不！不！你的爱情是苦涩的。为什么不肯承认这块心上的创痛？你像一只背着自己房子爬行的蜗牛，心好累好累。它淌着血，淌了三十多年。你难道要让自己的心受一辈子委屈？让它孤寂一生一世？直到孤寂地离开这个世界？你难道不应当让它得到补偿？分明有一颗心，已经引起强烈共振的心闯入了我生命的进程，我为什么还没有勇气去迎接它？再也没有任何一个人能像张园那样牢牢地钉在我的心上了。是她的姣好容貌使我的感官愉悦了吗？李志鹏用反诘句自问自答。显然不是，美人不同面，都会或多或少地引起周围人感官的新奇。对我，非也。张园自算不上非常的美貌。那一定是她符合我的精神生活的规律，满足了我的心理条件。要么是她独有的特征符合所属社会规律的统一的观念的非凡才能所具有的对我的难以抗拒的魅力？李志鹏蓦地想起了审美的三重特性。他明晰地作着审美敏感性与性发展之间关系的思考：我总想与她蹲到一道；她的投足举手都使我目驰神迁，自打我心里有了她，太阳每天都是新的。不要再欺骗自己的感情，去爱我所爱吧！让深栖于自身的早已窒息的精神童话。这埋在灰烬下的爱的火种既已被张园点燃，那就让它燃烧吧！何必苦苦折磨自己？躺在床上的李志鹏，青春的热血在身体内燃烧、沸腾，急切地盼望着黎明的曙光。上班的电铃声响起之前，李志鹏早已站在办公室里，端着那只红色的圆柱形茶杯在窗口踱步，目光不时地朝窗外瞥去。随着自行车的滑行，人流从研究所大门外涌入。他揉了揉那架在镜片后的有些发酸的眼睛，重新朝窗外望去，始终没有发现他所熟悉的身影。“李总，您在找谁？”大学生刘敏拿着新产品花样走了进来，诧异地问道。李志鹏吓了一跳，心咯噔了一下，没有应声。随即恢复了惯有的矜持与严肃。“什么事？刘敏。”他反问进来的人。

七月的苏州，骄阳肆虐，暑气蒸腾。柏油路面，泛着耀眼的白光。“哎！哈密瓜，又大又甜，快来买啊！”“冰棒、雪糕三角一支。”叫卖的吆喝声此起彼伏，响个不停，夹杂着三轮车喇叭的尖叫声、呼啸而过的摩托车声、汽车鸣笛声。生活在沸腾，载着人们纷繁复杂多彩的梦。夏的焦躁、夏的火热、夏的威风施展得淋漓尽致。站台上，一列火车鸣笛，催着车轮滚动向北驶去。列车负着重物、载着人群、装着那些颗躁动不安的心。车厢内烟草味、污渍味、各种食物散发出的混合气体充塞空间，烦躁不安的人们发着牢骚：“热死人的！还不开风扇！火车上只顾赚钱。”

一个古铜色肤色的中年男子，举着空茶杯，骂道：“哼！踩着别人的脚跑了八节车厢都没找到开水。什么东西，就要你买他的‘可乐’，爷们偏不买。”“发得发，还得‘八’啊！你跑了八节车厢，可是个好兆头，你会发的。”有人戏谑道。有人嘿嘿干笑。有的却发出“唉！真没办法”的慨叹。忽然“哇”的一声，哭声传来了。清脆响亮的哭声持续着。那是一个年约岁余的赤裸裸的小男孩发出的。循着哭声，只见一双小腿在空中乱蹬，双手满身抓痒，抓处现出道道汗渍痕。“好孩子，别哭，真乖！阿姨给你做小花兔。你看！它正向你问好呢！”一只用花手帕套在右手指上做成的长耳朵小兔伸过头来。“嗬！还真像。”近旁的人啧啧道。孩子妈妈扶正了那哭着的小儿，让他坐起。这一招真灵，孩子止住了哭声。怯生生地看了一会儿那只花兔，居然也敢用胖乎乎的小手来拉住那兔子的耳朵了。乡土气息十分浓郁的年轻妈妈问：“同志，你去哪儿？”“去天津。”做小兔的那位答道。孩子大概哭闹累了，仰面朝天慢慢睡去了，车厢内静了下来。轰隆——轰隆，随着那催眠的声音，那些胖的、瘦的、高的、矮的陆续地打着呵欠，伸着懒腰，倚在座位的靠背，头忽左忽右地摆动。回答了“同志，你到哪儿去？”的发问后，张园用手整了整白色软缎短衫的衣襟，又拢了拢那条深蓝色带圆圈的玻璃纱长裙，一条腿压在另一条腿上，也闭上了双眼。“天津”，一想到天津，她的心禁不住怦怦直跳。思之神把她带到二十五年前。那是公历1966年。她还是扎着羊角小辫、背着黄军包，手里捧着“红宝书”的年龄。第一次到天津，一片红色的海洋。红的标语牌、红旗、红袖章、“红宝书”，天空也被映得通红。人群熙攘，车水马龙。广场上，一双强有力的臂膀在空中指挥着，红袖章飞舞在半空。

“革命的同志们，让我们一起唱一支歌。我起个头：‘大海航行靠舵手，万物生长靠太阳。’预备，唱!”嘹亮的歌声响彻闹市，震荡着万里山河。山河也唱起这无人不知、无人不晓的歌，压倒了一切的喧嚣。斜挎着黄色军用包的羊角辫姑娘，热血在周身沸腾，蹦蹦跳跳地汇入这红色的海洋。淹没在忠诚热爱领袖的心潮中。轰隆、轰隆的车轮声，在寂静的夜空回响。大概是火车离站在加速，站台两旁的房屋、树木飞快地后退着。张园朝窗外望去，灯光似海。一团团火球在她眼前跳动，一闪而过，如一团团火焰跳动在她的视野尽头。那一眼眼似蜂房的窗口正在酿造着生活的蜜。仲夏的夜空，繁星点点，深邃的天际该有多少奥秘等待着探寻！张园的目光搜寻着夏夜的星座。牛郎织女星、北斗星，她在识别着，脑海里蓦地闪过：流光如驰、人生苦短的岔念。她的心发出对二十五年转眼瞬即逝的人生概叹。青春是无价的财富和无穷的力量。可青春又饱含着多少幼稚与纯真？她的青春追逐着流逝的岁月，已经远去。伴着流水，伴着天边的云霞。当年在金水桥前随千万人呼喊的美丽、单纯、热烈的大姑娘而今已步入了不惑之秋。当年被同龄人喻为神秘的星、绚丽的霞的她，已经找到了自己的位置。在人生的中天高悬，已是光彩夺目之时了。张园追溯着自己起跑线上的顾盼，人生的奋搏，毫无倦意。天光大亮，火红的太阳升腾在蔚蓝色的天幕上。万物披上了一层金纱，美极了。张园贪婪地注视着眼前的一切。一幅幅浓墨重彩的工笔画卷，使她目不暇接。“江山如此多娇，引无数英雄竞折腰”的诗句，该是对这一幅幅江山图的最好评点了。她在心里想。“天津站到了，到天津站下车的旅客请下车。”列车播音员银铃般的声音响起。张园随着熙攘的人群走出车站，站在广场上环视。

昔日的破败踪迹全无，一个崭新的天津呈现在张园面前。改革开放的春风使天津焕发了青春，永远地告别了贫困。她驻足良久，赞叹不绝。“啧！太美了！真是美极了！”耸立的钟楼四面大钟正对着地理位置的东南西北，应和着四面八方，表现了“开放”的创作意图和时间“一维性”对竞争中人们的启迪。车站主体部分的汉白玉石，矗立巍峨，气势恢宏，壮观无比。镶嵌在汉白玉中间的数不清的茶色玻璃，色彩的含蓄、凝重再现了天津内涵的深沉丰富。车站两旁的百货大楼拥抱着车站，既不失自己独有的风采，又烘托着那引人注目的高大钟楼，形成有机的和谐整体。“哟！不早了。”张园瞥了一眼手表，顾不上细细观赏，带着满心的喜悦，直奔纺工局大楼。那里的政治思想工作研讨会正在等待着会议代表的到来。“纺工部职工政治思想工作研讨会第十次年会”的大红会标高悬在厅里正面墙上。五十多位来自全国各省市的代表围坐在矩形的会议桌旁。桌上的清茶有序地排列着。浅蓝色的桌布上摆着一袋袋厚厚的会议材料、大大小小的笔记本与五颜六色的钢笔。再也没有什么会议比政研会更简单的了。比起那些订货会、销售会、五花八门的会，政研会成了名副其实的“清水会”（打着开会的名义捞“油水”）。张园在宣读她的论文《奏响社会主义的主旋律》。流畅的国语、清脆圆润的女中音在会议厅回荡，神采奕奕的目光不时地向会场扫视。“政治思想工作是我党的法宝，是我们社会主义革命和建设取得根本性胜利的强有力的武器。在励精图治的社会大变革中，社会主义有计划的商品经济带来了空前的繁荣与昌盛，也随之滋生了拜金主义。一切向‘钱’看！向往锦绣‘钱’程，力争‘钱’程无量的种种思潮，腐蚀着人们健全的肌体。政治思想工作是治本之策，也是建设社会主义双文明交响曲中的主旋律。小平同志南方谈话已为我们建设有中国特色的社会主义指明了方向。但目前政治思想工作的格局、内容、方式必须来一个彻底的革新。使之适应于经济建设的需要。绝不能再用空洞的说教，刻板地不着边际的所谓灌输脱离人们的思想实际，使政治思想工作游离于有计划的商品经济之外，成为空中楼阁。”“嗯！她是哪个单位的？”沈阳纺机厂宣传部部长王贤生，一个鬓角发白的精神矍灼的老头，拍了一下前面那位中年男子问道。“苏州丝绸科研所的，鼎鼎有名的张园，你不认识她？”“怎么啦？”那位答完又反问道。“真是个出类拔萃的人物，她的观点多么新颖。敢于针砭时弊，说真话，不附他人千部一腔。只可惜这样的人不多。上次在沈阳开政研会，也是她，活跃极了。洒脱又富有涵养。台上论文获一等奖，台下舞场上直把大家看得目眩。那正是金秋时节，她高高挽起的乌黑发髻，墨绿色丝绒连衣裙，白色高跟鞋，浅笑盈盈淡淡妆。华尔兹的舞步旋转起来时，裙摆时而撑开，时而收拢。撑开时像朵绚丽的彩云，收拢时又像亭亭玉立的少女。风姿绰约、姿态潇洒，比起场上那些浓施粉黛、色彩纷呈、珠光宝气的女士们，就是一株清水芙蓉。那么清新、高雅。就连我这老头子，也忍不住说声：‘真美’。”热烈的掌声震动耳鼓，他俩不约而同地往台上望去，掌声伴着张园的背影消失。台上已换了副面孔。台下的小会又兴致浓烈地开始了。“哎！告诉您，王部长。”前面的那位干脆扭过身子，冲王部长絮絮叨叨。“有两位湖南来的宣传科长打赌，猜她的年龄。赌注是两包‘红塔山’。要较量一下政工干部的眼力。一个说：顶多三十六七岁；一个说：四十岁以下。后面的那位满以为自己说话留了充分的余地，比那个嘴上没毛的要牢靠多了。

等到会议代表花名册发下，才见张园年龄的那一栏端端正正地写着“45”这个数字。这两位老兄说什么也不信，只觉得那个数字在取笑他们，又跑去问会务组，是不是打字员弄错了？这件事我印象非常深。”“我真是年老不济，怎么竟把她的名字、单位忘了？其实我们还见过好几次面。”王贤生还在埋怨自己，前面的那位接岔道：“上次在宝鸡开会，我碰到她单位的领导，问起张园的情况。她的所长说：‘张主任是我们单位的女能人。思维敏捷，工作作风干练，性格豁达、泼辣……只是个性好强、又有点傲气。不过，她有傲气，是完全有资本的。’后来，我把这番话对我们房间的那几位男士说起。有一位总结了几句，把我们几个逗得前仰后合。”“快说呀！别卖关子。”后面的那位催道。“别急，这种话可不能叫别人听到。您把耳朵再凑近点。”前面的那位用右手挡住了右边的嘴角，冲着凑过来的耳朵，对准耳朵眼小声说：“娶老婆就该娶张园这样的。在单位里是女强人；在客厅里是贵妇人；在厨房里是好厨师；在卧室里呢？是好妻子。既有大家闺秀的高雅，又有小家碧玉的温馨。嘻嘻！”那家伙说完自己也禁不住咧着大嘴笑，露出满嘴黄牙。“真不害臊！”房间里另一位山东的憨厚男儿慢吞吞地打趣道：“就你那样的，也存歪心歪肝。还想娶张园那样的？听说我们山东纺工厅厅长大人都对她思慕几分，只恨相识太晚呢！我可对你们透点消息。张园可是有点辣味的，劝老弟别长错眼睛。弄不好反被她调理，让你哑巴吃黄连。你别看她舞跳得那么好，压根儿就与别的女人不一样。那一身正气，就叫任何人没法往别处想。不少人看到她那般风采，自然会猜想她丈夫是什么样的？有的实在忍不住了，几个人约在一起细细盘问：‘你丈夫一定很帅吧？’‘是的，他的确非常帅。’

‘一定很潇洒吧？’‘没错，很潇洒。’‘是工程师吧？’‘不！是高级工程师。’她用调侃的语气轻松自如地、笑眯眯地回答着。那些细问的人，不管是怀着好奇的、鬼胎的，还有些说不清的，都觉得有点少了什么，不满足似的酸溜溜的感觉，又不知道这股酸溜溜源于何处？”“嘘！最后一个发言了，得装装样子。”王部长嘟囔了一句，用手示意前面的那位转过身去。

餐厅里，果绿色的绉纱屏风临门。八盏椭圆形的吊灯发出柔和的朦胧的光，映在画有葱郁的迎客松的壁画上，也映在一张张喜气洋洋的因为营养充足而面色红润的脸上。为会议代表饯行的晚餐早已准备就绪。每桌十人已就座，东道主那极富弹性的嘴唇在作开场白：“各位领导、同志们，党中央号召为政清廉，我们政工干部更应该积极响应。所以今晚为各位代表饯行，只能是意思意思。没备白酒，只有饮料。请大家谅解。来，干杯！为我们政治思想工作即将出现的新局面，干！”“呼啦”一声，站立在桌边的每个人都举起高脚酒杯，碰杯的声响伴着溢出的汁液。落座后，互酬开始了。没过多久，张园桌上的那位四川妹子已被灌得满脸通红，啤酒的酒力也会使巾帼酩酊的。只见她双手在空中乱摆，含糊不清地吐着断断续续的音。“我、我、我不能再喝了，我、我、我已经、已经六杯了。”说着头向椅背仰去。顿时一阵咯吱咯吱的声响，那椅子也在提抗议了。桌上的烧全鸡已被肢解，川贝没了踪迹，卤猪肝所剩无几，一片杯盘狼藉。饱后的嗝声此起彼伏，吃得油嘴滑舌的人们仍不舍那圆圆的餐桌。想到待会儿就能到手的只能意会、不可言传的“纪念品”，那圆圆的满足的脸部泛起微笑。怀着对“清水会”主持者的谢意，趁着往那不断张翕着的“无底洞”猛塞的隙间，用点头、扬手、挤眉递眼的不同方式隔着好几张桌子向东道主传递着廉价的谢意。“不好，我要倒霉了。”张园发现一双狡黠的目光扫过她的面颊，闪过一个念头。果然，一个满头银丝的老头站了起来，举起杯。“张主任，论年龄你是这桌上的小妹妹。我代表几位老书记敬你一杯。给点面子吧！来！干！”几只杯子已伴着话音从不同的位置移到空中停住不动。“不敢，不敢，几位领导的美意我心领。只是这啤酒，我实在不会喝，请多多包涵。我建议‘随意’，你们看？”“不行！不行！你不干了，我们就这样站着。”“对！就这么站着。”几个人附和着。“好！好！恭敬不如从命，我喝！”张园无奈，硬着头皮，咕咚咕咚地倒进了一杯。邻桌的也来凑兴：“张主任，你给他们面子，也得给我们面子啊！可不能厚此薄彼呀！来！再干一杯。”在长者面前，她的伶牙俐齿仿佛被嘴唇封住一般，只有招架之功了。她不愿意在这种时候扫大家的兴，架不住左劝右哄，往胃里一连灌了五杯。只觉得面部灼烧，头昏昏沉沉，脚下也飘乎乎的。说了声：“失陪了。”她晃悠悠地走出餐厅。朦胧中，她听见背后不知是谁的声音。“哎！你们瞧，张主任真会装样，像醉了似的，其实她那海量，就是黄河倒进去也不会满出来的。哈哈哈！”张园回到招待所，迫不及待地倒在凉席上，闭上眼。不知过了多久，迷迷糊糊中，只见李志鹏从那一片绿色中的小径朝她走来。恬静伴着沉寂，梧桐树下，皓洁的月光向大地流淌。借着那透过叶缝的光，张园又看见那双显示着力量的浓黑的眉，在镜片后的神采奕奕的双目，深沉而昂奋，冷峻中凝着成熟。洁白的T恤衫、洁白的奔裤，配以棕色的皮凉鞋，那般圣洁、那般干练，张园看得呆住了。这不就是她多年追寻的心底的“白马王子”吗！她只觉得那白色的边缘还有一圈金黄色的光环笼罩着他，光晕正在朝着张园移动。“哦！李总，您到底还是来了。等得我好苦啊！”等待了许久的张园神采飞扬地迎了上去。“哎！醒醒，快醒醒，张主任。”同房间的河南胖大姐摇醒了张园。告诉她：“你说梦话了，听不清。”回想起梦中的情景，她羞红着脸，陷入了深深自责、愧疚的深渊。她发现自己的心二十五年来第一次偏离了丈夫，偏离了正常的爱的轨道。“男大当婚，女大当嫁”是人生必经之路。可感情是珍贵的，不能轻易给了谁，一旦给了谁，是泥是水也要淌下去。父亲在张园大学毕业将赴千里之外报到的前夜教诲的声音又一次在她耳边响起。这个老派的知识分子，学者式的父亲是她心中的偶像，是伦理道德的权威。由于中华民族对爱的专一，使得从一而终是她顶礼膜拜的信条。她把童贞、贞操看得比生命的价值还要重。二十五年来她恪守着这一信条，确认自己的生活充满了阳光，人生之路如玫瑰花瓣铺就。张园比同龄人更多理性的思考、思维的缜密决定着处事的果断、稳健。她的洒脱、开朗、诙谐、端庄、稳重，使她得到了属于她的爱和除爱之外的友谊。她和她的他是那样的迥乎不同：一个叱咤风云，一个循规蹈矩；一个侃侃而谈，一个沉默寡言；一个思维活跃、敏捷，一个深沉稳健。就连她的正值豆蔻年华在北京医学院就读的独女也戏谑朱健欣，就别提旁人的艳羡了。“爸爸，真看您不出，本事怪大的。您当年是怎么把我妈‘骗’到手的?”“这叫真人不露相，露相不真人，你问你妈，我是怎么从一大堆围着她转的大学生中，不动声色地把她‘赚’到手的?”“还好意思当着女儿面说呢！人家是聪明得让我不放心，可你却只能说是憨得让我信得过罢了。”“怎么？后悔了？还来得及，凭你现在的条件，嫁个阔佬或局级干部，我看没问题。我还可以帮你当参谋。”“不害臊，真是越说越离谱了。你这人怎么说话没分寸，不知道进退啊！都残花败柳的了，还开这类玩笑。”张园想起了三口之家的一次对话。“今天是怎么啦？”她问自己。“离家半个月了，为什么没梦见朱健欣，偏偏是他。奇怪！”张园本能地在心里尽力排遣着对李志鹏的追忆，可奇怪的是这种追忆与排遣竟像物理学上的作用力与反作用力一般的大。她的理智到底没能阻挡情感的流泻，只能顺其自然了。她仿佛又见到了那双眼睛，岁月的年轮无情地在李志鹏的眼角碾出了深深的褶痕，又将它们连成一片。张园却从那眼神里捕捉到他以往生活智慧的结晶和青壮年时代的激情，那源自内心深处的孤独与渴望。这双眼睛唤起张园心底早年的追寻。李志鹏炯炯有神的目光透过镜片，闪烁着智慧的光彩，那挺拔的、伟岸的身躯，那轮廓分明极具有立体感的五官，酷似一尊令人流连的大理石浮雕，振动着张园的心扉。尤其是他有意封闭自己的举止，使心思细腻的张园看到了那冷峻的外表下掩藏着的一颗热烈的心，那貌似漫不经心、毫不在意闭目养神时对外界刚刚发生的事物能迅速作出正确反应的思维。李志鹏存留着青壮年时代特有的风韵，那解不开的一颗心的谜，如同强磁场难以抗拒的磁力线的吸引，使张园骄傲矜持的心情不自禁地向他靠拢。她自信只有她才能把李志鹏严闭的心幕拉开。

张园好像刚刚认识自己，一如长梦初醒。她将自己与朱健欣二十年伴侣生活的画面滤过一遍又一遍，发现在那像温吞水似的丈夫面前，她的思想、感情也在温吞水中消融。朱健欣有的是淳厚和善良，缺少的却是聪颖与机敏。张园在他的爱巢里有过欢乐，但没有幸福。他在自己所爱的女人面前永远是个长不大的孩子。每天起床，张园要费上不止一刻钟的口舌动员，晚上就寝也得口沫横飞地做不少思想政治工作才能让他离开那屏幕。什么时候换什么衣服……全得张园大包大揽。她每时每刻都觉得自己有两个孩子。母亲的义务和责任，压倒了爱的交流与期待，也取代了作为妻子的甜蜜。有一次，那是个久违了的阳光灿灿如金的星期日。张园一边费力地擦着地板，一边照料着洗衣机里正在洗涤的一大堆脏衣服，眼睛还不时地向煤气炉上烹着的美味瞟去，她脚底生风般地跑出跑进。此时的朱健欣正躺在三人沙发上，慵懒、舒适地听着收音机里的轻音乐。一只脚搭在沙发扶手上，打着只有他自己才看得懂的节拍。当张园抓起一块毛巾擦去遮挡视线的汗水时，朱健欣不无感慨地发出赞叹："我这老婆真是世间少有，别说工作上比别人强，干起家务事也是干脆又利落。"张园气恼之下，鼓起腮帮对着丈夫说："'天才'的评判家，哎！请允许我为你朗诵一段杂文，看看你有何感受？'所谓男人，就是结婚前当跟班，结婚后当老爷的那个人；所谓男人，就是结婚前请你上饭馆，结婚后把你当饭馆的那个人；所谓男人，就是结婚前在床底下找袜子，结婚后找你要袜子的那个人；所谓男人，就是结婚前找不到东西再去买，结婚后指责你又把我的东西弄到哪里去了的那个人……'"张园抑扬顿挫的圆润的声音一声比一声高昂，带着气愤，夹着无可奈何。"哈！哈！哈！"朱健欣捧腹大笑，在沙发上翻滚，缩成了一团，笑声打断了张园洋洋洒洒的朗诵。朱健欣"腾"地一下从沙发上跃起，又四脚朝天地朝床上重重地倒去。可怜那平整、洁净的床单顿时成了老太婆的脸，不，倒更像是腌制的咸菜。"要问感受吗？我更觉得自己是堂堂的男子汉，一丝一毫也不差。"他平静出奇地回答，大约是因为笑累了的缘故，这个对数字特别敏感的男人，在精神、情感上也有着数字般的精练、简单。他习惯于一次又一次地数张园买回的鸡蛋、苹果和除鸡蛋、苹果之外的一切可数的东西，不能数的就用弹簧秤去称。嘴里叨念着：“一双、二双、三双，一斤、二斤、三斤……”他也用数字来概括他们的爱。“园园，你嫁给我十年了……二十年了。”他每过一年就会增一个数，他也不忘每年对女儿也这么说：“你妈妈嫁给我十年了……二十年了。”张园每逢这个时候，准会拖长音说上一句“你真伤脑筋”的同时，递上一个白眼。女人仿佛是一架钢琴，不同的男人会弹奏出不同的旋律。朱健欣在他们的感情生活中注入了欧也妮、葛朗台的生意经，又大大地淡化了那本来就是温吞水的感情生活。笔在爱的面前从来都是苍白无力的，谁也无法洞察它的全部奥秘，它像太阳一样，蕴藏着无法穷尽的力量宝藏，也像月亮那样藏匿着数不清的美丽动人的爱的故事。李志鹏闯入了张园的心，就像给她的生命注入了铿锵的新的交响曲。现实涌来爱的大潮，张园从来不相信的上天在做着种种暗示，心里爱的天平迅速地倾倒。在李志鹏掀起的激情面前，张园觉得自己多年苦心构筑的道德堤坝就要被冲垮。内心有一种强烈的东西在噌噌地抓住她、吸引她，而她又越来越缺乏自身的力量。世上的每一个人都自觉或不自觉地在温柔的情感和由来已久的爱的本能的结合点中寻找个人的幸福，能找到爱情与本能的融合并引起亲爱的对方的共鸣，也就找到了幸福。一想到李志鹏，张园那无比幸福的感觉就填满心头，就像畅饮了老窖的陈酿，那般浓而芳洌。可惜这晚来的像晚秋的苹果那样香甜，又像暴风雨那样强烈的爱情啊！太晚太晚了。张园清楚自己与李志鹏就像天宇中各走各的轨道的卫星，是无法对接起来的。她记不清是什么时候起，发现那目光中的爱抚的。对于李志鹏射出的丘比特之箭，她绝没有勇气去迎接。回避！回避！坚决的回避！人类的性爱始终是处于生物性与社会性双重制约下的产物，你可千万别走错历史的房间。她不断地在心里告诉自己。张园朝招待所外望去，枝头缀满的娇艳的不知名的粉红色的花朵，微风吹过，枝叶摇曳，花儿微颤，越发地楚楚动人。一想到就要回到那个曾给她无数欢乐的家，那种长时间相厮相守与日俱增的感情，有什么东西能够摧毁它呢？一种忐忑不安的心绪、一种渴望的念头袭上心来，此刻的张园只盼着往火车站的时光了。墙上的方形猫头挂钟像故意捣蛋似的慢吞吞地无精打采地走着，张园也无精打采地坐在门厅沙发上轻轻地叹息着。浓施艳抹的服务员不时向她投去一眼，张园想起了在殡仪馆看到过的化妆过的尸体，除却那粉脸，一点生机、内容也没有。

华灯初放的夏夜，清风徐徐。鳞次栉比的幢幢楼宇淹没在朦胧的夜色中，现代都市的繁华喧嚣也淹没在宁静、恬淡的氛围里。宽阔、笔直、平整的柏油路旁，高大的法国梧桐树直立。阔叶将灯影泻在路边，低矮的棕树、冬青间列，高低错落、远近有致。寂寥的人行道上，三个人在悠哉游哉地漫步。这条幽静的马路，不知留下了他们多少的脚印。“妈妈，从小学到大学我的成绩一直都在年级独占鳌头，我感激妈妈的严厉管束，可我又有点怨恨这一点。在获得优异成绩的满足之后，我又觉得自己缺少了点什么。人怎么老是不知足，这是怎么回事？”回家度假的女儿，留着马尾巴短辫，穿着淡黄色的连衣裙，脚着一双轻软的白色舞鞋，淡雅得像一朵玉兰花。她歪头靠在张园右肩上，双手环抱着张园的胳肘，慢悠悠地移动着步子，慢悠悠地倾吐。看着妩媚娇嫩的女儿，张园心头涌起做母亲的温馨、甜蜜。那张脸简直就是她年轻时的复制品。那是她生命的延续，是她的希望、她的明天。她成长的每一个关口，都倾注着张园全部的爱心。她爱孩子的方式是有别于其他母亲的。在注重开发智力因素的同时，更注重培养非智力的因素：对既定目标的执着追求；顽强拼搏的意志及健美的体魄。至于女儿提到的那点怨恨，张园清楚那正是出于不自觉又不得不屈服于自己威严的女儿不断克服自身惰性、纠正不良倾向中所产生的逆反心理。女儿的发问，道出一个有思想深度的青年对人生的思索。要使她顿悟，怎么能不精心地去开启她的睿智？思想在撞击中才能迸出火花，如同铁锤必须砸在铁砧上一样。“我想：人的欲望的无止境也正是社会前进的牵引力。一个民族追求的无止境也正是社会前进的牵引力。知足了，生命也就终结了，民族也就没希望了。我说呢？大学是人生的关键时期。读书成才、立志报国，是人民对‘天之骄子’寄予的厚望，也是妈妈对你的要求。一个人在喧嚣、纷繁的世界中，不论别人的生活多精彩，也不管自己的生活有多单调、无奈，总要去接受现实，不断地充实自己、调整自己，真诚地生活。苍白日子的潜心苦读，会使自己的精神世界永远茂盛，不至荒凉，这是你将来有一天到达辉煌境界的最为可靠的保证。这‘潜心’的本身就充满了欢乐，蕴藏着生命的真谛，要紧的是‘勤于思敏于行’。当你到达自己确定的目标时，总结良莠之后，就要树起下一个目标，并努力攀登。这不停之中，就寓着人生深刻的哲理。是不是？”一贯慢吞吞的朱健欣居然也耐不住这种慢吞吞的散步。步距早已与娘俩拉开。停在远处装有无数个瓷瓶的高压电标杆下，回头张望。蔽着的浅灰色短衫下露出腆起的变了形的无人要的

“西瓜”，托起西瓜的是西装短裤无法遮挡的两根弯曲的“干柴棒”。两只熊掌纹理的大手叉在腰间，活脱脱一尊雕像。“你们俩快点行不行?”他终于喊了起来。“就来了!”张园一边应答，一边对女儿小声嘀咕：“谁受得了他这臭脾气?散步嘛！又不是逃难。”脚步仍没加快。女儿捅了妈妈一下，说：“妈，总觉得你们俩不对劲。”“怎么不对劲?”“我说不清。”“想清了没有呢?”“也没有。”“那等你什么时候想清了再对我说。”三个人终于会合了。女儿朱薇诡谲地眨着美丽的大眼睛冲着朱健欣说：“以后能不能态度好点?大马路上大喊大叫也不怕失了知识分子的身份、尊严?”“我还有什么尊严?轮得着你也来教训我?你妈呢！吼起来不像河东狮子吼?”“依我看，我妈倒是可预测的，而你的发火都是不可预测的。”“你被你妈宠坏了，这么偏向。”“好了！好了。都别争了，舌战结果‘一平’。行了吧!”张园打完圆场，小声哼起了曲子。“昨夜的，昨夜的星辰已陨落，消失在遥远的银河……”女儿娇滴滴地甜美歌声也融入这充满梦幻的曲调。朱健欣默不作声地走着。一曲终了，朱薇拍手叫好，马尾巴小辫乐得一颠一颠的。“我妈唱歌真好听!”“她呀，岂止唱歌好听?什么京剧呀！越剧呀！黄梅剧呀！都能唱。不信，你叫你妈唱。她当年在校文工团扮演过李铁梅、阿庆嫂、林黛玉，是出了名的校花呢!”朱健欣早已消了气，电闪雷鸣之后天转晴。他被一种胜利者的自豪占据，欣赏的目光从上到下地打量着张园。乌黑锃亮的齐耳短发，宽阔光亮的额头上端一绺头发高耸反翘，挺直的鼻，嘴角浮起一丝蔑视一切的神情。淡紫色的短衫外套着一条深蓝色喇叭长裙，腰间束了一条极窄的黑色网眼皮带。脚下的黑色高跟皮凉鞋，轻快地移动着。侧面看去，那三围线正呈一个极明显的

S形。紫色的高雅神秘把朱健欣送到一个神秘的心的王国。他正看得惬意，自觉有点摇曳的时候，那目光不知怎么的又逆向而行，停在那一绺高耸反翘的头发上，顿时无名火起，伸过手去就要将它按了下来。张园眼疾手快，护住不让。“你怎么回事？当着孩子的面，庄重点好不好？”“那你自己摘下来，我看着不舒服。”“真莫名其妙！鸡肠鼠肚的男人。”张园气恼地回敬着。“你们俩真烦死人了，芝麻点事也会干戈不息。”女儿接茬。一阵沉默之后，只留下三个人的脚步声和偶尔过往的汽车喇叭声。张园哪里知道朱健欣压根儿就不是看着那绺头发不舒服，而是那颗心不舒服。在年轻的气宇脱俗的妻子面前，那难以言喻的苦衷深深刺痛了他的心，他的心底里翻腾着浑浊的汤浆。一种莫名的平静中的恐惧使他不自主地需要寻求一定形式的排解。那反翘的一绺头发上，他看到了张园已背离他的桀骜难驯的那颗心。他想征服，简直是在做梦。要他舍弃，也简直是要他的命。这世间的事啊！有多少是像青天白日那么分明的呢？

屋里没人，张园站在李志鹏的办公室里。呆立在窗口那盆文竹前，仔细地观察。那花盆质朴，带着泥烧的本色，毫无修饰造作的痕迹。一根竹条插入土里，直立在花盆的中央。叶色翠绿、纤细秀丽的文竹枝叶顺竹条攀缘，奋力向上，清香沁鼻。密生处如羽毛状，微风拂过，频频颤动。凝眸神注之时，文竹是他？还是他是文竹？张园已分不清楚了。其实又有何区分的必要？她从那盆李志鹏钟爱的植物中得到了启示：他把对美好生活的追求及爱美的心灵集中倾注在对文竹的偏爱上。“啊！文竹啊！文竹。你不如玫瑰沉浓馥郁，不如茉莉清淡素雅，也不如秋菊艳丽芳香，可你却拥有四季，拥有活力、生机。啊！我赞美你，青春之竹、生命之竹、希望之竹。”她在心里吟诵着。墙壁上挂着的《丝绸印染》专业杂志，移开了张园的目光。她随手取下一本浏览着，扉叶下首醒目处铅印的：总编——李志鹏。一行字使张园凝神良久。杂志内满是化学方程式、分子式。那些羟基的分布、分子链的排列，张园是奈何不得的。可那些专业的术语、流畅的文笔却如春蚕吐丝、相连无间，又似行云流水、连绵不断。极好的悟性却能帮助她。专业强调的是“专”但并不意味着专业与专业之间无法延伸。正是这种延伸，使张园懂得了李志鹏融着心血、耗着精力用试验条件、结论做着的不容置疑的科学论证。那些“因为……所以”“不仅……而且”“由于……因此”，几何式的证明所表达的精辟论证，结构谨严、周密思考已足以使张园为之倾倒。由此及彼所生发开去的相关联想此刻正萦绕着她：荷叶上光彩晶莹的露珠，河滩卵石美妙的纹理，蜂巢精巧的结构，哪里抵得上那双闪烁着睿智的眼睛对各种纤维组织结构、性能鉴别的准确无误？那炫目的缤纷色彩，又哪里能逃过他那双眼睛对色相的分析，对色彩的调和与分解？“哦！张主任，是你吗？”李志鹏推门进来，惊喜地问道。他几乎不敢相信自己的眼睛，又条件反射般地用右手去理那本来就梳理得十分光亮整齐的分头。那是只有在见到张园时才会有的动作。“不是张主任，是张园。”张园故意淡淡地答道。“最好把前面的姓氏也去掉。”李志鹏补了一句。张园默然不语。她一看见那双眼睛泄露的天机，什么都明白了，还用说什么呢？顿时翻腾着的情绪，使张园一句话也说不出来。她极力地控制着自己，尽最大努力地不让那翻腾着的情绪溢出来。“你怎么迟了四天回来？你是七月十五日走的。”李志鹏翻开一本涂涂改改的论文草稿。张园一眼瞅见一页的左角上写有极小的 7 月 15 日阿拉伯数字。这涓丽的、极小的、极精通的数字啊！打破了二十年的安适，引燃了张园心中怎样的热情呢？她觉得自己多少年来的温吞水似的爱河终于沸腾了。那漾起的爱潮像清泉从高山崖上飞奔而下，欢唱着恋歌流进梦幻的河谷。她的眼睛潮湿了。“哈！这是你不在时，我写给你的信。你慢慢地看吧！我说不出，又不能不说，让它代替我说出我心底的话吧！”李志鹏递给张园一封折成燕式的信。

“亲爱的，园园。这世上的人说出这三个字时，永远是轻轻的。谁不知道它载有几许重量？今天我无论如何要对你说：‘我爱你，发疯了。’在许多次心照不宣的娓娓诉说的共鸣中，在你羞涩的目光飞翔时，我已经知道了我在你心中的存在。我多么兴奋和激动！在我多灾多难的饥渴的心中，是你使我的精神的空间得到广阔的拓展，是你的谈吐颂扬我生命的欢乐，是你驱赶了我一生的政治风雨和历尽沧桑的爱带给我的痛苦和不幸，把五十多个春秋的美好回忆叠加起来送还我的心田。我明知痴心妄想的爱恋已经失去一切的可能性，可我却无从将我对你的情感降低一分一毫。我一看到你坚定的目光、充满激情的勉励，我就觉得勇气倍增。世界上没有任何人能取代我对你的情感。园园，对我来说：婚姻关系与我对你的爱情是割裂的，我曾经千百次地为我那炽热的爱火而悲伤、而发狂、而诅咒。灵与肉的搏斗已经进行了三年。然而我没有办法把这种对你的强烈的独有的爱锁在心里。我锁了三年，到底锁不住了。我虔诚地做着你的俘虏，当然得不到任何人的理解与宽谅。我明知婚外恋可能会带来的恶果，对于道德的劝诫和论断在我精神上的感应我何曾忘却？可就在几天前，几位忘年交的朋友，为我点燃了色彩纷呈的生日蜡烛时，我的热泪潸然而下，这泪水除却对朋友的感激外，就全是因为思念你而簌簌下落的。你可知道？拿破仑可以横扫万军，却不能不被约瑟芬征服；我较之拿破仑天渊之别，又怎能不被你征服？你已深深地契入我的肺腑。我无法忘却你乌黑发亮的头发，清秀的椭圆形的面庞，聪明的前额，长得美丽的眼，优美而弯曲的眉毛，挺直的鼻，妩媚动人的嘴巴，以及证明你具有强烈的热情和坚强决心的圆圆的微微上翘的下巴。我本厌恶政治，是因为它给我的一生带来过灾难。在我看来，它是阴谋者的挡箭牌和保护伞。我也厌恶从政的人，他们终日把时光和精力无端地消耗在无用的事情上，偏偏占有、享受别人创造的劳动成果。阴谋家肆无忌惮地采取行动，而搞政工的却只需要为他们寻找无懈可击的‘最科学’的理论根据。可对你，连我自己也弄不明白，到底是怎么回事？我早已不能满足于倾心的交谈，我渴望着你能给我一个吻。园园，不要拒绝这颗爱得凄苦而执拗的心，我等待着……”

下班的时间早过了，研究所内空寂无人。张园坐在空旷的办公室里，又一次地看着这封热得烫人的情书，它不同于任何一封张园以往得到过的情书，它来自一个有妇之夫的手笔。张园的心急剧地跳动着，说不清是因为恐惧还是欢欣，这种与私德有关的爱情该如何回复，她是再清楚也不过的了。清醒的理念应当在思想中闪耀，然而对个性极坚强、平素对任何事都能作出果断处理的张园来说，轮到自己的头上，居然一切弱点全都暴露出来了。她心中的爱恋在作怪，她反复地看着这封并非基于一时的冲动一挥而就的情书，揣摩着飞瀑流泻般倾诉情思的字句，应当如何是一回事，结果怎样却又是另一回事了。张园已没有少女由于羞涩的忸怩，也没有少妇欲火中烧的饥渴，有的是由于李志鹏激起的激情中含有意识的亦即精神的激情，是浩浩海波难以阻挡的希望之心。远见的理智与蓬勃的判断已不知去向，她堕入了爱的云海。

雷声响过，夏日的淅沥开始了。又是一个静谧的夜晚，张园躺在客厅的单人床上。朝南的大房间里，洁白的织有南国风光的落地窗帘一片椰林隐约可见。张园朝那似波的窗帘望去，她只觉心里一片空旷、一片孤寂。雨声、钟声声声入耳，也不知过了多久，当她收回目光时，李志鹏的面庞又在眼前晃动，她闭上眼睛，那面庞却更加清晰。张园的心，翻腾起百尺波涛。那相融、投合、默契的一幕幕在她眼前展现。张园与李志鹏如同两条涓涓流动的小河，自然而然地相遇。遗憾的是有缘相遇而无份相合了。他们早为人妻、为人夫，要带着各自的人生轨迹永远地走下去，也带着他们爱的甜蜜、苦痛遗憾地走到生命的尽头。记不清是哪一天，她惊诧地发现了李志鹏目光中的爱抚。打那以后，每见到他，张园的心就会怦怦乱跳，像有只小鹿在那里欢蹦。“你给我的生活带来了欢乐，如同一阵春风。”那是张园端坐在他的对面，手抚在桌上一块光滑的矩形乳白色镇纸大理石时，李志鹏低着头，轻轻说过的话。再以后呢？哦！对了，想起来了，是在半年前的一次出公差的旅途中，李志鹏极小声地喃喃道：请原谅我不能制止的倾吐。浑厚的东北口音打破了沉寂。对她讲述着二十年的故事，像三江的春水一发不可收。李志鹏的青春消融在风风雨雨的年华中，活力无私地奉献给了事业。聪明、才智与精诚带给他事业的成功，风雨飘摇的人生也带给他难以治愈的创伤和爱的悲剧。一个无法纠正的错误永远吞噬着一颗追求美满与幸福的心。他是多么渴求理解、渴求爱。命运常常捉弄人，李志鹏失去的比得到的似乎更多。他拼命地工作，将难言的苦痛和永久的遗憾深深地埋在心底。他实在不愿去多想那个半路里与他同行的王丽亚。那个无学识、爱犯常识性错误、浅薄俗气的女人。那张终日絮絮叨叨的嘴，那疑神疑鬼的心态，那把丈夫当成摇钱树的贪得无厌的面孔，常使李志鹏心烦意乱，又无可奈何。辛酸和痛楚伴着他的心打发那本来不多的待在家里的时光。张园闯进他的心田，带给他无望的爱的幻想。他如同走进遍布鲜花的乐园，充满了诗般的情怀。他明知张园不属于他，可他的心还是万分执着地希望有朝一日。他没有勇气对张园说那三个字，他的心里还是被说不清、道不明的无数的东西羁绊着。只是轻轻地对张园说了句：“我喜欢你！”“仅仅只是喜欢？”“我只能这样说。”张园在向李志鹏的眼睛望去的同时，那远远超出喜欢的目光已表明了一切。那是内心荡漾的情感化成的情波。张园腮边的一片红云迅速向耳根飞去。两颗心真正相通的时候，是会爆发出一场征服战的。他们俩都征服了对方，唯独没有力量再征服自己。

漆黑的夜，深沉的静中，时钟敲响了三下。在大房间里丈夫似长江水后浪推前浪一声比一声高的鼾声提醒了张园。她将双手倒背枕在脑后，脚腕处交错，静静地直直地躺着，想着伴她走过二十年生命历程的男人。回忆着新婚宴尔的甜蜜奋搏的艰辛、成功的喜悦。她企图用二十年的最有力的证明来证明自己的正确，然而这种证明又是那样软弱无力。爱有时是与时间长短无关的。张园心海的一江天水已经被李志鹏搅沸，再也无法平静了。尽管张园在爱的错位中仍然强迫自己进行着理性的思考。性爱对张园来说，并不陌生。她比别人更清楚它的内涵与外延。孔子曰：“食色，性也。”概括了“性”是人的生理属性，而“爱”则是心理上的感受。它与容貌、品性、教养、思维等自然反社会的条件直接相关。注重前者是人的生理属性的再现，注重后者才是爱的理想境界。张园所追求的正是性与爱的高度谐和。朱健欣酷爱张园，她从来就认为自己是世界上最幸福的人。从这个朴实正派的男人身上，她取得了真诚、持久的欢乐。爱情是有层次的，它既需要感官的刺激，更需要心灵的对话。这对话往往不是用语言，而是用深藏在心底的那团火。那温吞水似的朱健欣始终没能点燃张园心头的那团火，他到底未能激发张园浪漫的感情。张园有过欢乐，却没有幸福。欢乐是感官、视觉所激发的外在的东西，唯有幸福才是进入人心底的融入生命里的永恒不变的感受。温吞水别说二十年，哪怕三十年、四十年也不会沸腾。她和他始终像在一起工作的同志。也如同盛在同一个容器里的油和水，随时相遇、随时分离，唯独不能交融。化学上的说法是亲和力差。张园极不愿意承认这一点，承认它就等于否认了张园生活中的相当重要的一部分，等于否定了自己二十年的生命。这是她的刚愎自用、争胜好强、桀骜不驯的性格所绝对不允许的。然而当她的那颗成熟的心完全被李志鹏占据之后，就已经没有了朱健欣的位置。爱泉的汹涌早已淹没了温吞水。她在朱健欣与李志鹏面前的思想及感情犹如波谷与峰巅，在二者的比较面前，在欢乐与幸福的迥乎不同的区别之中，她茫然了。浪漫缅想和社会现实的尖锐矛盾，婚姻与爱情的激烈冲突向她提出了重大的人生课题，张园从不迷信，更不信因果报应之说。可她仍不止一次地在内心祈求：老天啊！我该怎么办？冥思苦想之后，她决定把心中的秘密去告诉一位在大学里教哲学的老师。一位不谙世事通达的忘年交的朋友，希求一些启示。

朦胧温煦的初秋的傍晚，天边彩霞流苏。凉风沁心，湖水耀眼、亮丽生辉。道旁密密排着的各种水果色泽艳丽。红的苹果、绿的香蕉、黄的橘子，正散发着诱人的香味。款式新颖的各式服装正在向人们炫耀、招手。张园顾不上欣赏这迷人的秋景，蹬着自行车急急赶路。她终于在一间低矮的平房前停了下来，掏出手帕擦额上沁出的汗珠，叩响了房门。夜色暗淡宁静，月儿高悬，花枝婆娑，皎影团团。两个人在一张方桌前对坐，年长的那位不时地摸着那秃得发亮的圆头顶，让烟气在嘴边弥漫。听完了张园的叙说之后，慢条斯理地开始了他的洋洋洒洒的婚恋谈。“我非常感激你的信赖与坦诚，理解你对李志鹏的炽热感情，并遵守为你保密的诺言。婚姻是情爱永恒的标志，是感情唯一的归宿。从这个意义上说‘专一’是没错的。但现实生活中婚姻关系与爱情往往是割裂的，或者是爱情的发展受到婚姻事实的阻隔，或者是爱情死亡了而婚姻关系依然存在。这就使得不少人不能再遵循那些内心道德的交通规则而去闯婚外恋的红灯。社会经济的繁荣推动了人类的文明，当然也会带来性自由、性解放的污泥浊水。这自然是不利于家庭的稳定、社会的安宁而需要坚决反对的。除了这一类，奇怪的是：在知识分子中竟也出现了不少这样的事例。他们中有许多是有着智慧的头脑，已经功成名就者。这种社会现象不能不引起我们深深的思考。简单划一地归到道德败坏、生活作风不好之类，还像过去那样，恐怕是不适宜的了。至少可以这样说：婚外恋是非常复杂的问题，涉及许多方面的关系，绝不可一概论之。有关婚外恋的理论问题，也不是我们在这里能探讨得清的。人之为人的特性就在于他的本性的复杂性、丰富性、微妙性及多样性。人生哲学、家庭伦理、爱情美学的许多精湛议论已经告诉人们：理性的力量把各种爱置于应属的位置上。然而伴随着每个人的诞生，也就诞生了他的爱情。每个人在自己的爱情王国里，既是国王，又是奴隶。这又哪里是那些精湛的议论所能包容得了的？在爱情这个神秘而又普通的领域里，'爱'是人唯一有理性的行为，而生活却是顺从理性法则与动物性总合的活动。生活的羁绊、人事颠连，唉！我也没法说清了。你看看我的'家'，唉！我连我自己的问题也解决不了。”张园看到的是一张木制的单人床，床头有油漆剥落的痕迹。床上铺着用橡皮膏药粘贴、打满了补丁的草席。屋角大摞的书从地上一直堆到半空，在塑料布后探头探脑。“陆老师，您也该考虑找个老伴了，要不跟孩子们住一道去？”“跟孩子们住一道，帮不了他们的忙，只会给他们添麻烦。现在老太婆吃香，带孩子、洗衣、烧饭、做针线，是最贴心的保姆。老头子呢！可跟着老太太沾光。我呢？老伴没了，也就没光沾。”“师母过世几年了？”“三年。”“没有合适的？”张园关切地问。“我都耳顺之年了，还求什么？存了濒于绝望的希望，见过几个经人介绍的。不是问你有几多存款，有无房子，就是问你退休了准备在哪发挥余热，总收入会有多少。爱欲被物质化了，从根本上抹杀了爱的含义。我们这把年纪的人啊！可没有一星半点的浪漫，有的只是实在和实惠。两个人到一齐谈起来都极力地把自己掩藏起来，又尽最大的努力去窥视对方。我也心灰意冷，心如古井无波了。心灵相通的实难求啊！我只能把自己埋在故纸堆里，聊以自慰。天马行空、独来独往，自在。”张园无言地注视着出门相送的朋友，道了声：“老师珍重！”便消失在浓绿深翠的秋的帷幔中。轻轻地开了自家的房门，钻进了女儿的单人床的线毯里。隔壁房间的朱健欣从睡梦中醒来，问了声："几点了？才回来。不过来了？"没有应声，回答他的是沉寂。

张园躺在女儿的床上，心悠悠然像是风筝，在云端里无声地飞翔。她细细琢磨着陆老师的话，越想越理不出头绪。类似那些理论，她觉得自己比那位朋友更懂得多，更能侃侃而谈。她从老学者也就是自己父亲的特种藏书证里，早已读过不少古今中外巨著，看过不少哲学家的鸿篇。可那些理论与她对李志鹏的爱一点儿也对不上号。张园有十几年如一日地坚持早锻炼、晚自习的自控能力，可没有能控制得住不去想念李志鹏的感情。她感到二十年前的梦想和憧憬又在向她招手，带给她追求的热烈与幻想的飘逸。她的喜、怒、哀、乐都可以从李志鹏那里找到强烈的共鸣，如同透明的深水里能照出所有水面上经过的东西一样。这个既有阳刚之气，又不乏阴柔之美的男人彻底征服了张园。她蓦地想起哲学家苏格拉底的思想论中，关于人的定义："人是一个对理性问题能给予理性回答的存在物。人的知识和道德都包含在这种循环的回答活动中，正是依靠这基本的能力——对自己和他人作出回答的能力，人成为一个'有责任的'存在物，成为一个道德主体。"张园觉得自己对丈夫和孩子已经尽了足够的责任。她太累了，她需要休息。她应当得到自己应当得到的寻觅已久的"幸福"，而绝不仅仅只是欢乐。张园在决定接受李志鹏的吻的一刻，也就决定了与朱健欣的婚姻关系画上句号。清晨，张园迎着灿烂的朝阳向研究所办公楼走去。空气格外清新，湛蓝碧透的天空飘浮着几朵白云。她仰望那广漠高远的蓝天，心胸觉得无比的开阔。一切烦恼、痛苦、不快消失得无影无踪。

当李志鹏的身影再度从张园身旁闪过时，她听到了低沉清晰的一句："今晚七时，我在虎丘山等你，请你一定去。"风清月黑的夜晚，一代匠师的杰作虎丘塔已经隐没了飞檐斗拱的身影，一天的装点江山、美化环境的疲劳，使它昏然入睡。踌躇再三之后，张园的脚还是不听心的规劝，被强烈的欲望怂恿着，第一次背了丈夫与别的男人幽会。她来到了虎丘山。夜的神秘伴着飞越的神思，悱恻的万种幽情正缭绕着她。她内穿白色高领衫，外套一件淡紫色圆领短开衫，下着黑色金丝绒长裙，裙片镶嵌的五光十色的闪光片在黑夜里闪着微弱的光彩。那双黑色的高跟皮凉鞋在石板小径上来回焦急的踱步，不时碰响近旁的冬青树枝。张园忽而为自己的举止深感羞涩，只觉得像被人置于千百盏聚光灯前，心恍恍、意茫茫。忽而又像被温馨甜蜜包裹，直感到一阵幸福的震颤。一阵高亢激越的口哨声从对面传来，每个音符都寓着愉悦和欢快。张园欣赏着这底气十足的清脆哨声，心海掀起波涛，把自己送进那片绚丽的梦境。"啊！是他，没错。"张园的心在惊呼。四周旷远寂静，张园的思维异常的灵敏。他们紧紧地拥抱在一起。"啊！园园，亲爱的，我的园园。你终于……"舌头在对方的口腔里，哪里还分得清究竟是谁在吻谁？清凉醇甜的口液，传递着心的久盼的饥渴，像埋伏已久的炸弹，以顿时无法控制的激情爆发出来。温热的唇、奔涌的血，已经没有留下任何思索的空间。岁月和人事的重轭到底不能制服爱的激流。他们恣意享受着雨点般的热吻和温柔的亲抚。这股不知在胸中已经潜伏了多久的欲望，澎湃的情感的宣泄使张园酸软在他的怀抱。她觉得那宽阔的双肩里拥着一个宁静的爱的港湾。她默然地体验着。"哦！我幸福极了，从来没有过。真的，园园。要是我们在一起，该多幸福！我一天不知要亲你多少次。"李志鹏由于舌尖的缠绕，发出断断续续的含糊不清的又绝不至于让张园发生误解的声音。他们不仅精神感应一致，连血液都化合了。女人真正动了爱心，自有真正的羞恶之举。张园抚着李志鹏宽阔的后背喃喃道：“我也是，除了你，我不曾有过这般的激情。”一种蓄之愈久、发之愈烈的难以控制的情感。人与动物最大的不同就在于人具有猛烈和深厚的感情。它的凝缩、储藏、宣泄，永远只属于所爱的人。“志鹏，我决定了，同朱健欣离婚，还没征得你的同意。”“什么？什么？离婚？不行！不行！起码现在不行！”李志鹏简直不敢相信自己的耳朵，松开了张园，急得差点大叫了起来。莫名的泪水滑过张园的面颊，心一阵紧缩。他们俩面对面地站着。“为什么？你害怕了？害怕为自己的行为负责任？”“不完全是害怕，是因为不是时候。现在提出来，无论是对你还是对我，都将是毁灭性的灾难，我们一生的功名都将毁于一旦，声名俱损，社会评价也会使我们不寒而栗。我们只能顺其自然，知道吗？”“偷偷摸摸地顺其自然吗？我一辈子没欺骗过谁。欺骗会降低自己的人格，对他撒谎不就是意味着投降吗？我要堂而皇之地对朱健欣说我爱你，我会尽量把影响降低到最低限度。从法律意义上说，家庭说到底只有两个问题要解决：夫妻间的人身关系和财产关系。只要他同意，什么我都可以让步。然后我们光明正大地结合。既没有罪过，也没有能教最严格的道学家皱一皱眉头的地方。”“不行！不行！绝对不行！即使你与他离开了，我也没法离。她那般不讲道理，还不知道如何闹得天翻地覆呢！我这样的年龄和身体又如何经得起折腾？”“你为什么要让自己所爱的女人陷入永远不忠、不义、不孝之中，不敢对良心的镜子照一照？要是那样，我宁肯去自首、去蹲监狱，宁肯去消灭肉体与精神。”“你犯什么傻劲？天底下的人，这样的事多着呢！我们不是第一，也绝不会是最后。干吗偏那么绝对？再说，我何尝不想与你生活在一起？带着你满天飞？我们的结合会像满月一样圆满。你总得耐心些。”李志鹏深深地叹了口气，那长嘘声中，饱含着他内心迫不及待和无可奈何，饱含着爱的深沉与生活磨难留给他的犹豫与忧虑。而容易成功和难于成功却同样刺激着张园的强烈欲望，她那颗赤诚的心有无穷的幻想。天空不知何时已飘下霏霏雨丝，越来越密地织着雨帘。他们俩一前一后地从黑暗中走了出来。张园的心凝成一行泪水，却又拥着一个硕大的金秋。

“健欣，你能不能出来一下？我想跟你说件事，一件非常重要的事。”“什么事值得这么郑重其事？”朱健欣从厕所里提着裤子边答边跑了出来。屋内所有的家具都严肃地站立着，写字台上的两个泥娃娃停止了嬉闹，竖起了耳朵。“你坐下，听我说。我不是一个好妻子、好母亲。但我并不打算乞求任何人的宽恕。”“发生什么事了？你这么莫名其妙？”“这件事我想了许久。假如我发现自己并不爱你，你同意和平地分手吗？”“这不可能，我非常爱你，你也应当同样爱我。”“应当是这样，而实际上如果不是这样呢？譬如说已经发生在我和你之间？”“我为有你这样的好妻子感到自豪，骄傲，人们都羡慕我的幸福。我没有感到你不爱我。这二十年不是铁板上钉了钉子？”“也许是因为你对爱的要求不高的缘故。你认为我每天都在非常尽职的洗衣服、烧饭、教育孩子……把那些都看作爱的表示。你只强调你所得到的幸福，而不顾及我的感觉如何？对我来说更多的却是在履行责任和义务。我的心常常是离开你的。‘爱’应当以互爱为前提。正因为我清醒地认识到这一点，我想还是明白无误地告诉你的好。我不想欺骗你，还你自由，也还我自由。”“你哪根神经搭错了？我不想听你胡说八道！”朱健欣像铁笼子内刚放出的狮子，大吼了起来，青筋直暴，口沫横飞。“我的神经很正常，离婚的种子既然在我心里埋下，总会发芽结果的。”“你想离啊！我不同意，你就没门！”朱健欣斩钉截铁地说。“你承认不承认我们之间在气质、心理、精神乃至生活习惯诸方面的差异？”张园的耳朵有极强的适应性，在吼声灌进之后，那张嘴很快地上场了。“我承认。但你承认不承认我们的年龄、容貌、学历等社会、自然条件都相符？”“哼！”朱健欣说完之后，鼻子里狠劲地哼了一声。满满的一肚子的气，好不容易找到个出口。他看着面前和自己生活了二十年的妻子，她头仰在浅灰色皮革沙发靠背上，眼睛朝上盯着天花板，嘴角泛起轻视一切的神色。他被她那种桀骜、漠然惹怒，继续着为维护男子汉尊严的反击。“我知道你注重那些虚无缥缈的精神、情感世界，追求什么心灵的相通与和谐。可生活呢？却又是实实在在的。你总不能提着头发离开地球，一天不吃三顿饭、不工作八小时、晚上不睡觉。你想重新设计么？我就能回答你：这不可能！你尽可以去想，也尽可以去做梦。但一切都会按部就班地直至死，这就是生活。”“为什么非要像别人那样打闹着分手？我希望你能认真考虑。我承认你是好人。正因为我们都是好人，才不会像机械零件那样具有通用性、互换性，而存在着是否合适？谁与谁更合适？谁与谁更幸福的根本问题。占有爱情的却未必了解爱情、掌握爱情、享有爱情，这是事实。世界上分手的夫妇未必都是坏人与好人的不相容。”张园还在循着自己的思路畅吐。朱健欣抡起拳头在写字台上重重地砸了一锤，鼻孔里又是重重的一声：“哼！”吓得两个泥娃娃跳了老高，又跌倒在桌面上。张园

"腾"地一下，立起身，气呼呼地走进了女儿的房间，关上了门。摊开了那本《文化模式》，两只手撑在桌上，托住腮帮，眼睛盯着面前一个字也看不进的书，呆想着："如果说只有基于爱情而结合的婚姻才合乎道德规范，那么是不是可以说只有婚后仍保持着爱情的婚姻才具有道德呢！"张园在生活中找不到答案。她既看轻道德家的庸俗，也不需要做作的高傲，她只执拗、固执地尊重自己的感情，作为人的心底的真正的感情。

爱情和任何历史事变一样，在不成熟的时候萌生，就注定会流产。李志鹏害怕自己灵魂的撕裂，他深深地钟情于张园，不曾被悔恨的心情压倒和吞没。可他被想见到的爱的悲惨结局，沉浸在悲哀的痴呆中。由于惊愕和胆怯，一切感觉都麻木了。他坐在那张黑色无罩的沙发上，又一次地想起了张园"我在接受你的吻的同时，也就决定了与他的婚姻画句号"的话。这是一个星期天的早晨，曙光早已染白了地平线，一切都是那么清朗、明丽。具有典型家庭妇女特征的王丽亚，挎着小篮，鸭子式地摆动着叉着外八字的硕大双脚，蹒跚出门了。在那扇防盗门"砰"地响了一声之后，屋内一片静寂。一想起那句在震响他耳鼓之前就先敲响他心扉的张园的悄悄话，他的全身就像临近夏天，天空笼罩起乌云，颤抖着的大地，禁不住地震颤起来。他既希望又害怕。他的心热切地希望着张园所说的一切很快兑现，又害怕着她天生的傲岸和执拗真的付诸实施所带来的鱼死网破的悲惨结局。无限延宕的希望到底没能拗过社会环境、人事的现实对他的无数说不清的羁绊与制约。李志鹏深深感到自己的微薄与无能。世上的事不是以人的意志为转移的啊！他决定把自己永远地葬入爱的坟墓。用凄苦的心去重对那生寒的四壁，去躲避那可怕的想见得到的可能发生的一切。

傍晚，依然火红的天空，月亮升起来了。李志鹏独自躺在床上，身上所有的肌肉都绷紧到快要断裂的程度，心也燃烧得灼痛阵阵。当他作出永远离开张园的决定的时候，爱情的最细微的流露，使他那不轻弹的泪潸然而下，泪水遮蔽了眼睛，呜咽终于爆发了。这是一个什么样的男人的泪啊！把他的带血的爱连缀了起来，又延伸了下去。

绵亘不绝的秋雨像网罩一样笼罩着大地，风暴在酝酿中。研究所内池塘里，色白如练、水声喧嚷、飞沫四溅。马路上一行出殡人手里的丧幡在风雨中作响，送行人头上的白布飘带在簌簌飘动，召唤着人的灵魂。一阵呼天喊地的哭叫声逝去之后，办公室内两个呆坐对视了许久的男人的交战开幕了。那是朱健欣的声音：“你一定知道我为什么找你，是吧！李总。”平静的语调中有着难以按捺的愤怒：“为什么要说‘一定知道’？朱工。”李志鹏平静地回答着，心却扑通扑通直跳。“我说一定知道，绝不是没有根据的。我看不必捉迷藏了。我们都是知识分子，应当是能用常规加以揣度的人。我可以明白无误地告诉你：在我的家庭生活中，出现了显而易见的转折点。这个转折点引起的根源来自你。你总不能把自己的幸福建立在别人痛苦的基础上吧！我看不必再让我说下去了，你打算怎么办？为了我们，也为了你们。”朱健欣脸上已经松弛的肌肉由平变凸、由竖变横。李志鹏没有经历过这种尴尬的局面，他虽预感到，却没料到来得如此之快。镜片后已有隐隐的泪光，他的心在呻吟。朱健欣的每一句话都像残忍的手拨动着他的每一根神经。朱健欣脸上闪过杌陧不安的表情，旋而又攥紧了双拳。“我没法阻止她不爱我，但我可以设法尽快调离，不再见她。”李志鹏的情感终于听从了理智的选择。在艰难地吐出之后，李志鹏感到胸口深深地撕裂，那是一种难以忍受的切肤的疼痛。朱健欣在得到肯定的预料中的保证之后，有意地拍了拍臀部，说了一句：“君子一言，驷马难追。”像战场上的勇士雄赳赳地凯旋而去。他哪里知道，自己冒出的这句恰恰并非君子所言，本出自绿林之口。办公室里的李志鹏品评着无穷的惆怅、悲哀。叹息着：要是时光能倒流十年……

绚丽的夕阳在灰蒙蒙的薄雾中西沉，大地在沉寂中昏昏欲睡。一个精神矍铄的老人拄着一根深黑色的拐杖，左手扶着木栏杆，步履艰难地上楼。咚——咚——咚——，拐杖敲响水泥石阶发出的声响消失在一间屋前。时光的流动宛如一曲无声的歌。十五个寒暑易节，李志鹏已近古稀之年，那已经老态龙钟的外貌下掩藏的依旧年轻的心，有谁知道？他已经记不清多少次偷偷地打开那个咖啡色嵌有寿字的软缎包着的东西。那是张园托人转递给他的，里面包着一封信和一张一寸的照片。这会儿，他又悄悄地小心翼翼地打开了它，双手捧着那张有些发黄的照片，放在唇边狂吻着，深深凝视着，老泪纵横。他从心底不断泻出痛彻心脾的呼唤：啊！亲爱的。他嗫嚅道：“我的爱害了你，你为了我离开了他，却又早早地去了。你本没有心绞痛的病的呀！我没有勇气再去见你，也不敢去看一眼那装着你又装着我的心徐缓前行的灵车。那纷纷撒落的纸钱啊！在指引着我去的路。不管是伟大的、渺小的，善良的、丑恶的，大地母亲都会一并收了去。离来时的路不远了，园园，等着我吧！”照片上的张园还是他们分手时的模样。清秀弯曲的眉，含情脉脉的双眸，浅笑盈盈的面庞。李志鹏颤巍巍的像松树皮似的双手打开了那字迹已不十分清晰的书信："鹏，亲爱的，吻你。这是我最后一次给你写信了。你的离开所带给我的悲怆、苦痛，我把它看作是偿还我当初失检的代价。你在逃避爱，可你能逃避得了吗？除非你本是个没心肝的人。你选择了最为明智的办法：离开。不道别的离开。让离别的悠长冲淡一切，可我敢说：你是徒劳的！我真想摆脱这片刻的欢娱却要用永久的痛苦补赎的生活。我每天会十几次地想到你。一想起你说的每句话，我的心便会涌起一阵欢喜的战栗。每次开房门就会想起'我希望这把钥匙能早点交给你'的另一把房门钥匙。每天早上七时，就会想到那是你上班的时间。有时候，我悔恨得只想从这楼上跳下去，以期在永久的安宁中求得解脱。我也曾故意用针刺破自己的手，见了血，我的心便觉好受些，呼吸会变得舒畅些，眼泪的流淌早已来不及宣泄那只属于你的激情了。我清楚地记得我们在一起的情景，它是既让我尝到许多难以言喻的幸福，又让我体验到无数痛苦的所在。我常常怀着销魂的离愁别绪，在你曾经走过的地方沉思。内心的激荡不安的思念让我没法儿待。踱步一会儿，又重新走开，没走开几步，又充满激情的奔回原处。那情景，多么叫我痛苦，又多么令我感到快慰。我只得掩饰那沸腾的开水似的在血管里急速流动的激情，不断自嘲着自己愚笨的柏拉图式的恋爱。为什么偏这般执拗？喜欢什么就一个劲儿地死心眼地迷下去？我明知你属于另一个女人。我常常用理智来克制自己的痛苦，可常常又没完没了地去否定自己压抑着灵性的理智。唉！还有什么告诉你的必要呢？爱到深处是无怨尤的。在我深深的难以名状的哀怨之中，唯有你的爱留给我永久纯洁芬芳的回忆。凭着它，我去走完人生旅途的最后一段。醉过方知酒浓，爱过方知情重。我并不后悔，我曾经拥有。不！不是曾经，是永远拥有。爱就在我心里。我常把自己的良心翻来覆去地查看、审视，内心的一种不可抗拒的冲动，深深地爱载着天然的魔力伴着无可辩解的谴责、负罪吞蚀着我。每当我下决心忘掉你时，却又有一根线隐隐地牢牢地牵系着我的心。啊！爱情，是多么永恒的主题，被讴歌了多少年、多少代，也被咒骂了多少年、多少代。它不因讴歌生存，也不因咒骂而消亡。云蒸雾绕的土地，空气间弥漫着霉味的湿气，风在肆虐、雨声哗哗，你带走我的心，留给我不尽的思念。我对你的爱，不需要时间去加固，也不需要用考验去印证。记住一句话：我等着你，志鹏。我常常无声地喃喃：我们会再见的。只要……不管我们会变得如何的苍老，我们彼此都不会认不出来。这冷漠的、机械的、形如死般的文字符号啊！又怎么能表达出一颗灵智的心，一腔永远忠诚的激情？”

桌上椭圆形的镜面，映出一副苍老、浮肿的面容。李志鹏凝视着镜子里的自己，让理性的思考取代沉没的情感。唉！园园，我是个眼光超常，有足够的魄力和心计把全部的力量与热情都动员起来实现自己事业成功计划的人，却同时又是一个被‘人言可畏’扼杀，寻觅幸福，又亲自埋葬幸福的无用的人。你为什么不恨我、不怨我、不报复我？也许那样我会好受一点。你是那样的强大，以至我有时不禁心悸。人们称赞你的聪颖，难道你不知道：我为了安宁，毅然决然地调离，是为了离开那燃烧着的爱的火焰。我怕它会将我们俩烧毁。我满怀激情地将它点燃，又万般无奈地将它熄灭。我堵塞了你可能与我取得联系的一切机会，一切渠道。你到死都不明白，我留给你的最后一句话：“等天凉了，我再约你！”压根儿就是在骗你。我一辈子受女人的气，到头来，倒去气自己最爱的女人……我不爱用省略号，但在一个完全能明白我的心的人面前，何必再把那已经明白无误的事去赘述？园园，啊！你去了，轻轻地无声无息地去了，化作西天的云霞。我连向你忏悔的机会都成为不可能。我寻求的安宁成为虚幻，我的心一辈子也得不到安宁。

宽阔的爱河已涵盖了45个春秋，嬗变着、嬗变着。岁月湮没了李志鹏五味人生的体验，徒有痛苦不堪的骚动。一股行将熄灭的火苗儿的最后一次闪动。他的心像隔着一片混沌的雾，这怀念中的迷惘啊！这迷惘中的怀念，刀砍斧凿般在他心头，有谁能解得清？李志鹏心游万仞，托情于幽邃远缈之中，岁月流金，把更宽阔的思索留给了世人。倘若你是他，又该怎么办？

1992 年冬初稿，1993 年春定稿

纽　带

（甲戌年夏）

无论是领袖人物还是平头百姓，摔倒后的第一句话准是“哎呀，我的妈呀！”绝不会是“哎呀，我的爸呀！”世上再也没有比母亲情深的了。那血缘的相承、亲情的相系，就像纽带，一头连着母亲，一头系着儿女，紧紧相连，越系越紧。

王茜坐在图书室里，把头埋在一本连环画中。还没到开放时间，门关着。连环画是俄国作家果戈理的名作《死魂灵》。昏黄的台灯光下，唯一的条桌前坐着王茜。一行一行地“啃”，近视眼镜就要碰着书了。四周的书架围成一座方城，王茜坐在方城中央。她被这样围着已经十余个寒暑了。日复一日，年复一年两点一线的单调乏味生活，湮没了少女的纯真、青春的炽热。从家到图书室，再从图书室到家，就是经常去的菜场也在这两点一线上。王茜早已习惯了，习惯了移动在这属于她的窄长的生活画面中。四十几度春秋十分无情地在她脸上催开了朵朵皱纹花。明珠变黄、泛着滞光，走起路来也没有当年的稳健感觉，脚下开始发虚。

“王师傅，快开门！到时间了。”咚、咚、咚，擂战鼓似的敲门声起。“哎，来了，来了。”王茜的脚步撵着应声。门“吱”的一声开了。涌进一群靓女。纺织厂的女工个个称得上高音喇叭。“快！给我这本。”“哪本?”“《风云录》。”“我要这本《女人的一生》。”小屋顿时人声鼎沸起来。没人要了吧？那就走吧！一群人嘻嘻哈哈、推推搡搡地出了门。一个剪着短发的大眼睛姑娘留了下来，注视着拾掇书籍的王茜，好奇地问：“哎！王师傅，你为什么不结婚？是没人看上你，还是没人让你看得上?”“随便你怎么想!”王茜感到一阵刺骨的疼痛，脸上的肌肉突然变得特别僵硬，笑容很快凝固在那张瓜子脸上，那是一张半老徐娘的脸。王茜毫无表情地站在桌边粘贴书卡。“有什么好讲的?”音调平抑的一句从那不厚不薄的双唇中迸出。“真的，你能不能对我说说？又没别人。”“借好书你就走吧！关你什么事?”大眼睛的姑娘极不情愿地被一双手推了出来，小嘴噘得老高，像挂了把茶壶。“我总会弄明白的。”临了，她还嘟囔了一句。她快步追上那伙先出门的同伴。“哎！你怎么才出来?”一个梳着马尾巴小辫的姑娘问。“我问她为什么不结婚?”“你真是没事干了，问她干啥？人家都说那个老姑娘心理变态，怪里怪气、神经兮兮的，逮着谁都会说个没完。躲都躲不及呢！你倒偏往上凑。”“今天我问她，她怎么没像你说的那样?”“她也是一阵一阵的，今天算你走运。”别的人静听着她们俩人的对话，既没人表示赞同，也没人表示反对。谁也没有当这类裁判的兴趣，因为事情与自己无关。

“你这死丫头呀！怎么这么不听话？叫你买把小白菜回来，你偏买胡萝卜。你看看，这衣服的边又是怎么了？好端端的怎么发毛了？哎，你今天花了多少钱？报给我听听。”那张嘴里流出来的话，就像江河决堤漫到哪算哪。“您怎么这么烦人？人家怪累的。”王茜冲着唠唠叨叨的八旬老母亲嘀咕了一句。“哦，还嫌我烦哪！我们俩到底谁烦？饭不做、衣服不洗、回来就吃，天没黑就睡……”满头银丝在小房间里飘来荡去，尖削的身影像倒竖的铁锹。一双比“三寸金莲”略大的脚却无声地移动。话匣子一打开便像有了惯性，轻易是不会停止的。“你还有完没完？”“没完，不死就永远没完。”王茜的顶撞招致了更加无边的数落。没完没了的冲击震动着王茜的耳鼓，震撼着她的心。母亲抚育了王茜，又无意识地从精神上伤害她，她既疼爱王茜，又怨怼她；既一刻也离不开她，又巴不得立刻将她嫁出去。人啊！许多时候都没法认清自己。

夜幕已经降临，城市的喧嚣远去。像一眼眼蜂窝似的小窗明亮了起来，满城的灯火辉映出一片辉煌。王茜的小屋，桌上一小碟一小碟的菜还剩了个底，罩在纱罩内。纱罩外摆满了纸牌。八旬老母一边数牌，一边喃喃：“第一张牌是表示财运，第二张牌是算子女谁最孝顺，第三张呢，是算寿命有多长……”时间就在牌声中流淌，流淌在寂静无声的夜和耳畔嗖嗖呼啸着冬夜的风里。“妈，您天天用牌算命有啥用啊？”躺在床上的王茜在里屋问。“不算命又干什么呢？人老了什么也不想了。不能去寻死，就等死来找吧！”墙上的挂钟清脆地嘀嗒嘀嗒地响着，准确地记载着她们的生命流逝，伴随着一次又一次机械重复的喃喃声。“第一张牌是算财运，第二张牌是算子女谁最孝顺，第三张是算寿命……”抽牌、出牌的声音敲打着桌面。空荡荡的屋里没几件家具，那些家具的油漆也无法遮盖虫蛀、剥落的斑驳，露出日久年深的痕迹。“你怎么不说话，茜儿？”母亲问。“没什么要说的。”王茜回答。“随便说点什么。”母亲又说。“什么也不想说。”王茜又答。一片沉寂笼罩，除了那日复一日、年复一年的牌声。王茜的小屋里毫无生气，她斜靠在床栏边发愣。这在她，也算得上是一种“幸福”了。心里空落落的，像是一片空白的荒地。屋里那盏昏暗的灯，像在风中拖曳的长明不灭的火焰，燃着自己，也耗着王茜的生命。

生命中的亮色是不可抹的，世界上的好人还是不少。艳阳高照，火爆爆的。工会主席正在办公室发火。这是个很壮实的男人，四肢极发达，嗓子眼也成比例地粗。“我就不信这老大难问题解决不了，不就是找个男人吗?”他愤愤地说，“也不知道她到底要找个什么样的主儿?那么多人关心她，一个也不中意。等她妈哪天腿一蹬，看她怎么办?连个说话的人也没有。”他继而又说。周围的人默不作声，谁都清楚那准是在说王茜。“犯得上吗?张主席，别跟她生气。结婚不结婚、嫁人不嫁人是她自己的事，你够尽心的了，也怪不着你。”一个长得像螳螂似的猫着永远难直的腰的男人讨好地对张主席说。“哎，老李，你给评评这个理，这王茜对不对?她不过是念了个‘七二一大学’，学历还不被承认。人家这男的还是正宗大学生，年龄比她大三岁，正好。只不过离了婚，带着一个孩子。有什么不好?她只怕是想要个没结过婚的金童，也不想想，哪个没结过婚的男人还等着她?”“也不看看自己都老成什么样了?跟头几年比，哼!”工会主席越说越气，像炒爆豆般炸了一通之后又补了一句，然后闷头大口大口地吸着烟，吐着积了不知多久的怨气。烟花围成的圆圈在空中跳荡，一圈追着一圈漾开去，直至湮灭。“老姑娘、老茄子，你没听人说?最难弄。”那螳螂似的男人又往火上添油的同时，一种莫名的快感顿然在心里升腾，平时积聚的朦胧的欲念一下子清晰起来。“唉，老姑娘、老姑娘……”他嘴里嘟囔着又摇了摇头，两条细长曲折的腿叉开着摆了出去。那只螳螂一颠一颠地颠到图书室里，在刚下过雨的泥地上留下一深一浅两行脚印。“哎，王茜，就你一个人哪？”“李师傅，您还书啊？”“不，我要借书。”“哪本？”“《男人的一半是女人》。”“在这儿，给您。”“最好是人，不是书。”“您什么意思？”“什么意思，你不知道？我那一半早没有了，你不是正好？”“你放尊重些，走开！”“别假装正经了，你需要男人，我需要女人，这世界就这么简单。”“滚开！你再无聊，我去告诉领导。”“嘻嘻，谁来管这种事？吃饱了撑的。告诉你，这还算个人隐私，属法律保护范围呢。”小屋里，没有硝烟的舌战在持续。大眼怒对小眼，剑拔弩张之势。王茜终于被激怒了，一股火焰直冲脑门，她望着这个秃了顶还不退火的干瘪老头吼叫起来：“你再不滚，我就喊人了。”“你敢，还当自己是天鹅呢？哼！嫁不出去的老姑娘，谁稀罕？我是看你可怜，你还不识好歹。”那只螳螂的嘴竟像茅坑里的石头又臭又硬。他被一双大手重重地推了出去，门咣啷一声响。螳螂踉跄几步后，好不容易稳住神。他用力咽下不知什么时候涌上的唾液，又一颠一颠而去。王茜冲着他佝偻着的背影骂了一句：“该死的‘地不平’。”然后她呜呜地哭了起来，苦涩、酸楚、惆怅、委屈，各种各样的情绪都一股脑儿地汇入泪河。有人说，女人是泪水做成的。王茜有的是眼泪，那种晶莹的东西能冲刷心田的尘垢，使她得以宣泄，心变得朗洁。有些回忆在王茜眼前晃动起来，在脑海中也越来越清晰。“我在塑料厂办公室工作，任主任一职。家里只有一个老母亲……”澄明的大眼睛闪动着机敏的目光，高大魁伟的体态像路边参天的白杨那样挺拔。“我叫王茜，与母亲一道生活，还有两个姐姐在外地。”她清清楚楚地记得，她与第一个相恋的男人的对话是这样开始的。幽静的林荫道、皎洁的月光，还有那初恋时青春的战栗永远地留在她的记忆中。后来呢？“妈，您看行不行？”“不行，不行！他有一个老母亲，你也有一个老妈，将来你照顾哪一个？”“谢谢你了，这事儿不成。”王茜对介绍人说。“为什么？啊，为什么？”介绍人着急地追问。“你就别问了，不为什么，反正不成，我妈不同意。”黄昏，最后一缕晚霞也收起了光晕。又一个他和王茜在小桥边散步，湖水静静地流泻。瘦高白皙的他说：“诚实是重要的，我应当告诉你，我谈过恋爱，但失败了。我希望这次能成功。”“什么？他谈过恋爱。不成，不成，你知道他们发展到什么程度？这种事任何人也不便深问，问了也白搭。男人也没什么可以证明的，可你还是黄花闺女啊！”老母煞有其事的郑重地对王茜说。是啊，世界上有谁比得上母亲对子女的疼爱？又有谁比得上母亲对子女的无私？王茜只得又一次对介绍人说：“谢谢你，对不起。我妈不同意。”“婚姻大事自己作主，你干吗非得听你妈的啊？”介绍人睁大了眼睛，两手拍得直响。“你不知道，今后要在一起生活，她不同意又怎么过得下去呢？再说她完全是为了我好。”王茜低着头轻轻地说，“哎！你妈呀，要害死你了。”介绍人重重地叹了一口气。

光阴荏苒，又过了几年，再介绍给王茜的，大多是离异带子女的男人了。王茜对白发的母亲说：“又是一个离过婚的。”“离过婚的？问问清楚什么原因吗？是谁作风不好，还是脾气不好？要不以后怎么过？”老妈又发话了。一次次高不成，低不就，王茜已经厌倦了，没有了应有的热情。再过几年，对方也开始了一连串对她的审视与盘问：“她为什么这么大年纪还没找到对象？什么原因？谈过恋爱没有？什么原因没成功？是不是生理上有什么毛病？或许是受过什么刺激？”说不清道不明的烦恼纠缠着王茜。她一想到自己像个广告商连年推销自己，就有一股莫名的火窜上心头，既然自己像个滞销品一样推销了多年也没推销出去，干脆让它积压吧！她把青春和爱也压抑了下来。那些压抑的情感又常常兀自翻涌上心头，叫她张口不得又憋得极为难受。一幕幕真实的画面呈现在她的眼前，追逐着流失的岁月。原本火热的心，已被时光一次次地抛入冰窖，慢慢地再也燃不起热度了。

“老王啊，你不能撇下我走啊，你怎么舍得下三个女儿呀。我对不起你呀，这辈子没给你生个儿子啊……”“妈，您别哭坏了身子。爸爸是癌症，这也是没办法的事，我们都已经长大了，会好好孝敬您的。”大女儿王磊抹着眼泪，拽起伏在尸体上恸哭的母亲，劝说着。“不孝有三，无后为大呀，我这辈子对不起你呀！老王，你怎么不带我一起去啊？”呼天号地的哭声在屋里旋转。向四周漫延。哭声悲悲戚戚、呜呜咽咽、断断续续错错落落。二女儿王灿不住地擦去眼泪，泣不成声。王茜挽着二姐，不住地爸呀爸呀的边哭边喊。父亲被肝癌带走了，母亲也因他的离去失去了笑容。她的双眼像极地生满了苔藓的荒芜，常常坐在白炽灯惨白的光焰下暗淡而执着地流着泪。泪花中倾注的满是歉疚：“老王啊，我对不起你呀，生的都是丫头片子。”偌大的黑色镜框里嵌着这位老工人的遗像，浅笑盈盈地望着每一个出出进进的人，无时无刻不在提醒着每一个骨肉至亲为他的离去伤泣。

岁月掩不住青春，王磊出落得亭亭玉立，圆润如满月的面庞洋溢着灿然的光彩，走起路来款款轻盈如春风拂柳。有一个傍晚，天边的晚霞燃烧着最后的火焰，晚秋的风燃起姑娘的爱恋。她被一个小伙子拥入胸怀。王磊兴冲冲地回了家，悄悄地对耳顺之年的妈说："我和张敏生已经相好了几年了，只等听您的意见。""鬼丫头，你怎么到现在才告诉我？张敏生是不是厂里的标兵？""是的。""嗯，模样不错，人也厚道，照说还可以。"王磊最担心的事总算没有发生，她搂着妈妈层层折皱的脖颈亲吻了一口。"妈，您真好，我真怕您不答应呢。"王磊乐得心花怒放，谁不知道她妈的厉害？她那高兴劲儿还没缓过来，只听得一声："你别高兴太早，明儿叫他来，我还有个条件呢。"妈发话了。"好，我一定叫他准时到。"王磊应声又试探地问了一句："妈，什么条件啊？"没有半点回答的迹象，她倒抽了口冷气，心里像装了十五只吊桶——七上八下的。第二天，张敏生来了，提了一大堆礼物来见未来丈母娘。"坐下吧。"丈母娘语气里有几分威严。"既然你们已经好了几年了，我也不说别的。不过，我有个条件：以后你们生的孩子要姓王。"老太太严肃地说。"妈，早得很呢，您现在说这些干啥？"王磊腮边飞起两朵红云，张敏生却不假思索地应允了。"行，孩子跟谁姓不一样？反正都是您的外孙。""还有第二条，我没儿子，你要上门当女婿，三代还宗。""好，说定了。""就这么定了。"老太太又补了一句。"这一关总算过去了。"出了门，张敏生长嘘了一口气，庆幸地说。王磊忧郁地注视着张敏生，担心地说："你没听人说过我妈的绰号？'人难缠'，谁都怕招惹她。""担心什么，孩子姓什么，她也管不了。到时候，户口一报不就得了。""不行，不行，要是那样，还不知她会闹成什么样呢。""管它呢，世上没有蹚不过去的河。"他们俩快活地挽起手，在浓荫下漫步，领略着心的甜蜜。

又是一年草长莺飞。产房外，张敏生急得来回踱步，搓着手。"生了没有？"他拦着一个护士问。那位白衣使者不加理会，急匆匆而去。张敏生的父母特意从老远的乡下赶来，已经在产房外等待了许久。从媳妇进产房的那一刻起，心里就一直在祈祷："菩萨保佑，生儿子。"不知是否是上苍听到了他们的心愿，"啊，是个男孩。"终于让他们听到了久盼的一句。老夫妻紧锁的眉宇顿时舒展开来，"好，是孙子。太好了，是孙子，没听错。"老太太乐得近乎语无伦次了。

"不姓王不行，当初说好了的。不能不算数。""妈，人家张敏生的爸爸妈妈不同意。张敏生是独子，你就算了吧。姓什么不一样?"王磊在劝说哭泣的母亲。"不行，我们王家无后啊，你爸爸在天之灵也不会安生的。"母亲哭得更厉害了，抽泣使肩膀颤抖，"我怎么这样命苦啊!""都什么时候了，您还这般迷信。"王灿小声嘀咕，她很清楚大声说的后果是什么。"都是我不好，偏生了三个丫头，都是些没用的。"母亲仍然在哭，老泪纵横。她哭得每一个人都不安，站起来时想坐下，刚坐下又想站起来，不知如何是好。小吵小闹天天有，一天也没个安静的时候。张敏生终于忍不住了，像火山喷发。"您天天这么没完没了地闹是什么意思嘛?吵得一家人不得安宁。"那老太太却像打足了气的皮球，一蹦老高，跳了起来，又重重地落了下去。"气死我了!你这个没良心的，我女儿都给了你了，只让生的孩子姓王，你当初还答应得痛痛快快的，现在又反悔了?"就这样，老太太没完没了地纠缠了许多年。一个女人，一辈子没给自己爱着的人留下香火，她自有满腹的冤屈，也有无数条不能原谅自己的理由，还有不能原谅女儿的道理。仿佛是女儿们撵走了她的儿子。女儿们呢?也想做母亲的孝顺孩子，然而却很难。人的精力、耐性总是有极限的。王磊和王灿早已不再是柔声细语的清纯女子。等到王灿领了一个年轻的男人进门，同样的闹剧又重演了。工作的劳累、老母亲没完没了的絮絮叨叨使她们成了河东狮子，一经触发便会吼了起来，说是山呼海啸也不过分。然而，谁不怕那白发人连连说“我这条老命不要了”呢？清官难断家务事，厂领导忙生产、抓经营，居委会管治保、催收卫生费，谁管谁的孩子姓什么这种问题？断不清的理，却总也在断。老太太对每一个熟悉的人都讲，一有机会就讲，没机会也寻找机会讲。讲得人人看见她，老远就跑，只怕她一开口就没法走开了，她会一讲几小时的。日子实在没法过下去了，两个姐姐求助在外地工作的王茜把老妈接走，她们负责寄生活费。单位里照顾王茜情况特殊，专门分了一套小房给她。从单身宿舍搬去的那一天，满满的一三轮车杂物，王茜蹬着车艰难前行。“你怎么不叫人帮忙？”迎面而来的大学生问。“不用，不用，这点东西我自己能行。”后面也有人喊：“小王师傅，你下来，我来帮你。”“不必，不必，我能行。”王茜是要强的，要强得让人有些不理解。她小小的身躯里，到底蕴藏了多大的气力？王茜回到房间，汗湿了衣衫，她顾不上换下，卷起袖子刷墙，刷完一面就用了足足 3 小时，王茜已经筋疲力尽了。看着歪斜在沙发上睡着的老态龙钟的母亲，王茜哭了，她哭得很伤心。她感到自己肩头不只是挑着颗脑袋，还有沉甸甸的责任。一种凄凉的感觉袭上心头。继而，又想到总算有了落脚的地方，王茜还是泛起一种满足感。要不是母亲，无论她有多少年工龄，还不得住那又乱又挤的单身楼？谁让她是单身女人？分房方案哪一次不是优先照顾双职工？

人需要沟通，需要宣泄感情，可王茜怕宣泄。王茜怕人，怕那些人的舌头，这是生活教会她的道理。一个人说一句，就会把她说得不认识自己，说得更加灰心丧气，更加心里没着落，有时候会说得让人没法活下去。一个月上柳梢的夜晚，王茜在图书室值班，为单身职工借书。回家的路上，听见不远处两个人的对话。路灯昏暗的光泻在路面，树影婆娑。王茜看不清前面的人是谁，可她从声音里辨别出了其中一个是人称“马蜂”的李凤兰。谁捅了她，不死也得脱层皮，可偏偏又是只好斗的马蜂惯于主动出击。这不，它又开始蜇人了。李凤兰肥硕的身躯每走一步，肉都得抖动好多次。暗夜里都能感受到她的心脏不堪重负，通过口腔传达发出的呼哧呼哧的喘息声。此时，那两个人的谈兴正浓，根本想不到后面有个她。“哎，你说那老姑娘想不想那种事？这么多年了，也够她熬的。”马蜂的声音。“怎么不想？除非她不是人。”“要么是没尝到滋味，也就不会去想。”“什么呀，那事，结婚不结婚还不是一样？都像我们这么傻，又要伺候丈夫，又要伺候孩子，还要捎上几个老的。”“哎，前几年我看她还挺俊俏的，眉清目秀，身条儿也不赖。穿什么衣服都亮堂、顺眼。现在看看，跟老妈子差不多了。那脸成天像得了浮肿病，肿眼泡泡的。嘻！嘻！”“听说那老光棍想占她的便宜，没沾上。”“假装正经呗，她不想？我才不信呢！”“要么她心理有问题，要么是身体有毛病……”两张刻薄尖利的嘴就像在撕咬她的心。王茜的头“嗡”地一下，就像鸡蛋砸在石头上，差点没从自行车上栽下来。她停住车，倚在道旁一棵树上，好一阵子才缓过气来。那满腔的愤懑，真能让她羞愤地想到跳楼、自杀。她不明白自己到底惹着谁了？会招致这么多的是是非非。不就是没结婚吗？这又碍着谁了？就连那些关心过她婚姻大事的热心人也没少说她的坏话。直让她觉得心像是被人用锥子扎，痛得没法儿又没处诉说。“我介绍的那个可比你介绍的那个强啊，她都没答应。”“眼界高呗。”“还高什么呀，女的十七八一枝花，二十七八就满地爬。她都四十好几了，还傲气什么……”人们交头接耳、叽叽喳喳、指指戳戳，实在让她生畏。她害怕那些审视、探秘、偷觑的目光；害怕那些翕动如簧、尖锐无比的嘴；害怕那些藏着头的野兽，时刻准备扑向猎物的心。起初她也试探着向一位她认为算得上通情达理的老大姐谈心，希望得到一些启示与宽慰。结果第二天，她交心的话都被那人传给大家，成为轰动一时的笑料。她的心像被阴冷的梅雨浸泡，直落得泪落潸潸。想起非洲丛林中动物间的弱肉强食的纷争与殊死搏斗，王茜深切感受到人与人之间的倾轧与评论有多么伤人了。那个肥胖臃肿的身躯站在一群人中间，绘声绘色地说：这都是她自己亲口对我说的。她声明着，十分清楚这句话所具有的毋庸置疑的真实性。“你们知道她是怎样跟人谈恋爱的吗？都笑死人了。那男的说：‘我买了两张电影票，咱们去看电影吧。’‘不，不，不，我不喜欢看电影。’‘正好，我们家就在附近，要么进去坐一会儿？’‘不，不，以后再说了。’‘我们怎么联系？我打电话给你？’‘也不行。’‘那你说怎么办？’‘以后再说吧。’”“后来呢？”围着的那些大大小小的眼睛圆睁着异口同声地追问。“以后？你们猜？”胖妇人卖了个关子戛然而止，随后爆发了一阵哈哈哈的大笑。有的捧腹，有的前仰后合。“你们这是干什么？上班时间。”“嘘！”企管办的头儿出面干涉了。那些张嘴顿时像被贴上了封条，脚步向四面八方移动。每一个关心王茜的人都像这位大姐一样，保守极短时间的秘密之后，终于添枝加叶地对别人讲：自己是如何如何地关心王茜。以诸多翔实的事例，证明自己是个多么关心别人的好同志，用以推卸那本来就不存在的所谓的责任。这种宣扬对于王茜来说，无异于雪上加霜、在伤口上抹盐。王茜的心像被铅灌注般地沉重。她找到了那位大姐，对那胖女人说：“你怎么可以把我对你说的话告诉别人？而且是断章取义、斩头去尾的？我不是请你替我保守秘密吗，你还满口应承了吗？”“这有什么呀，我这不也是关心你吗？说给大家听，大家都来关心你，不是比我一个人的力量大吗？再说，不了解你的情况又怎么关心你呢，是不是？”“你还不如杀了我！”王茜的眼泪在眼眶里打转，声音也在颤抖。“你看你这是说到哪儿去了？我真是好心不得好报。”谁又能真正地理解王茜极丰富、极细腻的内心世界呢？她只好把一切都尘封起来，连同青春、爱情，离人远远的。像森林里自生自灭的草木，过自己白开水般寡淡的日子。

“医生，我妈妈生的什么病？常常喜怒无常，大发雷霆，闹起来没完。半夜三更地闹，不分昼夜地闹。”王茜问道。“这种病叫老年狂躁症，发得轻时，你得让着她；重时给她吃镇静药。”“什么原因造成的呢？”“这种疾病与遗传因素、精神因素、体质因素、生物学因素都有关。你妈妈的情况是，生活与情感受到重大挫折造成的……”王茜能说什么？她得让着母亲。老小老小，人老了竟会像小孩子一样一天三变脸。妈妈也怪可怜的，辛苦了一辈子。两个姐姐、姐夫也被她整日搅得没法安宁，芝麻点儿事都会成为白天黑夜闹的堂而皇之理由，谁又受得了呢？这大概是命里注定的。妈妈过去对她的哺育，要她用青春、爱情、后半生去报答，王茜这样想。她决定不再去考虑什么婚姻大事，世界上不是也有许多独身女人吗？哀莫大于心死，王茜的心在日月的流逝中消沉。她心甘情愿地伺候母亲。吃药、打针、住院，一次又一次，一回又一回。不是今天骨折了，就是明天胃里不舒服了，而后天又不知什么病在等着王茜呢！妈妈的身体每况愈下，像风中的蜡烛，像生锈了的一架机器，每一个关节都那么僵硬，转动一下身躯都那么费劲。唯有那张嘴、那根舌头，仍然那么转动自如、灵活无比。又一个用进废退的达尔文进化论的佐证。这舌头缠着王茜，既疼爱她，又摧残她；既时刻离不开她，又时时赶她离开。较之周围其他那些舌头加诸她的要复杂多了。“你还不结婚怎么办？给你攒的被面已经有九条了，还有一个戒指是准备给女婿的……”“你别烦了好不好？我不结婚，一辈子就守着你。”“我死了呢？”“您不是活得好好的吗？”“我总会死的。”“等您死了的时候，我也差不多了。”“不许胡说。”“好，我不说。那您也别再提找人的事。”

世上再没有比母亲的恩情更深的了。那血缘的相承、亲情的相系，就像纽带，一头连着母亲，一头连着儿女。王茜退休了。风雨中踟蹰独行。拎着小篮子步履蹒跚，花白的头发被风撩起。母亲的影子常在她心中，解不开的情结，忘不掉的爱丝。白发人已走上了归途，带着没为老伴生儿子的遗憾去了另一个世界。她不会再记得那攒了多年的九条被面，也不会记得那个准备给小女婿的戒指。秋夜，万籁俱寂，绵绵的雨斜织着雨帘，敲打着门窗，发出沙沙的声响。王茜又一次打开那油漆早已剥离的柜子，望着那些双龙戏珠、丹凤朝阳、百子戏耍的熠熠闪光的锦缎被面发呆。她有因为独身才享有的百分之百的工资待遇，有大姐、二姐每个月的问候信，也有厂工会逢年过节对退休工人的慰问，还希求什么呢？可她那颗心不知怎么地还是常常有被抛在沙漠里的感觉，也有类似干涸已久的禾苗期待雨露滋润的企盼。焦灼、无奈、难言的剪不断理还乱的烦闷也常与她纠缠。每当她看到那些成双成对的人儿，在马路上悠闲地散步；活泼、可爱的孩子在房前屋后穿梭嬉闹；听到丈夫呼唤妻子，妻子称呼丈夫的亲昵话语，她就越发觉得这世界上的一切美好都不属于她。可当她越这样想的时候，那些生动鲜活的画面越是扑面而来，直往心里钻。那种滋味啊，就像哑巴吃了黄连，满肚子苦说不出。只有当她待在那空荡荡的屋子里时，她的心才像有了一个安放处。

清新惬意而又沉郁醉人的春天气息，融和着初春绽开的各种花的芬芳，弥漫在空气中，沁入王茜的心田。一股不能熄灭的火焰又猛烈地燃烧起来，一种难以遏制的激流在心里激荡。王茜的胸膛中发出一声声沉重的撕裂肺腑的叹息。叹息中，她感到自己生命的活力在悄悄离去，在一丝丝、一缕缕地消散挥发。王茜凝视着远处缥缈的雾霭和黯淡的白云，浓挚的哀愁幽想又袭上心头。那股在心里动荡了不知多少回的激流，蓦地不知跑到哪里去了。像瀑布般壅塞心间的是一根越扭越紧的纽带，那一头仍连着回归路尽头的母亲。母亲，这个千古吟诵的光荣称号，无私奉献、有着博大深厚爱的同义语。而王茜的母亲在给予她无尽爱的同时却也给了她无尽的惆怅与幽怨。像那根无形而又有形的纽带，既紧紧相连，又载着恩仇莫辩、爱恨难明。

王茜迷迷糊糊地睡着了。她又梦见了高大魁伟的体态，那双澄澈明亮的大眼闪动着机敏的目光，浑厚的声音也在耳旁回响："我在塑料厂任办公室主任，家里只有一个老母亲。""我叫王茜，与母亲一道生活，还有两个姐姐在外地。"她梦见自己穿着湖蓝色的百褶长裙，配上白色的绢丝短衫，披肩的长发乌黑柔顺……初春的太阳寂寞地穿过玻璃窗，将破碎的光斑洒落在空荡荡的屋子里。王茜从梦呓中清醒的短短几分钟，却像过了许多年。王茜觉得累极了，四肢像散了架似的，眼睛漠然地盯着头顶上的天花板，动也不动。白石灰粉早已发黄，墙上有不少渍点。王茜记起自己搬进这间屋子已经十几年了。搬来时刷过一次，以后就再也没有刷过。她蓦地觉得自己的生命也如同这白石灰墙壁，一片空白。只有时光留下的黄渍。忽然间，有声有色的人生，激奋多彩的生活：酸甜苦辣、嬉笑怒骂的无数画面呈现在她眼前，具有难以抗拒的魅力。在为什么我就不该尽享生活的甘甜，潇洒地走一回让人生的调色板留下绚烂缤纷的反诘之后，一种亡羊补牢、为时未晚的亢奋兀自暗长。王茜终于站了起来，向镜前走去。那里映出一张端庄、坦然、宁静的脸庞。那双大眼睛虽不再明澈，然而那如水目光却承载了岁月的艰辛与成熟。她决定告别孤寂难耐的桎梏，告别那根纽带的缠绕，也告别对于舌头的畏怯，走出这间尘封岁月的小屋，走向幽深的林荫道，走向古朴典雅的亭台楼榭，走向潺潺叮咚的小桥流水，走向车水马龙的闹市，走向喧嚷的人流，走向阳光灿然的本应当属于她的不朽岁月。

1994 年 5 月初稿，6 月易，7 月又易，8 月定稿

附　录

灵魂深处的风景

——读度如真小说集

张文峰

也许是经过岁月的沉淀，度如真女士这本书稿显得沉甸甸的，看后掩卷，心情也是沉甸甸的。

《热土》《岁月流金》及《纽带》。背景是从“文化大革命”结束到进入改革开放的新时代。照我看来，这三篇小说基本上是写实小说，几乎看不到虚构的痕迹，更没有迎合市场或追求时尚。它们是世俗历史生活的记录（社会生活和情感生活），并努力在这些记录中展开对人生哲学的思考，唯其自然，所以动人。

《热土》是写某“印染科学研究院”的成立、发展过程，展示了改革开放的火热生活，塑造了一批新型的科研工作者形象；并歌颂了改革开放带来的巨大变化和取得的成就。《岁月流金》描述了苏州某丝绸科研所的知识分子李志鹏和美女张园的感情纠葛，展现了特殊时期到改革开放初期知识分子的生活与爱情。故事是有层次的：动心了就牵扯到感情，动了感情也许是崩溃或毁灭的开始，最后是抵达孤寂的冰河。而《纽带》则写了一位大龄女青年孤独的一生，因为她无法挣脱和母亲连成的纽带而延误了青春，耽误了终身大事，折射了那个封闭的时代和炎凉的世态，令人唏嘘不已。

这些故事是值得品味的。作者没有停留于感官层面的描写，是“动心”后动笔的“走心”之作。那个年代没有抒情诗，也不可能“有”文化。如何活下去，如何通过作品去探索人生的苦恼及生存竞争，这是一个深刻的课题。既有痛苦和失望，也有鲜花和成功。这背后蕴藏了作者巨大的热情，这些作品是 20 多年前写的，作者正当盛年，而且对人生有较丰富的体验。同时她又是一个新闻工作者，所以在创作中有着某种参与式新闻的倾向，而且，她愿意写下的一定是被深深感动过、震撼过的，自然而然地触及了生活的本质。

这本书的特点之一是作者善于通过细节描写去塑造人物。随便可拾几例：

“……陈侃大声喊着。浑厚的声音里带着几分焦急。怎么能不急呢？马路边、空地上满是堆放的机械设备，再不把它们运进车间，风吹雨淋的，全都会生锈。陈侃的脚陷进泥地里，那双鞋只抵挡了石块和沙子，水灌了进去，只觉得每挪动一步都能听到鞋里的水哧哧地作响……”（《热土》第四章）

“……除了阅报，他别无嗜好。看看那些老头，有的在品茶；有的在打牌；有的在对弈。打牌、对弈他不会，吃茶呢？何必不在家吃？他想。哦！还有一帮在跳交谊舞。老太婆们的胸部早成了‘飞机场’；肚皮却高高耸起，成了丘陵。若是两个隆起的西瓜肚皮贴在一起，两端靠不着、中间却呈现出明显的 X 形，更是精妙绝伦。男的、女的，那么老了，还扭着屁股一抖一抖的。有的干脆没了臀部……”（《热土》第十一章）

“静静的舞池爆发出长时间的热烈掌声。‘哦！太好了！太好了！’人们欢呼雀跃着，随着狂欢的舞曲跳着。有的干脆丢开舞伴，径自扭动着身躯，旋转着，旋转着。一个三百六十度，又一个三百六十度。尚永贵故意拍了一下张荻的肩，来了个先发制人。‘哎！你怎么撞我？’‘谁撞你了？’谁也不等谁回答，照样扭着、笑着、舞着，尽情地宣泄着那说不尽的喜悦、欢快。这片热土上的人们历经了生活的洗礼，已经领略到了它的风采……”（《热土》第十七章）

上面所列三个小节，一个是表现了新任所长陈侃和大家一起劳动的场景，一个是原书记张敏光退休后百无聊赖的生活片段，还有一个是科研所党委书记荣平向大家报告了两个好消息后大家的反应，描摹得惟妙惟肖。

度如真在《岁月流金》中揭示了一个相当严峻而复杂的主题：随着社会的改革开放，婚姻正在发生着被消解的裂变和转换，怎样才能幸福？人类的情感归向何处？那个时代的人们心中一片迷惘。根据社会学截至2016年的统计，美国的离婚率达50%，中国是37%。可以想象在那个对爱情讳莫如深的年代，离婚会产生一连串的负效应，像李志鹏和张园的悲剧发展是必然的。而这些发展都贯穿在作者出色的心理描写当中。

擅长心理描写是本书写作的另一个特点。试举两例：

当张园决定接受李志鹏的婚外恋情之前的痛苦挣扎：

“李志鹏闯入了张园的心，就像给她的生命注入了铿锵的新的交响曲。现实涌来爱的大潮，张园从来不相信的上天在做着种种暗示，心里爱的天平迅速地倾倒。在李志鹏掀起的激情面前，张园觉得自己多年苦心构筑的道德堤坝就要被冲垮。内心有一种强烈的东西在噌噌地抓住她、吸引她，而她又越来越缺乏自身的力量。世上的每一个人都自觉或不自觉地在温柔的情感和由来已久的爱的本能的结合点中寻找个人的幸福，能找到爱情与本能的融合并引起亲爱的对方的共鸣，也就找到了幸福。一想到李志鹏，张园那无比幸福的感觉就填满心头，就像畅饮了老窖的陈酿，那般浓而芳洌。可惜这晚来的像晚秋的苹果那样香甜，又像暴风雨那样强烈的爱情啊！太晚太晚了。张园清楚自己与李志鹏就像天宇中各走各的轨道的卫星，是无法对接起来的。她记不清是什么时候起，发现那目光中的爱抚的。对于李志鹏射出的丘比特之箭，她绝没有勇气去迎接。回避！回避！坚决的回避……”

而写张园与李志鹏幽会的心理独白十分精彩，其中还有幽会服饰的细节：

“张园的脚还是不听心的规劝，被强烈的欲望怂恿着，第一次背了丈夫与别的男人幽会。她来到了虎丘山。夜的神秘伴着飞越的神思，悱恻的万种幽情正缭绕着她。她内穿白色高领衫，外套一件淡紫色圆领短开衫，下着黑色金丝绒长裙，裙片镶嵌的五光十色的闪光片在黑夜里闪着微弱的光彩。那双黑色的高跟皮凉鞋在石板小径上来回焦急的踱步，不时碰响近旁的冬青树枝。张园忽而为自己的举止深感羞涩，只觉得像被人置于千百盏聚光灯前，心恍恍、意茫茫。忽而又像被温馨甜蜜包裹，直感到一阵幸福的震颤……”

在本书的另一篇小说《纽带》里也有不少精彩的细节描写，限于篇幅，就不一一列举了。总而言之，擅长细节描写，包括心理细节描写，是一个作家成熟的标志之一。是的，度如真成功地向读者提供了有关社会环境的详细图像，以及对人物心理的洞察，展示了一幅幅灵魂深处的风景。

度如真女士给我的印象或是一位睿智的商人、或是一个典雅的知识分子，或是一个风风火火的女强人。她端庄的外表、闲不住的行事风格和她的敏捷度，以及她的能言善辩，你根本无法想象她是一个年过七旬的老人。而更令人惊讶的是，她还对文学情有独钟，居然一下子翻出了几本手稿。继去年散文集《流动的情思》问世，这本《夕阳红处》也将付梓了。据说，接下来还有第三本、第四本……

度如真的人生真精彩，不由令人想起春花的热烈绽放。生活的积累奠定了作家的精神气质，她在作品中对人性进行了细致入微的体察与精确的描写，对人物命运进行深入的剖析，在纷纭复杂的情感世界中，再现人的冲突与力量，虽然比较凌厉和疼痛，有的人物（如李志鹏、张园、王茜）的结局难免残酷，但充满了批判的力量！她以细腻、富于智慧和浪漫气息，温婉细致地介入了时代，给岁月划过了一道道温柔的色彩，鲜活而生动。

度如真，一位出色的记者、一位成功的企业管理者，如今又在绚丽的晚霞中圆了作家梦。我相信，她的作品将在茂密的书林里，捺下了不可磨灭的时代的印记。

2018 年 5 月 19 日于广州

张文峰，笔名华琴之，出版社副编审。毕业于华南师范大学行政学院，广东省归侨作家联谊会会长，世界华人文化研究会常务副会长，中国散文诗研究会常务理事。已出版文学著作九部。

后 记

扪心自问，本无成名成家之美梦，也无名标史册之妄想。仅希望此生能真实地活出属于自己的精彩，也不枉攒着拳头来这世间走了一遭。

时不时有友人撺掇说：“您这三尺讲台站得，市场运营也做得风生水起的，何不好好写？更何况随意几笔也能上个《大地》（《人民日报》的副刊）之类的，为何不出几本书？”也许是不负友人热望，也许是虚荣心作祟，偶有赋闲，便也潜滋暗长了将所见所闻、所思所想，诉诸笔端之念。于是草草上阵，回望经年，让过眼烟云，一番过眼，并以飨读者，让人贻笑大方了。笔耕不辍，还企盼，仁者见仁，智者见智，不吝赐教！

我出自世代官宦，书香门第，自幼与书结下不解之缘，小学三年级，便读《红楼梦》竖行的精装本，虽生吞活剥，却也能饶有兴致地“一吞到底”，中学时代，在桌面用水果刀挖一长方孔，将小说藏于下，不时移动着偷看，被老师发现，数次没收，雅号“假小子”由此荣获。每想起，自嘲不已。得力于嗜书如命的父亲，有一张湖北省图书馆的藏书证，享有能看到外面“禁书”的特权，我也便近水楼台先得“月”了。严厉的父亲并不限制我所读书的类别，我经常是手不离卷，流连于博览与精读之间。

滔滔东去的长江水哺育了我，受楚都文化的陶染浸渍，继承了楚人的自强、果敢、干练的禀赋。江汉大学汉语言专业毕业后，被当时的人事科长以“相貌端正、普通话标准”的纯个人评价，打入了教育系统。我的命运从此就由这个人决定了。这在那个疯狂的年代，是屡见不鲜的事，从事中学、大学的教育工作，长达30余载，后以“人才”之名，被引进隶属原纺工部的江苏常州印染机械实验中心，任教育管理工作。直到改革开放的盈盈春风，吹开了国门，一颗躁动不安的心被卷入市场经济的大潮，追求精神与物质层面的“双富足”成了我生命的二大支柱，而科学文明的生活方式又成为培养强壮体魄的必须。从邓小平同志的南方谈话之后，“快一拍”成了我人生的座右铭，多元化的职业格局，多渠道的收入方式便成了我工作的新常态。

时至古稀之年，早已没了年少时的轻狂，也没了青壮年时的浮躁，更没了争强好胜的冲动。然而却多了生活的沉淀，历经风雨磨砺后的敦厚，多了透悟世事的从容与淡定，多了体验个中滋味，感悟后的成熟。任思绪奔驰在历史的时空隧道，青春的故事早已远去，随风飘散。

岁月无情，然“老有所学，老有所为，老有所养，老有所乐”仍是我心中生活的标杆。老年的慢生活，随心所欲，淡泊名利，寄情山水，学会放下，懂得珍惜，倒也挺悠闲自在。但真的要有“一蓑烟雨任平生”的从容，“聚散离合总是缘”的达观，“得即高歌失即休”的超然，却又很难做到。故必须继续修炼，生命不息，修炼不止，此乃人生之铭，如今精致潇洒的老年慢生活，托福于党，托福于改革开放。

人生的岁月，融化在心中，静看夕阳西下，落日余晖，那一轮原本如日悬中天的热烈，归于平柔、宁静、岁月沧桑后的透悟，生命亦然。回眸经年，俯仰无愧，权当聊以自慰尔。

2017年3月23日与羊城